MORD IN DER DACHTERRASSENWOHNUNG

DIE PRIVATDETEKTIV-KRIMISERIE MIT ANNIE HUDSON

BUCH 2

VALERIE BRANDY

EMERALD LION PRESS

Veröffentlicht von: Emerald Lion Press.

23901 Calabasas Rd., Ste 2088,

Calabasas, CA 91302.

emeraldlionpress@gmail.com

ISBN: 978-1-964161-51-8

Covergestaltung von Stuart Bache. Lektorat von Sharon Lennon-Mehlschau.

Besuchen Sie die Website des Autors unter:

www.valeriebrandy.com

✿ Erstellt mit Vellum

INHALT

KAPITEL EINS

TONY VASQUEZ LANDETE NICHT GERADE ANMUTIG, als er vom Balkon seiner Penthouse-Wohnung im elften Stock mit Meerblick fiel.

Stunden nachdem er den Sprung gewagt hatte, lag Tonys zerknautschte Gestalt auf der Motorhaube eines geparkten Autos, wo er mit solcher Wucht aufgeprallt war, dass sich die Vorderseite des Wagens in sich zusammengefaltet hatte. Jetzt stand Privatdetektivin Annie Hudson vor Tonys zerschmetterten Überresten und bemerkte den Mangel an Würde in seiner Position. Einer von Tonys Armen ragte über die vordere Stoßstange hinaus. Ein einzelner Schuh lag achtlos auf dem Pflaster. Der Rest von Tony war in der Motorhaube vergraben, wobei die Tatsache, dass er in dieser Position etwas weniger sichtbar war, seine einzige Erleichterung darstellte. An dieser malerischen Hafenstraße – gekennzeichnet durch kreisende Möwen über ihnen und die Lichter der Gebäude auf der anderen Seite der Bucht – war Tonys entstellte Form eine ziemliche Narbe.

Annie ging noch einmal durch, was sie bereits aus Zeugenaussagen über seinen Sturz erfahren hatte. Laut einem Radfahrer und einem Fußgänger – die beide zu diesem Zeitpunkt am Hafen unterwegs waren – war es kein schöner Anblick gewesen. Anderen Opfern von Stürzen aus ähnlichen Höhen wurde zumindest die Würde eines schönen Todes zuteil, ihre Arme weit ausgebreitet wie Vögel im Flug, eine ruhige Schwerelosigkeit, die sie durch ihre letzten Momente trug. Aber nicht Tony. Tony hatte in Panik mit den Armen geflattert, ein Wirrwarr von Gliedmaßen, die nach allem griffen, was seinen Absturz hätte aufhalten können. Sein Schrei war so laut, dass er durch die Nachtluft dieser engen Hafenstraße in San Diego hallte, und mehrere Gäste in nahe gelegenen Hotels würden später behaupten, sie hätten ihn mit eigenen Ohren gehört. Er taumelte wie eine widerwillige Bowlingkugel durch die Luft, sein Gewicht zog ihn zur Erde, seine Fingerspitzen streiften die Krone einer Palme, als sein Körper mit einem letzten, unentschuldigten Aufprall auf einer geparkten Limousine landete. Der Alarm der Limousine heulte zwanzig Minuten lang, bis der Besitzer an einem Ort des Chaos eintraf. Polizeiautos. Krankenwagen. Sie alle kamen zu spät, um dem armen Tony zu helfen.

»Wir sind wegen eines Gefallens hergekommen, und schon setzt du uns an die Arbeit«, sagte FBI-Agent Ethan Beckett, dessen Stimme Annie in die Gegenwart zurückholte. Ethan stand neben ihr, aber auch einen Schritt zurück, und gab ihr den Raum, von dem er wusste, dass sie ihn brauchte. Als Annies einziger häufiger Begleiter verstand Ethan ihre vielen Eigenheiten – und der Wunsch nach einem komfortablen Radius um ihre Person während der Arbeit war eine davon. »Annie sagte, du wärst eine Freundin, aber ich fange an zu zweifeln, ob das stimmt.« Das Lachen in seinen Worten machte klar, dass nichts Böses gemeint war.

Neben ihm trank San Diegos Polizeichefin Melissa Sanchez ihren Kaffee aus einem Pappbecher, unbeeindruckt von Tonys zerknautschtem Körper. Für sie war dies einfach ein weiterer Tag im Büro. »Hey«, zuckte sie mit den Schultern. »San Diego ist eine geschäftige Stadt, was Verbrechen angeht. Man kann nicht den brillantesten Kopf in die Stadt bringen und nicht erwarten, dass wir ihn nutzen.«

»Ich bin überrascht, dass noch niemand Selbstmord als offensichtliche Schlussfolgerung des Falls gezogen hat«, sagte Annie. »Keine Beleidigung beabsichtigt, natürlich. Es ist nur-«

»Kein Problem«, sagte Polizeichefin Sanchez. »Wir haben nicht die Kapazitäten für die Menge an Ärger, die wir sehen. Du hast Recht. Wenn es wie ein Hund bellt, werden wir es auch so nennen. Die meisten Stürze sind Springer. Ganz einfach. Ich würde ein Mittagessen darauf wetten, dass es hier auch so ist. Ein einfacher Selbstmord. Aber sein Vater...«

»Stimmt nicht zu?« fragte Annie.

»Sein Vater besitzt das Gebäude. Er ist jetzt auf der Wache. Er scheint zu glauben, dass das alles mit Immobilien zu tun hat. Behauptet, jemand wollte die Wohnung seines Sohnes. Verdächtige Pakete seien ebenfalls über viele Wochen hinweg angekommen. Er denkt, es war Mord.«

»Und?« Annie lächelte, sie ließ sich die Gelegenheit nicht entgehen, ihre Freundin ein wenig zu necken.

»Und«, Polizeichefin Sanchez fuhr sich mit der Hand durch ihr langes, welliges Haar. »Tonys Vater ist zufällig ein großer Spender für die Kampagne eines gewissen ungenannten gewählten Beamten. Desselben Beamten, der mich zur Polizeichefin ernannt hat.«

»Man beißt nicht die Hand, die einen füttert«, nickte Ethan. »Kluge Wahl.«

»Hör zu«, seufzte Polizeichefin Sanchez. »Niemand will akzeptieren, dass sein Angehöriger Probleme hatte. Das hier?« Sie deutete auf das Chaos vor ihr und betrachtete das zerbrochene Auto und die Teile von Tony, die sich in der Motorhaube verfangen hatten. »Das ist ein klassischer Selbstmord. Ein offener und geschlossener Fall. Gleichzeitig müssen wir den Eindruck von Sorgfaltspflicht erwecken. In der Zwischenzeit habe ich andere Menschen, die unsere Hilfe brauchen. Menschen, die keine reichen Väter haben.

Menschen, die versuchen, ihre Kinder von Gangs fernzuhalten oder die von ihren Ehepartnern geschlagen werden. Menschen mit echten Problemen, verstehst du?« Sie beugte sich vor und senkte ihre Stimme. »Dort liegt mein Herz. Das sind die Menschen, denen zu helfen ich berufen bin. Ein Fall wie dieser ist – Lärm.« Sie wedelte mit der Hand in der Luft, auf nichts Bestimmtes deutend. »Trotzdem muss jemand ermitteln, um Tonys Vater von meinem Rücken zu halten.«

»Und wir sind die Arschbeschützer«, nickte Annie. »Ethan? Bist du dabei?«

»Ich bin dabei, wenn du es bist«, antwortete Ethan. »Das FBI hat Interessen in diesem Gebiet. Viel Menschenhandel, einige DHS-Aktivitäten. Ich kann die Zeit rechtfertigen.«

»Also haben wir einen Deal?« nickte Polizeichefin Sanchez, begierig darauf, das Treffen zu beenden. »Ich werde Tonys Vater sagen, dass wir die weltweit führende Expertin für immobilienbezogene Verbrechen hinzugezogen haben und dass Sie eine gründliche Untersuchung durchführen.«

»Wir haben einen Deal«, stimmte Annie zu. »Aber ich möchte im Gegenzug die Informationen über den Brief.« Annie bezog sich auf den Grund, warum sie überhaupt nach San Diego gekommen waren. Bei ihrem letzten Fall hatte Annie einen Brief von einem nicht fassbaren Serienmörder erhalten, der für die Ermordung ihres Bruders verantwortlich war. Der Brief war nur drei Worte lang, aber die Art und Weise, wie Annie ihn erhalten hatte, sagte ihr, dass der Mörder Zugang zu internen Polizeiinformationen hatte. »Er hat gewartet«, fügte Annie hinzu. »Die Person, die den Brief geschickt hat. Er hat gewartet, bis ein Fall auftauchte, der mit meinem spezifischen Fachgebiet zu tun hatte. Immobilien. Er wusste es vor dem FBI, was bedeutet, dass er jemand von innen ist. Oder er kennt jemanden von innen. Er hat die Fälle beobachtet, als sie hereinkamen-« Annie brach ab, unwillig, mehr zu sagen.

»Es wird einige Zeit dauern«, warnte Sanchez. »Tausende

von Abteilungen da draußen. Sie müssen mir Zeit geben, einige Anrufe zu tätigen.«

»Wir haben fünfzehn Jahre gewartet«, antwortete Annie. »Ich bin hier, solange es dauert.« Sie machte eine Pause und dachte an die Sicherheit ihrer Freundin. »Sie sollten diskret vorgehen. Er könnte einer von Ihren eigenen Leuten sein. Das würde erklären, wie er es geschafft hat, nicht identifiziert zu werden.«

»Machen Sie sich keine Sorgen um mich«, lächelte Polizeichefin Sanchez. »Ich kann auf mich selbst aufpassen. Wir haben einen Deal.« Polizeichefin Sanchez streckte eine Hand aus und Annie schüttelte sie, die beiden Frauen schlossen einen Deal, der auf gegenseitigem Respekt und Notwendigkeit basierte.

»Nun«, Annie beugte sich hinunter und starrte Tony an, als wäre er ein Freund, ihre Augen schmerzerfüllt. »Lass uns herausfinden, wer Tony getötet hat.«

»Sie glauben nicht, dass es Selbstmord war?« Polizeichefin Sanchez schreckte zurück, ein wenig verärgert über Annies Widerstand, die offensichtlichste aller Antworten in Betracht zu ziehen.

»Nein«, Annie schüttelte den Kopf. »Sein Vater hat Recht. Er wurde ermordet.« Sie blickte zu dem hohen Gebäude vor ihr auf, von dem Tony gefallen war. Es war ein elfjähriges, nobles Apartmenthaus, das am Rande des Wassers thronte. San Diego war eine der teuersten Städte der Welt, und Immobilien wie das Gebäude vor Annie waren zur Hälfte der Grund dafür. Doppeltüren markierten den Eingang, moderne Säulen trugen eine Markise, auf der der Name des Gebäudes in prätentiöser Schrift geschrieben stand: *Rowling Heights*. Von den oberen Etagen aus boten die besten Wohnungen in Rowling Heights einen Blick über den Hafen von San Diego, ihre Bewohner Zeugen eines geheimen Zyklus von orangefarbenen Sonnenuntergängen und gelben Morgendämmerungen. Auf der anderen Seite des Hafens schaukelten vertäute

Segelboote auf und ab, ihre Segel sicher verstaut für den Fall, dass der Wind auffrischte. Gelegentlich machte sich eine Möwe auf den Weg zum Rand der schützenden Klippen des Hafens. Im Osten strebte eine Ansammlung ähnlicher Gebäude in den Himmel, die Lichter ihrer Fenster stetig und sicher. Ihre auffällige Opulenz und das sanfte Rauschen der Wellen unterstrichen den Punkt: In Rowling Heights zu wohnen bedeutete mehr als nur eine Wohnung. Dieser Ort war nicht nur ein Standort. Es war ein *Erlebnis*. Eines, für das es sich zu zahlen lohnte. Und Tony? Er hatte mit seinem Leben bezahlt.

»Ich muss mit den Bewohnern sprechen«, sagte Annie. Und damit begann ihre Ermittlung.

KAPITEL ZWEI

CATALINE

Im siebten Stock des *Rowling Heights* half Cataline gerade ihrem Sohn bei den Hausaufgaben, als Tony Vasquez' Körper an ihrem Wohnzimmerfenster vorbeischoss. Es geschah so schnell, dass weder Cataline noch ihr Sohn Mario sofort die Ernsthaftigkeit des Moments begriffen. Sie saßen über den Wohnzimmertisch gebeugt und waren bei der zwölften Aufgabe von Marios Matheaufgaben angelangt, als sie beide einen seltsamen Schrei von draußen hörten. Als sie aufblickten, rauschte etwas verschwommen an ihnen vorbei. Catalines erster Gedanke war, dass das fallende Wesen ein großer, desorientierter Vogel sei. Erst als sie den Autoalarm von unten hörte, kam ihr der Gedanke, dass der Vogel ein Mensch gewesen sein könnte. Das Geräusch veranlasste sie, aus dem Fenster zu schauen – sieben Stockwerke tiefer –, wo sie einen zerquetschten Wagen und einen zerschmetterten Körper darauf liegen sah. In den nächsten Stunden kämpfte Cataline damit, Mario von der traumatisierenden Szene unten fernzuhalten, wobei keiner von ihnen es wagte, auf die zerbrochene Gestalt so viele Stockwerke unter ihnen zu blicken.

»Aber ich bin alt genug«, beharrte Mario und versuchte,

die Vorhänge beiseite zu schieben, um zu sehen, was passiert war. Mario war kürzlich dreizehn geworden und dachte, das Alter hätte eine viel größere Bedeutung als zwölf.

»*Mijo*«, antwortete Cataline, »niemand ist je alt genug, um so etwas zu sehen.« Sie wusste nicht, wie sie ihm erklären sollte, dass er sich eines Tages wünschen würde, es gäbe jemanden, der ihn vor dem Schmerz der Welt abschirmen könnte. Es gab keine Möglichkeit, einem Kind zu erklären, was alle Erwachsenen wussten – dass Erwachsenwerden einfach bedeutete, sich zu wünschen, wieder jung zu sein. Cataline hatte das Schlimmste der Welt gesehen, und ihre größte Hoffnung war es, Mario davor zu schützen. Jedes Mal, wenn ihr Sohn das Haus verließ, betete Cataline dafür, dass er Ärger vermeiden würde, aber auch, dass jeder Ärger, dem er begegnete, in irgendeiner Weise zu seinem Vorteil wäre. Denn obwohl sie das Schlimmste der Welt gesehen hatte, hatte Cataline auch das Beste gesehen. Sie fand es jeden Tag in den Augen ihres Sohnes und wusste, dass Gott aus Kämpfen Schönheit hervorbringen konnte. Gedankenverloren griff sie nach einem Kruzifix, das an einer Kette um ihren Hals hing, und erinnerte sich an die Kraft des Glaubens in schwierigen Zeiten.

»Was wird jetzt passieren?«, fragte Mario.

»Ich weiß es nicht«, sagte Cataline und dachte über die Unordnung in der Welt nach und was das alles bedeutete. »Wir können das große Ganze nicht sehen. Wir können nur darauf vertrauen, dass sich die Dinge von selbst regeln werden. *El amor todo lo puede*«, sagte sie und wiederholte den Satz, den sie immer benutzte, wenn die Welt keinen Sinn ergab. »Liebe überwindet alles.« Cataline seufzte und schüttelte die Gänsehaut ab, die sich auf ihren Armen ausbreitete. »Geh ein Videospiel spielen«, sagte Cataline zu Mario. »Genug Hausaufgaben für jetzt.«

Mario tat, wie ihm geheißen, und Cataline zog ihr Handy heraus, bereit, an die Arbeit zu gehen. Als Hausmeisterin des

Gebäudes kannte Cataline jeden. Der Besitzer von *Rowling Heights*, Ferdinand Vasquez, hatte sie vor zwölf Jahren eingestellt, um vor Ort zu leben und sich um jedes auftretende Problem zu kümmern, und Cataline hatte dies treu getan, dankbar, dass der Deal eine kostenlose Unterkunft beinhaltete. Sie hatte als Teil ihrer Vergütung die unattraktivste Wohnung im Gebäude erhalten. Es war eine kleine, beengte Wohnung mit Blick auf den Hafen, der stark durch eine nahegelegene Wohnsiedlung verdeckt wurde. Aber die Wohnung bot zwei Schlafzimmer und lag im besten öffentlichen Schulbezirk San Diegos, was bedeutete, dass Mario die Art von Bildung erhielt, für die andere Eltern Tausende von Dollar an Privatschulgebühren zahlten. Im Gegenzug für die Wohnung und ein Gehalt bot Cataline Besichtigungen leerstehender Wohnungen an, plante Serviceanfragen, führte routinemäßige Instandhaltungsarbeiten durch, stellte sicher, dass die Reinigungs- und Sicherheitsteams ihre Arbeit machten, und hielt *Rowling Heights* generell am Laufen. Für einen Job, der keinen Abschluss erforderte, war es die beste Position in San Diego, und Cataline hatte sich alle Mühe gegeben, darin zu glänzen.

Sofort rief Cataline den Notruf an. Sie meldete den Vorfall so sachlich wie möglich. Sie konnte nicht sicher sein, ob die Person, die gefallen war, aus dem *Rowling Heights* oder einem der anderen nahegelegenen Gebäude in der Gegend gestürzt war. Sie wollte das Gebäude nicht in einen unnötigen Skandal verwickeln, und – wie ihr der Notrufbearbeiter beiläufig mitteilte – waren mehrere Anrufe aus der ganzen Straße eingegangen.

Als Nächstes rief Cataline ihren Chef, Ferdinand Vasquez, den Besitzer des Gebäudes, an. Sie wartete, aber sein Telefon klingelte zweimal und ging dann auf die Mailbox. Sie versuchte es erneut, erhielt aber keine Antwort. Sie schickte ihm eine SMS:

»Jemand ist aus großer Höhe gefallen. Nicht sicher, ob es unser Gebäude oder das Mayfair war. Polizei wurde gerufen.«

Draußen heulten die Sirenen, ihre rot-blauen Lichter spiegelten sich in den Booten im Hafen. Cataline stand am Fenster und beobachtete, wie die Beamten sich um den Tatort kümmerten, ein weißes Tuch über die Gestalt gelegt. Sie griff erneut zu ihrem Handy, öffnete ihren E-Mail-Posteingang und schickte eine Mitteilung an die Bewohner:

»Hinweis: Polizeieinsatz vor dem Gebäude in der Wayfair Avenue. Bitte beachten Sie, dass Sie bei der An- oder Abreise möglicherweise von der anderen Straßenseite in die Garage einfahren müssen. Wir werden alle Bewohner informieren, sobald wir weitere Informationen erhalten.«

Cataline fühlte eine Last von sich abfallen, nachdem die E-Mail verschickt war. Sie überlegte, ob sie nach unten gehen und mit den Beamten sprechen sollte, befürchtete aber, dass sie *Rowling Heights* in eine Situation verwickeln würde, die das Gebäude möglicherweise gar nicht betraf. Das war ein Nachteil daran, einen Job zu haben, den sie liebte – Cataline machte sich immer Sorgen, ihn zu verlieren.

Besonders jetzt, dachte sie bei sich, während ihr Geist zu einer neuen Entwicklung abschweifte, die sie kürzlich nervös gemacht hatte. Erst vor sechs Monaten war ein neuer Mieter in das Gebäude eingezogen. Die Anwesenheit dieses neuen Mieters hatte Cataline zum ersten Mal in Erwägung ziehen lassen, alles aufzugeben, was sie hier aufgebaut hatte. Aber stattdessen war sie geblieben. Weil Bleiben das Beste für Mario war.

Den Rest des Abends versuchte Cataline, Mario so gut wie möglich auf andere Dinge zu konzentrieren. Sie ließ ihn aussuchen, was sie im Fernsehen anschauen würden. Sie bestellte für beide eine Pizza zum Abendessen. Draußen heulten die Polizeisirenen, ihre rot-blauen Lichter spiegelten sich in den Booten im Hafen. Cataline redete sich ein, dass der Springer wahrscheinlich jemand war, der von einem der billigeren Gebäude in der Gegend gesprungen war, oder – selbst wenn er vom *Rowling Heights* gesprungen wäre – vielleicht war die Person ein Gast eines Mieters. Niemand, den sie kannte. Niemand, der in einem so spektakulären Gebäude wie dem *Rowling Heights* lebte – wo all ihre Bedürfnisse erfüllt wurden – konnte jemals so unglücklich sein, um so etwas zu tun.

Schließlich klingelte Catalines Handy, der Name ihres Chefs leuchtete auf dem Bildschirm auf. Sie nahm sofort ab.

»Ferdinand«, begann sie zu sagen. »*Es horrible*! Etwas Schreckliches ist passiert...«

Cataline hörte auf zu sprechen, als sie ein Würgen am anderen Ende hörte. Ihr Chef, ein rauer, schwieriger Mann mit einer steifen Fassade, weinte.

»*Mi mijo*. Der Mann, von dem sie sagen, er sei gesprungen. Es war Tony. Es war mein Sohn.«

Cataline keuchte. Ferdinands Sohn, Tony, lebte im Penthouse-Apartment ganz oben im Gebäude. Er war ein schüchterner Mann, nicht älter als dreißig. Er kam nicht gut mit Menschen zurecht, aber er hatte alles, wofür es sich zu leben lohnte. Der Reichtum seines Vaters ermöglichte Tony Zugang zum Besten, was die Welt zu bieten hatte. Cataline konnte nicht glauben, dass Tony so etwas getan haben sollte.

Aber dann fügten sich die Puzzleteile zusammen. Wie Zahnräder einer Maschine, die ineinandergreifen, wurde Cataline klar, dass Tony vielleicht gar nicht gesprungen war. Und etwas, das sie früher am Tag gesehen hatte – etwas, das sie unmöglich jemals teilen konnte – könnte mit Tonys Tod in Verbindung gestanden haben.

»Cataline«, fragte Ferdinand, seine Stimme zitterte. »Sie wollen, dass ich dich frage, ob du etwas gesehen hast? Irgendetwas überhaupt?«

Cataline antwortete nicht. Sie ließ die Worte im Wind flattern, wie die Segel auf den Booten, die über den Hafen glitten. Sie wünschte, sie könnte mit einem dieser Boote in den Sonnenuntergang fahren, alles hinter sich lassen außer Mario, und irgendwo neu anfangen.

Mario. Sein Name hallte in ihren Ohren wider. Cataline blickte zu ihrem Sohn hinüber, der das letzte Stück Pizza aufgegessen hatte und sich nun wieder seinen Mathehausaufgaben widmete, ohne dass Cataline ihn dazu ermahnen musste. Er war ein gutes Kind. Die Art von Kind, für die Eltern beteten. Er war gut in der Schule. Er war freundlich zu anderen. Und er vertraute Cataline mehr, als sie sich selbst vertraute.

Cataline wurde klar, dass es keine Möglichkeit gab, Ferdinand zu erzählen, was sie gesehen hatte, ohne dass die Antwort Mario schaden würde. Sie sollte warten, bis sie sich sicher war, sagte sie sich und versprach sich, dass sie ihre Meinung später immer noch ändern könnte. Sie überlegte einen Moment lang, dann tat sie das, was sie für notwendig hielt, um die einzige Person zu schützen, die ihr in dieser Welt etwas bedeutete.

»Nichts. Ich habe nichts gesehen«, sagte Cataline. »Ferdinand... Es tut mir so leid.«

Sie wünschte, Ferdinand könnte wissen, wie sehr sie es meinte.

KAPITEL DREI

MINDY

Als Tony Vasquez' Körper auf die Limousine aufschlug, saß Mindy Wellington sicher in ihrer Wohnung im neunten Stock des *Rowling Heights* und dachte darüber nach, wie sie das Leben ihres Ex-Mannes ruinieren könnte. Sie hatte gerade vor Unterlagen ihres Anwalts gesessen und Notizen über eine aggressivere Strategie gemacht, als sie den Schrei von oben hörte. Mindy befand sich mitten in einem hässlichen Scheidungsprozess und verbrachte die meisten ihrer Abende damit, mit ihren Anwälten zu telefonieren oder Dokumente, die sie ihr zur Verfügung gestellt hatten, zu markieren. Es war die Art von Scheidung, die nicht von Reife und Anmut geprägt war, sondern von einem absoluten Hass auf den anderen, der alle logischen Argumente für einen Waffenstillstand übertraf. Mindys Ehemann - Hathaway Wellington - stammte aus einer Familie mit altem Geld. Sie hatte ihn geheiratet, als sie sehr jung war, weil sie glaubte, er könne ihr das Beste der Welt zeigen, und im Gegenzug war Mindy bereit, sich um die Kinder und das Haus zu kümmern, während sie darauf wartete, dass die Liebe zwischen ihr und Hathaway wuchs. Aber die Kinder kamen nie, und - entgegen Mindys jugendlicher Erwartung - die Liebe auch nicht. Stattdessen vergingen dreißig Jahre wie im Flug, und Mindy fand sich mit fünfzig Jahren in einer unbefriedigenden Ehe wieder. Sie war angewidert von dem Mann, den sie geheiratet hatte, eine Reaktion, die dadurch verursacht wurde, dass er sie wie einen Mutterersatz behandelte. Mindy hatte jahrelang seine verlegten Socken gesucht. Sie hatte unzählige Stunden damit verbracht, Hathaway zuzuhören, wie er über seine Unfähigkeit jammerte, in der zehnten Anwaltskanzlei, in der er arbeitete, zum Partner befördert zu werden, und sich auf die Zunge gebissen, um ihn nicht daran zu erinnern, dass er nur wegen der Verbindungen seines Vaters eingestellt worden war. In Hathaway fand sich Mindy dauerhaft an einen schwachen Mann gebunden, der nie von der Welt auf die Probe gestellt worden war. Er hatte nie etwas aus sich machen müssen.

Für jemanden, der aus dem Geld kam, fehlte Hathaway jegliche Fähigkeit, es zu vermehren oder festzuhalten. Es war Mindy, die das Sparkonto, das ihnen zur Hochzeit geschenkt worden war, durch Daytrading verzehnfacht hatte. Es war Mindy, die dafür gesorgt hatte, dass Hathaway seinen Job nicht verlor, weil er wegen einer seiner vielen Launen nicht im Büro erschienen war. Es war *Mindy*, die dafür gesorgt hatte, dass Hathaways Aktentasche jeden Morgen gepackt war und die ihn daran erinnerte, seine Unterlagen vor einem Meeting durchzusehen. Mindy hatte so viel Zeit damit verbracht, Hathaway aufzubauen und zu unterstützen, dass sie eines Morgens aufwachte und merkte, dass sie jemanden vermisste:

Sich selbst.

Sie vermisste, wer sie gewesen war, bevor sie so viel Zeit in eine Partnerschaft investiert hatte, die gar nicht wirklich von Partnerschaft geprägt war.

Und so hatte Mindy mitten in der Nacht ein paar Taschen gepackt, während Hathaway tief und fest schlief, ahnungslos, dass sein Leben für immer verändert werden würde. Hathaway und Mindy hatten eine teure Wohnung im zehnten Stock des *Rowling Heights* gemietet. Sie waren in die Wohnung gezogen, als Hathaway vorübergehend wieder einmal seinen Job in einer mittelständischen Anwaltskanzlei verloren hatte, was sie dazu zwang, ihr Haus zu verkaufen und vom Eigenheim in eine Mietwohnung zu ziehen. Die Miete war höher, als sie hätten zahlen sollen, aber sie waren einen gewissen Lebensstil gewohnt, und *Rowling Heights* bot eine ähnliche Unterkunft. Mindy dachte in der Nacht, als sie ihn verließ, über diese Tatsache nach, während sie durch die Wohnung wanderte, ihre Kleidung und ein paar Erinnerungsstücke aus dem Flurschrank holte. Sie stopfte alles in eine Balenciaga-Tragetasche und fragte sich, ob das Verlassen von Hathaway bedeuten würde, dass sie die Lebensqualität verlieren würde, die sie bisher aufgebaut hatte, indem sie ihren erbärmlichen Ehemann durch San Diegos Gesellschaftsszene manövriert hatte.

Und dann war es Mindy klar geworden: Vielleicht musste sie ihren Lebensstil überhaupt nicht ändern.

Sie marschierte aus der Tür ihrer Wohnung und ließ sie mit einem leisen Klicken hinter sich zufallen. Mit der Tragetasche in der Hand stieg Mindy in den Aufzug und überprüfte ihr Spiegelbild in den marmorierten Glaswänden, die sie umgaben, wie ein Tier im Käfig. Sie war eine Frau mit einer Mission, und kein Mann würde sie zurückhalten.

Es ertönte ein Klingeln, als sie die Lobby erreichte, und ihre Hausschuhe tappten über den glatten Granitboden. Sie hielt vor der Tür des Sicherheitsbüros an und klopfte an die Außenseite. Die Tür schwang auf und offenbarte den Sicherheitschef des Gebäudes, Alfred.

»Miss Wellington«, sagte Alfred und versuchte so zu tun, als hätte er sie nicht auf den Überwachungskameras gesehen und wüsste nicht, dass sie kam. »Was kann ich für Sie-«

»Die freie Wohnung im neunten Stock«, antwortete Mindy und kam direkt zur Sache. »Ich möchte sie mieten.«

»Das wäre eine Frage für Miss Cataline«, sagte Alfred und dachte an die Gebäudeverwalterin und den geringen Respekt, der ihr von vielen Bewohnern entgegengebracht wurde. »Sie kann eine Besichtigung einrichten, vielleicht am Morgen...«

»Ich möchte heute Nacht dort bleiben«, sagte Mindy. »Ich werde sofort bezahlen. Aber ich kann nicht-« ihre Stimme begann zu brechen. »Ich kann einfach nicht- einen Moment länger- in dieser Wohnung mit *ihm* verbringen.«

Es entstand eine Pause, während Alfred alles aufnahm und versuchte, einen Sinn darin zu erkennen. »Ich werde sehen, was ich tun kann«, nickte er und griff zum Telefon, um Cataline anzurufen. Er wusste, dass sie einen Sohn hatte und hasste es, sie mitten in der Nacht zu stören, aber im *Rowling Heights* bekamen die Bewohner im Allgemeinen, worum sie baten, solange sie die Mittel hatten, um die Anfrage zu unterstützen.

Hinter ihren Tränen atmete Mindy erleichtert auf. Das Team im *Rowling Heights* war nichts, wenn nicht zuvorkommend. Alfred und Cataline würden sich um sie kümmern, und sie müsste ihr Zuhause nicht einmal verlassen. Nicht wirklich.

Alles würde gut werden.

Und es war für eine ganze Weile gut. Monate vergingen, und Mindy lebte im neunten Stock des *Rowling Heights*, während ihr Noch-Ehemann im zehnten Stock wohnte. Ihre Scheidung war im Gange und erbittert. Hathaways Familie hatte jeden möglichen Anwalt engagiert, um sicherzustellen, dass Mindy keinen Cent sah. Aber Hathaways Hass hatte Mindy nur noch sicherer in ihrer Entscheidung gemacht. Sie hatte das Richtige getan. Zumindest dachte sie das. Bis zu dem Abend, als sie Tony Vasquez' Schrei hörte, gefolgt von der Autoalarmanlage draußen, und zum Fenster rannte, um zu sehen, was passiert war.

Dort sah sie Tony Vasquez' Körper, zusammengesackt auf der Silhouette einer Limousine. Ihr Atem beschleunigte sich. Zunächst war Mindy nicht sicher, ob es Tony war. Blut verdeckte seine Gesichtszüge, und der Winkel seines Körpers machte es unmöglich, seine Form zu bestätigen. Aber dann bemerkte Mindy die Jacke, die er trug. Es war rotes Leder und eine, die sie gut kannte.

Mindys Herz sank. Sie umklammerte die Fensterbank, ihre Knöchel wurden weiß. Ein Kloß bildete sich in ihrem Hals, aber Mindy weigerte sich aufzuschreien. Tränen strömten über ihre Wangen, und sie ließ ihre Knie einknicken, ihr Körper rutschte am Fenster entlang in eine sitzende Position auf dem Boden.

»Tony«, flüsterte sie, ihre Fingerspitzen taub. »Was um alles in der Welt hast du getan?«

Sie dachte an die Geheimnisse, die sie mit Tony geteilt hatte. Sie fragte sich, ob diese zu seinem Untergang geführt hatten. Falls dem so wäre, gäbe es nichts, was sie sagen könnte. Mindy wollte seinen Tod gerächt sehen, aber einen solchen Kampf zu gewinnen, würde unweigerlich bedeuten, den Krieg zu verlieren.

Mindy lehnte ihren Kopf gegen die Wand und bemerkte das Geräusch von Sirenen in der Ferne. Die Polizei würde bald eintreffen. Vielleicht würden sie die Bewohner des Gebäudes befragen wollen.

Mindys Herz sank, und sie wusste ohne Zweifel – sie könnte ihnen niemals die Wahrheit sagen. Denn die Wahrheit würde alles ruinieren. Sie hob eine Hand an ihren Hals und ließ sie dort, während sie darüber nachdachte, was getan werden musste.

KAPITEL VIER

HATHAWAY

Im zehnten Stock des *Rowling Heights* saß Hathaway auf der Couch, rauchte eine Zigarre und beobachtete, wie exotische Fische in seinem Aquarium auf und ab schwammen, als Tony Vasquez' Schrei den ruhigen Moment unterbrach, den er sich selbst gegönnt hatte. Seit Mindy aus der Wohnung ausgezogen war, die sie sich im zehnten Stock des *Rowling Heights* geteilt hatten, hatte Hathaway beschlossen, den Ort zu seinem eigenen zu machen. Das bedeutete hauptsächlich, jede Regel zu brechen, die sie aufgestellt hatte. Mindy mochte es nicht, wenn er drinnen Zigarren rauchte? Jetzt genoss Hathaway jeden zweiten Abend eine knackige kubanische Zigarre. Mindy wollte nie, dass er ein Haustier mit nach Hause brachte? Hathaway ging zum nächsten Fischgeschäft und besorgte sich ein großes Aquarium, das er mit teuren und seltenen tropischen Fischen füllte. Jeder andere hätte vielleicht einen Hund adoptiert, aber eine positive Eigenschaft, die Hathaway besaß, war das Bewusstsein für seine Grenzen. Hathaway wusste, dass er nicht dafür ausgerüstet war, sich um ein so zeitaufwändiges Geschöpf wie einen Hund zu kümmern. Selbst eine Katze hätte zu viel von ihm verlangt. Das war eine der besten Sachen an Hathaway – er gab nie vor, etwas zu sein, was er nicht war.

Wenn ihn jemand gefragt hätte, hätte Hathaway ehrlich gesagt, dass er als Kind mit so vielen erfüllten Bedürfnissen aufgewachsen war, dass er nicht wirklich wusste, wie man für sich selbst sorgt, geschweige denn für jemand anderen. Während ihrer erbitterten Scheidung hatte Mindy in Gerichtsdokumenten und Aussagen deutlich gemacht, dass sie sich von Hathaway getäuscht fühlte. Als sie ihn heiratete, dachte sie, sie würde einen unabhängigen, voll funktionsfähigen Erwachsenen heiraten. Aber wenn sie ihn gefragt hätte, hätte Hathaway ihr *gesagt*, dass er nicht die geringste Ahnung davon hatte, wie man ohne Bedienungspersonal oder ein Team, das die Dinge am Laufen hält, für sich selbst sorgt. Er dachte, sie hätte das während ihrer Beziehung bemerkt und sich eingeredet, dass sie ihn trotzdem liebte. Anstatt Hathaway so zu sehen, wie er wirklich war, hatte Mindy ein Bild des Mannes, den sie wollte, über sein Gesicht gemalt. Und jetzt... sollte das sein Problem sein.

Hathaway griff nach einer Packung Fischfutter und öffnete den Deckel, nur um festzustellen, dass sie leer war, ohne die Nahrungskügelchen, die seinen tropischen Haustieren ein besseres Leben versprachen. Er warf die Schachtel in den Müll und holte sein Handy aus der Tasche, wählte eine Nummer aus der Kurzwahl. Der Name »*Cataline*« erschien auf dem Bildschirm.

»Cataline – könnten Sie etwas von diesem Fischfutter bestellen?«, sagte Hathaway, sobald er die Stimme der Gebäudemanagerin am anderen Ende der Leitung hörte. »Ja, ich weiß, es ist nach Feierabend. Genau wie beim letzten Mal. Morgen wäre perfekt, lassen Sie es einfach vor meiner Tür.« Es wurden einige Höflichkeiten ausgetauscht, dann legte Hathaway auf. Er wusste, dass seine Bitte außerhalb der typischen Grenzen der Dienstleistungen lag, die ein Gebäudemanager erbrachte, aber er zahlte so horrende Gebühren im

Rowling Heights, dass er sich nicht schuldig fühlte, die kleinsten Bitten zu äußern. Außerdem, dachte er, schien Cataline immer bereit zu sein, ihm zu helfen, und war seit der Trennung zu einer Art Ersatz für seine Frau geworden. Und Gott weiß, Hathaway brauchte die Hilfe.

Mit fünfundfünfzig Jahren wurde Hathaway zu einem großen, neuen Abenteuer gezwungen. Er hatte nie allein gelebt und war direkt vom Herrenhaus seiner Familie in ein gehobenes Ranch-Haus mit Mindy gezogen. Seine Familie hatte das Haus für sie gekauft, so wie sie Hathaway geholfen hatten, mit einer teuren Reihe von Privatlehrern durch das Jurastudium zu kommen. Hathaways Vater hatte ihm geholfen, einen Weg in mehrere Kanzleien in der Gegend zu finden, und – als Hathaway bei einer Kanzlei durchfiel – wurde er schnell in eine andere versetzt. Aber jetzt, da Hathaway in einer Ehe gescheitert war, konnte ihm niemand helfen. Er erkannte ziemlich schnell, dass es Zeit war, sich selbst zu helfen.

Und so war Hathaway entschlossen, seine Scheidung zu »gewinnen«. Es gab natürlich einen Ehevertrag, aber Mindy hatte beschlossen, ihn anzufechten, und Hathaway war entschlossen, sicherzustellen, dass sie infolgedessen nichts bekam. Hathaway wollte nicht, dass seine zukünftige Ex-Frau auch nur einen einzigen roten Cent anrührte. Nicht nachdem sie vorgegeben hatte, ihn zu lieben, nur um ihn später im Stich zu lassen.

Hathaway beobachtete, wie die Fische in seinem Aquarium kreisten, und zählte die roten und blauen Streifen auf einer besonders exotischen Art. Bei einem anderen bemerkte er die weißen Flecken, die die enorme Rückenflosse des Geschöpfs übersäten. Er dachte daran, dass seine vielen Fische ihn nie verlassen würden, und wünschte sich für einen Moment, sein Leben wäre so einfach wie ihres. Aber Hathaway wusste, dass er nicht für eine solche Einfachheit bestimmt war. Aufgrund seiner Scheidung konnte er nicht in

Frieden leben wie ein Fisch. Wegen der Scheidung musste Hathaway zum Hai werden.

Und früher an diesem Abend hatte Hathaway etwas so Raubtierhaftes und Illegales getan, dass er selbst überrascht war. Er erfreute sich heimlich an dem Rausch der individuellen Heimtücke. Hathaway lächelte in sich hinein. Für jemanden, der sich noch nie um seine eigenen Bedürfnisse gekümmert hatte, lernte Hathaway sicherlich schnell dazu.

Gerade dann hörte er einen hallenden Schrei und den Klang einer Autoalarmanlage draußen. Er ging zum Fenster und blickte geradeaus nach unten, anstatt wie sonst so spät in der Nacht aufs Meer zu schauen. Unter ihm – zehn Stockwerke tiefer – lag die zusammengekauerte Form eines menschlichen Körpers, zerschmettert auf der Motorhaube eines Sedans.

Tony Vasquez, dachte Hathaway bei sich. Er erkannte die rote Lederjacke, die Tonys Gestalt umhüllte, nur, weil er sie selbst noch früher an diesem Abend gesehen hatte. Er hatte die Jacke über der Lehne eines Stuhls in Tonys Wohnzimmer hängen sehen, wo er vor wenigen Stunden gewesen war.

Und jetzt, kaum einen halben Tag nachdem Hathaway ohne seine Erlaubnis in Tonys Wohnung gewesen war, war Tony tot.

Es wurde Hathaway klar, dass er versehentlich in ein Schlamassel geraten war. Und zum ersten Mal müsste er es vielleicht selbst aufräumen.

KAPITEL FÜNF

ALEJANDRO

Alejandro war gerade dabei, seinen Kleiderschrank zu ordnen, als Tonys Schrei von außerhalb seines Wohnzimmerfensters ertönte. Im achten Stock des *Rowling Heights* gelegen, war Alejandros Wohnung eine der feinsten im Gebäude, nur vom Penthouse übertroffen, das am Tag von Alejandros Vertragsunterzeichnung nicht verfügbar und von Tony bewohnt war. Wäre das Penthouse frei gewesen, hätte Alejandro es sich geschnappt, aber er gab sich mit der zweitbesten Wohnung zufrieden, um im vornehmsten Gebäude der Stadt zu leben. Alejandro schätzte die feineren Dinge des Lebens, und er hatte sich für *Rowling Heights* entschieden, weil es das teuerste Gebäude war, das er in der Nähe des Hafens von San Diego finden konnte. Die Wohnung spiegelte Alejandros Vorliebe für den gehobenen Lebensstil wider. Ein goldgerahmter Spiegel hing über einem eingebauten Kamin. Marmorböden erstreckten sich von Raum zu Raum. Weiße Möbel füllten den Raum und machten in ihrer Unpraktikabilität deutlich, dass dies ein Zuhause war, das der Unterstützung eines Reinigungsdienstes bedurfte. In der Küche hielt ein Glasregalsystem Flaschen von Tequila, alle mit dem Etikett *La Vida Liquors* versehen, dem Namen von Alejandros eigener Tequila-Marke. Alejandro erzählte jedem von seinem Spirituosengeschäft, von Fremden im Supermarkt bis hin zu potenziellen neuen Investoren, die er auf Partys traf. Es sei die Quelle seines Reichtums, erzählte er ihnen. Soweit es Alejandro betraf, war das Zeug flüssiges Gold.

Wenn Alejandros erste Liebe Tequila war, so war seine zweite Kleidung. Er betrachtete sich als Sammler von High-Fashion-Artikeln, die in Italien oder Frankreich handgefertigt wurden. Auf seinen Reisen ins Ausland und beim Einkaufen in der Stadt erwarb Alejandro Stücke aus den feinsten Stoffen. Nichts, was er trug, war No-Name oder in China hergestellt. Alejandro hatte Verbindungen zu den wohlhabendsten Kreisen in San Diego, und er sorgte immer dafür, dass er in jedem Raum, den er betrat, aussah, als gehöre er dazu. Wenn es um persönlichen Stil und Pflege ging, war Alejandro penibel. Deshalb saß Alejandro – als Tony von oben fiel – auf dem Boden seines riesigen begehbaren Kleiderschranks und warf Kleidungsstücke auf Haufen. Eine Ecke war für Hosen reserviert. Eine andere Ecke war der Sortierbereich für Hemden. Und noch eine andere war für Anzüge und Blazer vorgesehen. Alejandro zog ein ziemlich auffälliges Hemd von seinem Bügel, hielt es vor sich und warf einen Blick in den Spiegel. Es hatte ein einzigartig schreckliches Muster, verziert mit Pailletten, die sich in einem Paisleymuster drehten.

»Vielleicht«, murmelte Alejandro vor sich hin und warf das Hemd auf einen Haufen. Im Hintergrund spielte ein lateinamerikanischer Popsong und schuf eine Art wehmütige Nostalgie, als Alejandro sich an seine jüngeren Jahre in der Clubszene erinnerte. Jetzt in seinen Vierzigern, schrieb Alejandro seinem jüngeren, ehrgeizigeren Ich gerne zu, die nötigen Netzwerke geknüpft zu haben, um ihn auf sein jetziges Erfolgsniveau zu bringen. Er hatte sein Geschäft durch Verbindungen aufgebaut, die er in überfüllten Räumen geknüpft hatte, wo sich Körper zu pulsierender Musik unter dem stetigen Aufblitzen von Lichtern bewegten. Männer. Frauen. Alejandro fand sie alle attraktiv, besonders wenn sie ihm bei seinen unternehmerischen Bestrebungen helfen konnten. Er war mit nichts in dieses Land gekommen, und jetzt – war er Besitzer einer Spirituosenmarke und lebte einen Lebensstil, von dem andere nur träumen konnten. Und das wäre nie passiert, wenn er nicht dafür gesorgt hätte, die richtigen Leute zu treffen. Alejandro war, wenn überhaupt, ein Mann, der verstand, dass es nicht darauf ankam, *was* man wusste, sondern *wen* man kannte, das bestimmte, wie weit man es im Leben brachte.

Als die Autoalarmanlage von unten ertönte, wurde Alejandro aus seinen Gedanken gerissen. Er verband den Schrei, den er gehört hatte, nicht sofort mit dem Alarm, obwohl eines dem anderen mit solcher Unmittelbarkeit gefolgt war, dass sie sich fast überlappten. Er gab das Schrank-Projekt auf, ging oberkörperfrei ins Wohnzimmer und stellte sich vor die bodentiefen Fenster, die den Blick auf den Hafen freigaben. Er schaute nach unten und konnte gerade noch die Form eines gefleckten Autos und einen zerbrochenen Körper erkennen, der darauf lag.

Der Körper trug eine rote Lederjacke. Alejandro schluckte, als ihm klar wurde, dass der Körper Tony gehören musste, und all das sehr, sehr schlechte Nachrichten waren.

Er warf einen Blick auf die Tequila-Flaschen, die in seiner Küche aufgereiht waren, jede glänzend und makellos, ein Krieger bereit für die Schlacht.

Nur eine weitere Verbindung, versicherte sich Alejandro und dachte darüber nach, was er sagen würde, wenn die Polizei an seine Tür klopfen würde. Alejandro hatte sein ganzes Leben lang Geschichten erzählt und Menschen für sich gewonnen, um dorthin zu kommen, wo er heute war. Er sagte sich, dass dieser Fall nicht anders war, konnte aber nicht anders, als einen weiteren Blick auf Tonys zusammengesunkene Gestalt zu werfen und über diese rote Lederjacke nachzudenken und was sie für ihn bedeutete.

KAPITEL SECHS

Als die Polizei eintraf, um die Stelle zu säubern, an der Tonys Leiche gelandet war, befand sich Montana auf der anderen Straßenseite in einer Pizzeria und bestellte ein Stück. Montana war ein rauer Mann Mitte vierzig mit einem Schnurrbart, einer Waffenlizenz und von Pockennarben übersäten Wangen, die seiner einzigartigen Ausstrahlung jedoch keinen Abbruch taten.

Montana rutschte auf dem Metallstuhl des Restaurants hin und her und fühlte sich glücklich, dass das Essen unter freiem Himmel auf der Terrasse der Pizzeria ihm einen perfekten Blick auf die dramatische Szene bot, die sich vor ihm abspielte. Montana wohnte seit weniger als einem Jahr in den *Rowling Heights* und hatte es sich bei seinem Einzug zur obersten Priorität gemacht, herauszufinden, auf welche Restaurants in der Nähe man für einen guten Abend zählen konnte. Es schien jedoch, dass er sich heute Abend geirrt hatte. Er beobachtete, wie rotes und blaues Licht die kleine Hafenstraße, die er sein Zuhause nannte, überzog, und notierte die Anzahl der Streifenwagen - genau sechs - und den Leichenwagen. Montana nahm noch einen Bissen von seiner Pizza und einen Schluck von seinem Bier, so unbeeindruckt von der Szene, als würde er ein Fußballspiel verfolgen. Als Agent des Ministeriums für Innere Sicherheit oder »DHS« hatte Montana seinen fairen Anteil an Tragödien miterlebt. Er arbeitete jeden Tag an der Grenze und stieß regelmäßig auf neue Schrecken. Letzte Woche war der Alptraum der Wahl eine Gruppe von Menschenhändlern, die ihre Opfer in einem geheimen Fach unter einer Ladefläche zurückließen, wobei einige von ihnen an Hitze und Luftmangel starben. In der Woche davor war es das Kartell, das einen menschlichen Muli mit einem Gramm Kokain im Magen in die Station schickte. Als der Beutel platzte, verlor der Mann sein Leben, und niemand konnte etwas anderes tun, als für ihn zu beten. Montana hatte das Schlimmste der Menschheit gesehen und sich im Laufe der Zeit abgehärtet, um davon unberührt zu bleiben. Die Tätowierungen, die seine Arme zierten, waren mit seiner Gleichgültigkeit gewachsen, und jetzt, wenn er sich ein neues Tattoo stechen ließ, bemerkte Montana die Nadel kaum noch. Genauso war es mit der Tragödie. Nur eine weitere Markierung.

Montana winkte dem Kellner zu. »Noch eins«, sagte er und zeigte auf das leere Glas vor sich. Der Kellner eilte davon, um sein Bier nachzufüllen, und Montana dachte darüber nach, wie das Leben aufgebaut war. Die Welt war in seinen Augen ein Machtspiel. Diejenigen, die Macht hatten, führten ein ausgezeichnetes Leben. Sie durften in Gebäuden wie den *Rowling Heights* leben und die Jahre weiterhin mühelos verstreichen sehen. Diejenigen, die keine Macht hatten, schmachteten dahin, kämpften immer um den nächsten kleinen Sieg, nur um zu sehen, wie er durch einen Verlust oder ein Marktversagen zunichte gemacht wurde. Als Montana seine Arbeit beim DHS begann, glaubte er an »uns« und »sie«. Es war die Regierung - die Guten - gegen Menschen, die er als Bedrohung für die nationale Sicherheit ansah. Doch jetzt hatten sich Montanas Ansichten geändert.

Nach Jahren des Dienstes sah er kaum einen Unterschied zwischen der Führung seines eigenen Landes, den Einwanderern, die versuchten, in die Staaten zu gelangen, und den Kartellen jenseits der Grenze. Alles - in Montanas Augen - drehte sich nur um Macht.

Montana beobachtete, wie der Gerichtsmediziner den Körper von der Motorhaube des Autos hob, die Gliedmaßen hingen schlaff herab, ein unkenntliches Gesicht war mit Blut bedeckt. Montana erkannte die rote Lederjacke, die der Körper trug. Zwischen dieser und dem Körperbau des Mannes war klar, dass der Mann, der gesprungen war, Tony war, der im Penthouse wohnte. Montana war ihm mehrmals über den Weg gelaufen und kannte ihn als den Sohn des Besitzers.

Als Erbe eines Immobilienimperiums hatte Tony Macht. Große Macht. Das war die wahre Tragödie hier. Anders als Montana war Tony mit Macht geboren worden. Er war nicht wie Montana, der für jeden Quadratzentimeter Muskel, den er im Leben gewonnen hatte, gearbeitet hatte. Tony hatte alles von vornherein bekommen, aber er hatte nicht gewusst, wie er es festhalten sollte. Montana hätte den Kerl fast bedauert, dass er das Rennen verloren hatte, wenn er nicht von Anfang an einen solchen Vorsprung gehabt hätte.

Montana seufzte und nahm sein Handy aus der Jackentasche. Er drückte ein Symbol für die Kurzwahl und wartete das erste Klingeln ab, bis er am anderen Ende das vertraute Klicken hörte, das ihm sagte, dass sein Kontakt gewartet hatte.

»Wir haben möglicherweise ein Problem«, sagte Montana. Auf der anderen Straßenseite lud der Gerichtsmediziner Tonys Leiche in den Transporter, die Doppeltüren schlossen sich mit einem festen, endgültigen Knall.

KAPITEL SIEBEN

ALFRED

Im Büro im Erdgeschoss saß Alfred, als er die Nachricht von Tonys Sturz hörte. Als Leiter der Instandhaltung und Sicherheit von *Rowling Heights* war Alfred der Managerin Cataline unterstellt und sorgte dafür, dass das Gebäude sauber und sicher blieb. Der Gebäudeeigentümer Ferdinand legte Wert darauf, die Betriebskosten möglichst gering zu halten, indem er Personal einstellte, das bereit war, mehr als eine Aufgabe zu übernehmen. Ferdinands Sparsamkeit bedeutete, dass Alfred für die Beaufsichtigung eines Reinigungsteams von drei Hausdamen sowie eines kleinen Sicherheitsteams aus rotierenden privaten Wachleuten und aller technischen Sicherheitselemente wie Kameras und Schlüsselkarten verantwortlich war.

Die breit gefächerte Stellenbeschreibung spiegelte sich im chaotischen Einrichtungsstil von Alfreds Büro wider. Kaputte Sicherheitskameras lagen in einem Haufen herum, ihre ausgefransten Kabel ragten heraus, als würden sie darum betteln, repariert zu werden. Ein Eimer, ein Wischmopp und ein Besen lehnten an der gegenüberliegenden Wand, daneben stand ein zusammenklappbares Schild mit der Aufschrift

»Reinigung in Arbeit«. An der Westwand stand ein Metall-schreibtisch, auf dessen Oberfläche eine Matrix von Moni-toren angeordnet war, die verschiedene Bereiche des Gebäudes zeigten. Hinter dem Schreibtisch hatte Alfred seinen üppigen Körper auf einem Bürostuhl platziert und schrieb etwas auf einen Notizblock vor sich. Alfred, ein Mann Ende sechzig, arbeitete seit mehr als zwanzig Jahren in dem Gebäude und leistete den Bewohnern treue Dienste. Alfred hatte keine eigenen Kinder und fühlte sich dem *Rowling Heights* und den Menschen darin geistig verbunden. Alfred war mehr als nur der Sicherheitschef. Im Laufe der Jahre hatte er die Tränen der Bewohner getrocknet, ihnen in ihren dunkelsten Momenten Rat gegeben und ihre Geheimnisse bewahrt, wenn es darauf ankam. Alfred war ein Mann, auf den man zählen konnte, und er machte den Job, weil er ihm ein Gefühl der Sinnhaftigkeit gab. Den Reichen zu dienen, lag ihm im Blut, wenn man seinem Familienerbe Glauben schenken wollte. Sein eigener Vater war aus dem Vereinigten Königreich nach San Diego eingewandert und hatte behaup-tet, als Alfred noch ein Kind war, dass ihre Vorfahren Höflinge bei mehr als einem britischen Monarchen gewesen seien.

An seinen besten Tagen erwog Alfred, alles, was er in seinen Jahren des Dienstes gelernt hatte, aufzuschreiben und ein Buch darüber zu verfassen, was es bedeutet, sich um andere zu kümmern. Zu diesem Zweck führte er lange, hand-geschriebene Notizen, um sich die Zeit zu vertreiben. An diesem Abend arbeitete er an einem solchen Dokument und ließ seinen Stift manuell über ein abgenutztes altes Notizbuch kritzeln, wobei er eine kürzliche Begegnung mit einem der Bewohner und deren Bedeutung für ihn festhielt. Er war drei Seiten weit und in Gedanken versunken, als sein Telefon summte. Er hielt inne, legte seinen Stift beiseite und sah auf den Bildschirm.

Dort wartete eine Nachricht auf ihn, gesendet von Cataline. »*Sieh dir den Straßen-Feed nicht an, bevor ich dich anrufe.*«

Alfred blinzelte nachdenklich. Er tat selten, was man ihm sagte, und hielt sich für über dem Gesetz stehend, wenn das Gebäude, das er so sehr liebte, in Gefahr war. Er rollte mit seinem Stuhl nach vorne und tippte etwas in die Tastatur vor ihm ein. Der Monitor ganz links wechselte die Perspektive und zeigte eine Ansicht von *Rowling Heights* vom Bürgersteig aus. Dort umkreiste eine Ansammlung von Streifenwagen einen viertürigen Sedan, der am Straßenrand geparkt war. Die Straße war mit gelbem Notfallband abgesperrt, und Gerichtsmediziner schoben eine Trage zu einem Transporter, wobei eine schwarze Plane die Form bedeckte, die auf ihrer Oberfläche lag.

Der Ton einer weiteren Benachrichtigung ertönte von Alfreds Handy. Er warf einen Blick auf die Nachricht von Cataline.

»*Im Ernst, Alfred. Warte auf meinen Anruf. Fünf Minuten.*«

Alfred schüttelte den Kopf. Cataline kannte ihn gut, und ihre Arbeitsbeziehung war nicht nur die von Kollegen, sondern auch von Freunden. Sie teilten eine gegenseitige Liebe für das Gebäude.

Er nahm sein Handy und tippte eine Antwort. »*Wer?*«

Die Nachricht war einfach. Alfred betete, dass es kein Bewohner war. Jeder von ihnen war eine Person, für die er verantwortlich war, und er hasste den Gedanken, sie in irgendeiner Weise im Stich gelassen zu haben.

Drei Punkte erschienen in der Textnachrichtenbox, bevor Catalines Antwort eintraf.

»*Tony.*«

Alfred keuchte auf. Tony war der einzige Sohn des Gebäudeeigentümers. Als jemand, der seit Jahrzehnten in Ferdinands Diensten stand, wusste Alfred, was Tony für ihn bedeutet hatte. Er würde am Boden zerstört sein.

Eine weitere Nachricht erschien von Cataline:

»*Bin gerade mit Ferdinand in Verbindung. Er denkt, es war Mord. Glaubt, es hängt mit der Paketangelegenheit zusammen. Polizei kommt morgen. Lass uns früh treffen. 6 Uhr?*«

Die Paketangelegenheit, dachte Alfred bei sich. Er wusste, worauf Cataline anspielte. Seit vielen Monaten erhielt das Gebäude seltsame Pakete, die weder mit einem Empfängernamen noch einer Wohnungsnummer gekennzeichnet waren. Die Kisten kamen im Postraum an, gestapelt und bereit zur Verteilung, bevor sie schnell entfernt wurden und spurlos verschwanden. Alfred hatte eine Sicherheitskamera im Postraum installiert, um den Täter zu fassen, aber es war ihm nur gelungen, Videoaufnahmen von jemandem in einem schwarzen Kapuzenpullover zu sichern, der mitten in der Nacht Kisten aus dem Postraum in eine Kiste mit Rädern lud. Alfreds Kameras hatten gewissenhaft den Weg des nächtlichen Besuchers durch den Aufzug bis zum Dach aufgezeichnet, wo die anonyme Person die Kiste entlud und die Pakete zurückließ, als würde sie sie dort lagern, den Elementen ausgesetzt und völlig sichtbar unter den Nachtsternen. Nach Durchsicht der Aufnahmen war Alfred natürlich sofort auf das Dach des Gebäudes geeilt, um den Verdächtigen zu fassen, hatte aber nur die traurigen Überreste von Kartons gefunden, die plattgedrückt und zum Verwittern zurückgelassen worden waren, ihr Inhalt Stunden zuvor geleert. Seitdem hatte Alfred begonnen, die Tür zum Postraum nachts abzuschließen und auch die Tür, die zum Dach führte, zu verriegeln, wobei er allen Bewohnern jeglichen Zugang zu diesem Bereich verwehrte. Seine Bemühungen schienen das Problem zu lindern. Zumindest vorerst.

Plötzlich erinnerte sich Alfred an etwas. Der Gedanke blitzte vor seinen Augen auf und weigerte sich zu verschwinden, überdauerte seine Willkommenheit wie ein unangenehmer Abendgast. Alfred beugte sich über sein Sicherheitskamerasystem und tippte etwas in die Tastatur ein, spulte die Aufnahmen zu einem Zeitstempel früher am

Abend zurück, nur wenige Stunden bevor Tony seinen tödlichen Sturz erlitten hatte.

Alfred sah sich die Aufnahmen erneut an, wobei die Farben vom Bildschirm blaue und goldene Schatten auf sein Gesicht warfen. Eine Aufnahme des Flurs vor Tonys Wohnung erschien, der verzierte Teppichboden und die tapezierte Korridor so vertraut für Alfred wie sein eigenes Zuhause. Alfred ließ das Video abspielen, und als er sah, was sich entfaltete, brachte er eine Hand an seinen Mund, Entsetzen in seine sanften Züge gemeißelt. Er hielt inne, spulte dann zurück und sah sich die Aufnahmen noch einmal an, als hoffte er, sie könnten sich ändern.

Es war genau so, wie er es nur Stunden zuvor gesehen hatte. Als er das Ereignis damals beobachtet hatte, hatte er es für nichts weiter als eine leichte Kuriosität gehalten – etwas, dem er zu einem späteren Zeitpunkt nachgehen würde. Aber jetzt, da er verstand, dass Tony Vasquez nur Stunden später gestorben war, bekam das, was Alfred gesehen hatte, eine schreckliche neue Bedeutung.

Alfred überlegte, was die Veröffentlichung der Aufnahmen für die Bewohner des Gebäudes bedeuten könnte, die er so sehr liebte, als wären sie seine eigene Familie. Es würde ihnen schaden und die Seele von *Rowling Heights* zerstören. Alfred versuchte sich einzureden, dass die Polizei nicht nach dem Video fragen würde, aber er wusste, dass jeder Detektiv, der etwas auf sich hielt, als Erstes die Sicherheitsaufnahmen überprüfen würde.

Alfred überlegte. Er wusste, was er zu tun hatte. Er ließ einen Finger über der Pfeiltaste nach links auf seiner Tastatur schweben und den anderen über der Löschtaste. Er holte tief Luft, bevor er beide Tasten gleichzeitig drückte und zusah, wie das aufgezeichnete Band zurückspulte und der Bildschirm zu nichts als einem Gewirr aus schwarzen und weißen Linien wurde.

Als es vorbei war, spielte Alfred das Band vorwärts ab,

um sicherzugehen, dass er nichts übersehen hatte. Und so war – in einer momentanen Entscheidung des Mannes, der *Rowling Heights* beschützte – das Video des Flurs vor Tonys Wohnung gelöscht und jede Aufzeichnung dessen, was in den Augenblicken vor seinem Tod im Flur zu seiner Tür führte, verschwunden.

Alfred spürte einen Stich der Reue in seiner Brust, aber er unterdrückte ihn sofort. Er wusste, dass er das Richtige getan hatte. Seine Aufgabe war es, die Bewohner von *Rowling Heights* zu beschützen, und er würde alles Nötige tun, um den Anforderungen einer so hohen Berufung gerecht zu werden.

Er nahm sein Handy und schrieb eine kurze Nachricht an Cataline:

»Morgen um 6 Uhr ist es soweit.«

Sein Magen krampfte sich zusammen, als er an seinen Arbeitgeber dachte, und er wusste, dass in *Rowling Heights* nichts mehr so sein würde wie zuvor.

KAPITEL ACHT

POLIZEICHEFIN SANCHEZ STELLTE eine riesige Kaffeetasse vor Detektivin Annie Hudson ab, die mit einem unzufriedenen Gesichtsausdruck über den Rand schaute. »Milchschaum?«, fragte Annie entsetzt. »Was ist aus den Zeiten ohne Schnickschnack geworden?«

»Das ist der Cappuccino-Automat«, antwortete Polizeichefin Sanchez. »Wir haben keine Kosten gescheut.«

»Das will ich meinen«, stimmte FBI-Agent Ethan Becket zu. »Im Vergleich dazu sieht das FBI-Hauptquartier aus wie eine Gefängniszelle.« Er deutete durch eine Reihe Glasfenster in den Hauptbearbeitungsraum der Zentrale des San Diego Police Department. Kunstvoll gemusterte Fliesen zogen sich die Wände hinauf. An der Decke erzählte ein gemalter Einsatz die visuelle Geschichte der Gründung San Diegos, vollständig in Bildern dargestellt. Das Wandgemälde zeigte San Diegos landwirtschaftliche Vergangenheit und folgte seiner Entwicklung bis zur urbanen Gegenwart. Es schien in mühevoller Handarbeit geschaffen worden zu sein. Beamte gingen an ihren Schreibtischen umher, eine entspannte, kollegiale Atmosphäre beherrschte den Raum.

»Es ist eine harte Stadt, aber niemand kann sagen, dass sie

nicht gut finanziert ist«, sagte Polizeichefin Sanchez und setzte sich an einen langen Holztisch in dem Raum, den sie beschlagnahmt hatten. »San Diego ist eine der teuersten Städte in den USA«, fügte sie hinzu. »Glauben Sie mir. Diese Stadt sicher zu halten? Wir haben uns ein paar Annehmlichkeiten verdient.«

»Das will ich meinen«, stimmte Annie zu. Sie nippte am Kaffee und versuchte, zufrieden mit dem Ergebnis auszusehen. Ethan unterdrückte ein Lächeln. Er wusste, dass Annie das Grundlegende im Leben bevorzugte und jeglichen zusätzlichen Schnickschnack - einschließlich dekorativen Kaffeeschaums - als beleidigende Ablehnung von Nützlichkeit empfand. »Sollten wir zur Sache kommen?«, fügte sie in ihrer kurzen, eigenartigen Weise hinzu.

»Auf jeden Fall«, stimmte Polizeichefin Sanchez zu. Sie schob einen Stapel Akten über den Schreibtisch und breitete sie aus, während sie den Inhalt jeder einzelnen erläuterte. »Das hier sind die Grundlagen des Falls - was wir bisher wissen. Hier haben wir einige Hintergrundinformationen über das Gebäude, die vom Vater des Opfers zur Verfügung gestellt wurden. Er ist mehr als bereit zu kooperieren, also werden Sie dort auf keine Hindernisse stoßen. Die letzte Akte enthält alles, was wir über Tony Vasquez in Erfahrung bringen konnten. Der Kerl ist sauber wie ein frisch gewaschenes Hemd. Nicht einmal ein Strafzettel«, sie hielt inne, als ob sie überlege, ob sie noch mehr sagen sollte. »Das ist ungewöhnlich«, gab Polizeichefin Sanchez zu. »Ich sehe hier viele Kinder aus wohlhabenden Familien. Normalerweise geraten sie in irgendwelche Schwierigkeiten, die sich wegkaufen lassen, aber trotzdem gibt es eine Akte, selbst wenn sie aus ihrer Jugend stammt. Tony scheint ein vorbildlicher Bürger gewesen zu sein. Mit Auszeichnung abgeschlossen. Nie in Schwierigkeiten geraten. Hat als Erwachsener nicht viel gearbeitet, aber warum sollte er auch, wenn ihm ein Vermögen zur Verfügung steht?«

»Danke«, nickte Annie und öffnete die Akten mit einer eifrigen Handbewegung. »Wir werden der Sache auf den Grund gehen.«

Polizeichefin Sanchez erkannte die Entlassung und stand ohne Kränkung auf. Sie wusste, dass Annie brillant war, und mit Brillanz kam eine gewisse Eigenartigkeit, die es vorzog, allein zu arbeiten. »Ich werde versuchen, die Quelle Ihres Briefes ausfindig zu machen«, sagte Polizeichefin Sanchez. »Sie haben mein Wort. Ein fairer Handel.« Damit drehte sie den Griff der schweren Holztür des Raumes und ließ sie hinter sich ins Schloss fallen.

»Was denkst du?«, wandte sich Ethan an Annie, begierig darauf, jetzt mit ihr zu sprechen, da sie allein waren.

»Ich denke, er war verloren«, antwortete Annie, während sie die Akte über Tony Vasquez überflog. »Er wusste nicht, wer er außerhalb des Immobilienimperiums seines Vaters war.«

»Ich meinte den Brief«, fügte Ethan hinzu und bezog sich dabei auf das Rätsel, wie sie für ihren letzten Fall engagiert worden waren. »Kann sie Fortschritte machen?«

Annie zuckte mit den Schultern und versuchte, ihre Gefühle nicht zu verraten. »Ein Fall nach dem anderen«, sagte sie, ohne den Blick zu heben. Bei Ethans Schweigen sah Annie schließlich auf. Sie streckte die Hand aus und legte sie auf seine. »Ethan, ich *kenne* Polizeichefin Sanchez. Sie ist strategisch. Wenn jemand uns eine Antwort geben kann, ohne den Feind zu alarmieren, dann sie.«

»Wir könnten ihnen endlich Gerechtigkeit verschaffen«, flüsterte Ethan und dachte dabei an Annies Bruder und seine eigene Schwester. Es war Jahre her, seit Ethan ein Bild seiner Schwester angesehen hatte, und trotzdem erinnerte er sich mit verblüffender Klarheit an ihr Gesicht.

»Das könnten wir«, stimmte Annie zu. »Aber zuerst muss ich Tony Vasquez Gerechtigkeit widerfahren lassen.«

»Einverstanden«, sagte Ethan mit einem resignierten Unterton in der Stimme. »Was sind die Fakten des Falls?«

»Tony Vasquez stürzte um zwanzig Uhr pazifischer Standardzeit vom Balkon seiner Wohnung im elften Stock«, begann Annie und las aus der vor ihr geöffneten Akte vor. »Die Polizei ging ursprünglich von einem Selbstmord aus, vermutet aber nach einer ersten Untersuchung aufgrund zusätzlicher Beweise ein Verbrechen.«

»In Form von Ferdinand Vasquez' Beharren?«, fragte Ethan. »Das«, nickte Annie, »- und dies.«

Sie nahm ein Foto aus der Akte und legte es flach vor Ethan hin. Es zeigte ein einzelnes Seil, das über den Rand des Balkons hing. Es schien etwa einen Meter lang zu sein und war fest am eisernen Geländer des Balkons befestigt, während der Rest frei in Richtung Boden hing.

»Sie haben ihn ans Geländer gefesselt?«, keuchte Ethan.

»Sieht so aus. Passende Fragmente wurden an den Ärmeln der Jacke des Opfers gefunden.«

»Sie haben ihn also an den Handgelenken ans Geländer gefesselt und ihn dort hängen lassen«, bestätigte Ethan. »Klingt nach Kartellverhalten. Wir sehen das ständig, wenn wir an Drogenfällen arbeiten.«

»Es sieht tatsächlich danach aus«, stimmte Annie zu und wandte sich wieder dem Papier vor ihr zu. »Tony Vasquez wurde ans Geländer seines Balkons gefesselt und über die Seite gestoßen, und ich vermute, sie ließen Tony's Körpergewicht das Seil zerreißen, bis es nachgab und er fiel.«

»Wenn man jemanden direkt töten wollte, würde man ihn dann nicht einfach über den Rand stoßen?«, fragte Ethan. »Das sieht aus wie eine Drohung, die schiefgegangen ist, oder ein Versuch, Informationen zu bekommen. Sie dachten, sie könnten es aus ihm herausschrecken.«

»Und haben ihn stattdessen getötet. Ich vermute dasselbe, aber -«

»- Vermutungen sind keine Fakten«, sagte Ethan und

lächelte sie an. »Lass uns weitermachen mit dem, was wir wissen.«

»Wir *wissen*, dass es in dem Gebäude kürzlich Probleme mit verdächtigen Paketen gab, die keinen spezifischen Empfänger oder keine Wohnungsnummer aufwiesen. In den Postraum wurde mehrmals am Abend eingebrochen, wenn der Sicherheitschef normalerweise nicht im Dienst war. Sie haben sogar eine Gestalt auf Video aufgenommen, konnten aber keine positive Identifizierung vornehmen, da der Täter sein Gesicht verdeckt hatte.«

»War das zum Zeitpunkt des Mordes noch im Gange?«, fragte Ethan.

»Laut Albert O'Hara, dem Sicherheitschef von *Rowling Heights*, hatte sich das Problem in den zwei Monaten vor dem Mord vollständig gelöst«, sagte Annie. »Er führt dies darauf zurück, dass er die Tür zum Dach abgeschlossen und damit jeden Zugang blockiert hat.«

»Das Dach?«, sagte Ethan überrascht. »Was hatte das mit den Paketen zu tun?«

»Die Sicherheitsaufnahmen zeigten, wie die nicht identifizierte Person die Pakete aufs Dach rollte, wo sie vermutlich für eine gewisse Zeit gelagert wurden. Nachdem der Nachtaktive keinen Zugang mehr zu dem Bereich hatte, hörten die Lieferungen auf. Es dauerte eine Weile, bis sie bemerkten, dass er die Pakete dort gelagert hatte, da sie ursprünglich keine Überwachungskameras auf dem Dach oder im entsprechenden Treppenhauseingang hatten. Die nächstgelegene Kamera befand sich außerhalb des Fitnessraums des Gebäudes.«

»Interessant«, nickte Ethan. »Sonst noch etwas?«

»Ja, ein hilfreiches Detail«, grinste Annie, als ob sie ihm ein Geschenk machen würde. »Der Aufzug funktioniert nur mit Schlüsselkarte.«

»Und jeder Bewohner hat eine Karte?«

»Ja«, nickte Annie. »Das haben sie. Um den Aufzug zu

bedienen, muss der Bewohner oder Angestellte seine Karte scannen und ein Stockwerk auswählen. Das Kartenunternehmen zeichnet die Zeit der Scans auf, was bedeutet, dass wir ein Zugriffsprotokoll haben, das uns genau zeigt, *wer* in den Stunden vor Tony Vasquez' Ermordung in den elften Stock des Gebäudes gefahren ist.«

Sie schob eine Liste über den Tisch und ließ Ethan die Namen darauf überfliegen.

»Sieht aus, als hätten wir ein paar Verdächtige«, nickte Ethan.

»Es ist ein guter Anfang«, stimmte Annie zu. »Glaubst du, wir sollten sie zusammenbringen?«

»Das könnte nützlich sein«, sagte Ethan. »Schließlich... ist es wichtig, seine Nachbarn zu kennen.«

KAPITEL NEUN

Der Morgen nach dem Mord erschien Cataline wie eine lange, schmerzhafte Verlängerung des Vorabends. Sie hatte zwar ein paar Stunden Schlaf bekommen, aber dann klingelte ihr Wecker um 5 Uhr morgens, und sie wachte auf, ihr Kopf noch immer von den Ereignissen des Vorabends besetzt.

Du solltest zur Polizei gehen, dachte Cataline bei sich, während sie sich in ihrem kleinen Badezimmer anzog, ein Hemd in der einen Hand und eine Zahnbürste in der anderen. Cataline war jemand, der in jeder Situation das Richtige tun wollte. Zu schweigen über das, was sie wusste, ging gegen ihr innerstes Wesen.

Nachdem sie in eine einfache Jeans und einen Blazer geschlüpft war, schlich Cataline über den Flur und öffnete die Tür zu Marios Zimmer. Er schlief noch, eingewickelt in eine Star-Wars-Bettdecke, seine Beine hingen über den Rand des Bettes. Auf dem Boden türmten sich Kleiderberge, und Cataline entschuldigte sich im Stillen bei seinen zukünftigen Mitbewohnern. Sie hatte ihr Bestes versucht, Mario beizubringen, nach sich aufzuräumen, aber es war ein aussichtsloser Kampf.

Nachdem sie sich vergewissert hatte, dass Mario in Sicherheit war, hielt Cataline an einem Wandspiegel nahe der Haustür an, richtete ihre Krawatte und schlüpfte dann hinaus, wobei sie hinter sich abschloss. Sie marschierte den Flur hinunter zu den Aufzügen und scannte ihre Schlüsselkarte, während sie beobachtete, wie die Knöpfe mit einem roten Leuchten zum Leben erwachten.

Cataline war informiert worden, dass Ferdinand - ihr Chef - die Polizei davon überzeugt hatte, einen Sonderermittler einzustellen, der heute kommen würde, um eine bestimmte, spezifische Liste von Verdächtigen zu befragen. Als sie den Knopf für die Lobby drückte, fragte sich Cataline, wer wohl auf der Liste stehen würde und ob einige von ihnen Bewohner sein könnten.

Die Aufzüge landeten mit einem Pling, und die Doppeltüren öffneten sich zur prunkvollen, stabilen Lobby des *Rowling Heights*. Cataline nahm die Schönheit der glänzenden Böden und der mit Gold verzierten Wände in sich auf. Noch vor einem halben Jahr hatte sie überlegt zu gehen, und jetzt wünschte sie, sie hätte es getan. Aber der glitzernde Eingangsbereich des Gebäudes erinnerte sie stets daran, warum sie geblieben war. Als sie in dieses Land kam, war dies das Leben, von dem sie geträumt hatte. Es war das Leben, das Mario verdiente.

Catalines Absätze klackerten auf dem Boden, als sie einen schmalen Flur entlangging und vor einem Café anhielt, das in einem der offenen Geschäftsräume betrieben werden durfte. Dort entdeckte sie einen erfreulichen Anblick.

»Alfred«, sagte Cataline, sein Name fast ein Ausatmen in ihrem Mund. Alfred saß an einem Marmortisch, zwei heiße Tees und Croissants vor sich. Alfred und Cataline arbeiteten schon lange genug zusammen, dass er ihre Bestellung kannte. Sie hatten eine starke Verbindung und stritten fast nie. Cataline wusste, dass der Grund, warum sie so gut miteinander auskamen, darin lag, dass sie beide eine Loyalität zum

Gebäude und eine Ehrfurcht vor ihren Positionen teilten. Cataline und Alfred wollten *Rowling Heights* aufrichtig zur idealen Wohnsituation der Stadt machen. Und - bis gestern Abend - dachte Cataline, sie wären dem nahe gekommen.

»Setz dich«, deutete Alfred auf den Stuhl ihm gegenüber. »Wir haben den Morgensturm schon wieder verpasst.« Er zeigte auf den leeren Laden. Das war ihr privater Witz. Jeden Morgen waren Cataline und Alfred um fünf oder sechs Uhr wach, während der Rest der Welt noch dabei war zu entscheiden, was sie mit sich anfangen sollten. Cataline schätzte, wie Alfreds Anwesenheit das Gefühl linderte und aus dem, was eine einsame Erfahrung hätte sein können, etwas machte, das sich wie ein Grundschulabenteuer anfühlte.

»Wir haben den Laden für uns«, sagte Cataline zu ihm, wie sie es immer tat. Sie zog den Stuhl heraus und setzte sich, ihr Croissant in der Hälfte brechend. »Du glaubst doch nicht, dass er gesprungen ist, oder?«

Albert verstand sofort, dass sie sich auf Tony bezog, und schüttelte als Antwort den Kopf. »Ganz sicher nicht«, sagte er. »Wer springt schon, wenn er an einem Ort wie diesem lebt, betreut von so freundlichen Menschen?« Er deutete zwischen sich und Cataline hin und her. Er machte eine Pause und nahm nachdenklich einen Schluck von seinem Tee. »Es wird also eine Untersuchung geben?«

»Ja«, sagte Cataline. »Sie haben bereits eine Liste mit Verdächtigen zusammengestellt. Sie werden heute kommen, um alle zu befragen. Alfred-« Sie ließ ihre Stimme zu nichts mehr als einem Flüstern sinken. »Sie haben die Daten der Schlüsselkarten verwendet, um festzustellen, wer im Flur ein- und ausging, bevor Tony stürzte. Es ist eine Verletzung der Privatsphäre. Als wir dieses System einführten, hätte ich nie erwartet-«

»Ich auch nicht«, sagte Alfred und schüttelte den Kopf. »Und das bringt mich zu meinem nächsten Punkt.« Er zögerte, da er hasste, etwas zu tun oder zu sagen, was Cataline Schmerzen bereiten könnte. Dennoch wusste er, dass es jetzt oder nie war. Es wäre besser, sie früh zu informieren, bevor die Untersuchung in vollem Gange war, damit sie entscheiden konnte, was sie tun musste. »Es gab etwas, das gestern Abend in den Sicherheitsaufnahmen auftauchte.«

»Was?«, fragte Cataline alarmiert.

»Es war ein paar Stunden bevor Tony fiel«, wich Alfred aus.

»Was hast du gesehen?«, fragte Cataline. Alfred wollte gerade antworten, überlegte es sich dann aber anders. Er nahm an, sie wären allein, aber es bestand immer das Risiko, dass ein Kellner im Hintergrund ihr Gemurmel quer durch den Laden hören könnte. Stattdessen zog er die quadratische Cocktailserviette unter seiner Teetasse hervor und kramte in seiner Manteltasche nach einem Stift. Er klickte auf das Ende des Stifts und kritzelte etwas auf die Spitzenoberfläche der Serviette, faltete sie dann in der Mitte zusammen.

»Ich habe jemanden auf dem Sicherheitsband gesehen, der gestern Abend vor Tonys Tür stand, im Flur anwesend, nur wenige Stunden bevor Tony getötet wurde.«

»Wer?«, fragte Cataline.

Alfred schob die gefaltete Serviette über den Tisch. Cataline nahm sie, ihr Herz schlug wild, als sie sie nur so weit öffnete, wie es nötig war, um das Wort darin zu lesen. Das Blut wich aus ihrem Gesicht, als sie las, was dort geschrieben stand.

»Das kann nicht-«

»Doch, es war so«, unterbrach Alfred. »Keine Sorge. Ich habe das Band bereits gelöscht. Aber ich dachte, du solltest es wissen, falls es etwas gibt, was deswegen getan werden muss.«

Der Raum schien sich zu drehen, als Alfreds Worte in ihren Ohren widerhallten. Es gab definitiv etwas, was deswegen getan werden musste. Aber nicht jetzt. Nicht während sie unter dem Mikroskop standen.

Cataline streckte die Hand über den Tisch aus und berührte Alfreds Hand. »Danke«, sagte sie. »Du bist ein wahrer Freund.«

Alfred nickte. Es lag in seiner Natur, auf diejenigen aufzupassen, die ihm am Herzen lagen. Besonders wenn er vermutete, dass sie sich in eine Art von Schwierigkeiten gebracht haben könnten, die die Grundfesten des feinsten Gebäudes erschüttern könnten - selbst eines so mächtigen wie *Rowling Heights*.

KAPITEL ZEHN

ANNIE UND ETHAN standen vor einer kunstvoll verzierten Tür, deren Oberfläche mit Blumen geschnitzt war. Das Herrenhaus vor ihnen war mit Efeu bedeckt, der sich an der Ziegelfassade des Hauses emporrankte. Für ein Haus, das einem Immobilienmagnaten gehörte, fehlte dem Gebäude jeglicher Hauch zeitgenössischer Zweckmäßigkeit. Das Haus strahlte Wärme aus. Es war nicht das, was Annie erwartet hatte, und sie hasste es, überrascht zu werden.

»Du klingelst«, sagte Ethan zu Annie und nickte zur Türklingel. Er hasste diesen Teil des Jobs. Die Angehörigen eines Opfers zu treffen bedeutete, ihre Geschichten zu hören, was Ethan zu sehr an seine eigenen Tragödien erinnerte. »Der arme Kerl ist wahrscheinlich am Boden zerstört«, fügte Ethan hinzu und scharrte mit den Füßen.

Annie streckte die Hand aus, um die Türklingel zu drücken, aber sie stellte schnell fest, dass es nicht nötig war. Die Tür schwang auf, bevor sie ihre Anwesenheit ankündigen konnte, und offenbarte einen großen Mann mit breiten Schultern und zurückgekämmtem Haar. Er trug einen schwarzen Anzug, akzentuiert durch eine scharfe, karierte Krawatte.

»Wir sind hier, um-«, begann Annie zu sagen.

»Mich«, antwortete Ferdinand Vasquez. Der Unterton in seiner Stimme verriet, dass er ein Mann war, der es vorzog, direkt zur Sache zu kommen.

»Sie sind Ferdinand Vasquez?«, bestätigte Ethan, unfähig, die Überraschung aus seiner Stimme zu halten.

Ferdinand bemerkte Ethans überraschten Gesichtsausdruck. »Habe ich Ihre Erwartungen nicht erfüllt?«

»Nein, natürlich nicht, Sir«, stammelte Ethan. Als FBI-Agent war es selten, dass Ethan sich aus der Fassung bringen ließ. Er war es gewohnt, mit allen möglichen interessanten Persönlichkeiten umzugehen. Aber irgendetwas an Ferdinand Vasquez brachte die Menschen, die ihm begegneten, aus dem Gleichgewicht. »Es ist nur - Ihr Sohn ist gestern gestorben. Ich hatte erwartet-«

»Dass ich im Bett liegen und untröstlich sein würde?« Ferdinand trat vor und richtete seine Krawatte. »Lassen Sie mich Ihnen eine Geschichte erzählen. Ich kam in dieses Land auf der Flucht vor dem Kommunismus, auf einem Floß von der Größe eines Fahrrads. Als ich diese Küsten berührte, schwor ich mir, zu *überleben*. Und ich brachte meinem Sohn bei, dasselbe zu tun. Der Schlüssel zum Überleben ist *Zielstrebigkeit*. Als mein Sohn am Leben war, bestand mein Ziel darin, sicherzustellen, dass er das bestmögliche Leben hatte. Dass er Zugang zu allem hatte, was ich nicht hatte. Und jetzt, da er-« Ferdinands Stimme brach, und er blickte zum Himmel, als ob er dort Antworten finden würde. »-Jetzt, da er weg ist, besteht mein Ziel darin, seinen Tod zu rächen. Ich will den Verantwortlichen vor Gericht sehen. Mein Sohn war ein Überlebender, genau wie ich, und er wäre nie gesprungen. Das war Mord. Und ich habe vor, den Verantwortlichen hinter Gitter zu bringen.«

»Ich stimme Ihnen zu«, sagte Annie. »Das war kein Selbstmord. Ihr Sohn wurde ermordet.«

»Sie sind also diejenige, von der man mir sagte, sie sei ein Genie?«, fragte Ferdinand und musterte Annie von Kopf bis

Fuß, als suche er nach irgendeinem Anzeichen von Instabilität.

»Genie ist schwer zu definieren«, wich Annie aus. »Aber ich sehe es gerne als besonderes Talent in einem bestimmten Bereich. In diesem? Ich bin die Beste.«

Ferdinand nickte, dann öffnete er die Tür und führte sie in den Flur. »Dann dürfen wir keine Zeit verschwenden«, sagte er und ließ Annie und Ethan in den weitläufigen Eingangsbereich seines riesigen, leeren Hauses eintreten.

―――――

Nur wenige Augenblicke später saßen Annie und Ethan an Ferdinands Esstisch, während ein Mitglied seines Personals ihnen zwei Tassen Kaffee einschenkte. Kristallgeschirr schmückte die massive Mahagonioberfläche, zierliche Gläser und Becher waren als Mittelstück arrangiert, das bei jeder falschen Bewegung zerbrechen könnte. Vom Boden bis zur Decke reichende Fenster boten einen Blick auf den Hafen in der Ferne, dessen blaue Ränder kaum über dem Zaun sichtbar waren, der einen großen Hinterhof umschloss.

»Es war mein erstes Gebäude und mein bestes«, sagte Ferdinand und nahm sich ein Gebäck von dem Tablett, das vor ihnen stand. »*Rowling Heights* war mir immer besonders wichtig, weil es meinen wahren Übergang von jemandem, der sich Geld leiht, zu jemandem, der Geld verleiht, markierte. Ich wollte, dass mein Sohn das Beste hat, und so bekam er das Penthouse.«

»Aber er arbeitete nicht für Sie, richtig? Das Gebäude hat einen Manager?«, fragte Annie und zog eine Akte aus ihrer Aktentasche, die sie auf der entsprechenden Seite aufschlug. Annie hatte die Fakten des Falls bereits auswendig gelernt, aber sie hatte vor langer Zeit gelernt, dass das vorgetäuschte Nachschlagen von Informationen andere Menschen in ihrer Gegenwart wohler fühlen ließ und sie somit eher bereit waren, sich zu öffnen. Sie tat so, als würde sie aus der Akte vor ihr vorlesen. »Eine gewisse Cataline?«

»Ja«, bestätigte Ferdinand. »Cataline kümmert sich um alle Details in *Rowling Heights*. Unter ihr als Unterstützung ist mein langjähriger Vertrauter, Alfred. Beiden kann man vertrauen.«

»Sir, bei allem Respekt, warum haben Sie Ihren Sohn nicht das Gebäude verwalten lassen?«

Ferdinand lachte, als hätte Annie ihm einen Witz erzählt. »Meine Liebe, wissen Sie nicht, woher wahrer Reichtum kommt?« Er wischte sich mit dem Rand seiner Serviette übers Gesicht und entfernte die Krümel, die sich dort angesammelt hatten. »Wahrer Reichtum kommt nicht von Arbeit. Er kommt von *Investitionen*. Ich ermutigte meinen Sohn, nach Möglichkeiten zu suchen, sein Geld so anzulegen, dass es mehr Geld einbringt. Ich erwartete nie von ihm, seine Zeit damit zu verschwenden, durch Arbeit Reichtum zu generieren. Die Reichen verdienen Geld durch angemessene Platzierung von Geldern. Wenn Sie klug investieren, wird jemand anderes hart für Sie arbeiten und Ihr Geld um ein Vielfaches vermehren. *Comprender?*«

»Also war Tony ein Investor?«, fragte Ethan.

»Tony war dabei, einer zu werden«, sagte Ferdinand. »Er hatte einige gute Wetten abgeschlossen und einige schlechte. Aber er hatte ein Auge für Gelegenheiten. Er hätte großartig sein können, wenn ihm nur mehr Zeit gegeben worden wäre-« Ferdinands Stimme verlor sich, seine Augen schwollen an, als ob er im Namen seines Sohnes schmerzte.

»Sie haben Chief Sanchez gesagt, Sie glauben, dass etwas im Zusammenhang mit dem Gebäude zu Tonys Tod geführt hat«, drängte Annie, entschlossen, zu den Fakten zu kommen. »Was meinten Sie damit? Sie kennen das Gebäude besser als jeder andere. Sie können uns in die richtige Richtung weisen. Wonach suchen wir?«

Ferdinand schob seinen Teller beiseite. Er stützte seine

Ellbogen auf den Tisch vor sich, seine Haltung erweckte den Eindruck eines Richters, der mit einem Angeklagten spricht. »Man sollte meinen, ein teures Gebäude würde Sicherheit kaufen, und in gewisser Weise tut es das auch. Wo ich in Venezuela aufgewachsen bin, hatten wir keine Straßenbeleuchtung, keine Türschlösser und keine Verteidigung gegen diejenigen, die uns Schaden zufügen wollten, außer unseren eigenen zwei Händen«, Ferdinand hielt seine Hände in die Luft, als wolle er ein Beispiel geben. »In *Rowling Heights* sehen wir diese Art von Gewalt nicht. Es gibt Überwachungskameras. Es gibt ein Gefühl des Schutzes vor der Außenwelt. Aber es ist das, was im Inneren lauert, das eine Gefahr darstellt. Die Reichen kämpfen nicht wie die Armen. Sie kämpfen nicht mit Fäusten, sondern mit Geld.«

»Gab es jemanden im Gebäude, von dem Sie glauben, dass er es auf Ihren Sohn abgesehen hatte?«, fragte Ethan.

»Ja. Ob sie *im* Gebäude waren, kann ich nicht sagen, aber sie wollten auf jeden Fall dort sein. Im vergangenen Monat«, antwortete Ferdinand, »erhielt ich nicht weniger als drei Angebote, seine Wohnung zu einem überdurchschnittlichen Preis zu vermieten. Sie boten an, den derzeitigen Mieter für den Auszug zu bezahlen und versprachen, *mir* ein Vielfaches der monatlichen Rate zu zahlen.«

»Ist das ungewöhnlich, wenn man bedenkt, dass es sich um ein begehrtes Gebäude und die Penthouse-Wohnung handelt?«, fragte Annie.

»Es war sehr ungewöhnlich«, sagte Ferdinand. »Anfragen und Angebote, die wir erhalten, betreffen in der Regel nur Wohnungen, die derzeit auf dem Markt zur Vermietung angeboten werden. Noch seltsamer war, dass die Angebote direkt an meine Anwälte von einer anonymen Quelle gemacht wurden. Die Quelle behauptete, ein internationaler Milliardär zu sein, der anonym bleiben wollte. Ich lehnte das Angebot jedes Mal ab, als es vorgelegt wurde, und mit jeder Ablehnung stieg der mutmaßliche Preis. Beantworten Sie mir diese

Frage, Detective Annie Hudson. Warum würde ein Milliardär mit all den Ressourcen der Welt weiterhin darauf drängen, genau diese Wohnung in unserem Gebäude zu mieten?«

»Ich weiß es nicht«, antwortete Annie ehrlich. »Aber ich stimme Ihnen zu. Es ist verdächtig.«

»Und Sie glauben, es hängt mit jemandem zusammen, der derzeit im Gebäude wohnt?«, fragte Ethan.

Ferdinand nickte. »Die Wohnung war natürlich nicht zur Vermietung ausgeschrieben, da ich sie bereits Tony gegeben hatte. Also muss ich fragen, woher wusste der anonyme Käufer überhaupt, dass die Penthouse-Wohnung existierte? Und warum wären sie bereit, so viel mehr als den Marktpreis für eine Wohnung zu zahlen, die sie nie gesehen hatten?«

Annie und Ethan tauschten einen Blick aus. Es war eine berechtigte Frage.

»Und da war noch etwas anderes«, Ferdinand lehnte sich vor und stützte kurz seinen Kopf in seine Hände. Er zog an seinen Haaren, als ob das, was er gleich sagen würde, ihn wünschen ließ, er könnte sich selbst entkommen. »In den Unterlagen fügten sie eine Erklärung bei, in der sie anboten, den derzeitigen Mieter für den Umzug zu bezahlen. Aber sie machten einen Fehler. Ich dachte damals nichts dabei, aber sie sagten nicht einfach 'der derzeitige Mieter'. Nein... stattdessen sprachen sie Tony an - als meinen *Sohn*.« Das Wort schien ihm wehzutun, als es Ferdinands Lippen verließ. »Sie wussten, dass mein *Sohn* dort wohnte. Wie konnte ein ausländischer Investor so etwas wissen? Wir sind sehr private Menschen. Zu unserer Sicherheit stellen wir sicher, dass unsere Informationen nicht online verfügbar sind. Angesichts meines Reichtums treffen wir außerordentliche Vorsichtsmaßnahmen. Sie konnten es nicht gewusst haben, es sei denn-«

»Es sei denn, sie hätten Tony selbst getroffen«, schloss Annie.

»Sie müssen uns gekannt haben, entweder durch das Gebäude oder durch unseren engsten sozialen Kreis. Ich wünschte jetzt, ich hätte ihr Angebot angenommen«, sagte Ferdinand und sah zum ersten Mal so aus, als könnte er zusammenbrechen. »Mein Sohn hätte noch seine Zukunft. All das für ein Penthouse? Ich besitze dreißig Penthäuser. Und nur einen Sohn.«

Annie streckte ihre Hand über den Tisch und legte sie auf Ferdinands. »Danke, Sir. Wenn es etwas wert ist, ich glaube nicht, dass Sie falsch liegen.« Sie zog ihre Hand zurück, und Ferdinand blickte zu ihr auf, froh, einmal geglaubt zu werden. »Ich denke, jemand im Gebäude steckt definitiv dahinter. Unser nächster Schritt ist es, mit den Bewohnern zu sprechen. Ich verspreche Ihnen - wir werden die Antworten finden, die Sie suchen.«

Damit stand Annie auf und signalisierte, dass es Zeit für sie war, sich zu verabschieden. Ferdinand begleitete sie zurück in die Eingangshalle, dankbar, aber mit Angst zu hoffen, dass Gerechtigkeit walten würde.

»Seien Sie vorsichtig«, sagte Ferdinand, als er die Haustür für seine Gäste öffnete. »Erinnern Sie sich an das, was ich gesagt habe. Die Reichen kämpfen ihre Schlachten nicht mit Händen und Fäusten, sondern mit Loyalität. Finden Sie heraus, wo diese beiden Dinge liegen, und Sie werden meine Antworten finden. Die Menschen in diesem Gebäude - sie bauen Verbindungen zueinander auf. Allianzen. Sie werden dorthin gehen, wo ihre Loyalität liegt, und für diejenigen lügen, die ihnen nützen. Bestimmen Sie, mit wem sie sich verbunden haben, und Sie werden wissen, wo ihre Interessen liegen.«

»Sir, wenn Sie gestatten«, fragte Annie vorsichtig. »Wo liegt Ihre Loyalität?«

»Bei meinem Sohn«, sagte Ferdinand, der Herzschmerz in seinen Augen offensichtlich. »Für ihn tue ich alles.« Er deutete auf den Anzug, den er trug. »Selbst jetzt ziehe ich mich morgens an, weil es das ist, was er von mir erwartet hätte.«

»Nochmals vielen Dank für Ihre Zeit«, sagte Annie. Sie stiegen die Stufen hinab, die helle Morgenluft umgab sie wieder. Nach dem Gespräch mit Ferdinand schien die Schönheit des Tages angesichts der Tiefe seines Schmerzes fast beleidigend.

»Der Anzug steht Ihnen gut«, rief Ethan Ferdinand zu, seine Stimme sanft, als er seinen Kopf über die Schulter drehte und einen letzten Blick auf einen der reichsten Männer der Stadt warf, der sich plötzlich in der Hinsicht verarmt fand, die ihm am wichtigsten war.

KAPITEL ELF

DIE MODERNE LOBBY von *Rowling Height's* war heute geschäftig. Bewohner, Gäste und Einkäufer eilten durch das marmorne Atrium, viele von ihnen mit Kaffee und Zeitungen in der Hand. Cataline stand inmitten des Trubels, regungslos wie eine Statue. Niemand schenkte ihr einen zweiten Blick oder wunderte sich über die bewegungslose Frau, die in der Lobby erstarrt war. Cataline war es gewohnt, in Uniform ignoriert zu werden. Heute war Unsichtbarkeit das geringste ihrer Probleme.

Cataline brach den Bann der Reglosigkeit, indem sie ihren linken Arm hob und ihre Armbanduhr zu ihrem Gesicht drehte, um die Zeit abzulesen. Wenn ihre Gäste pünktlich wären, würden sie jeden Moment eintreffen.

Wie ein Uhrwerk erschienen Annie und Ethan an den Lobbytüren. Sie trafen sofort ihren Blick, und Cataline zwang sich zu einem Lächeln und winkte vom anderen Ende des Raumes. Sie schritt auf sie zu und versuchte so zu tun, als wäre dies einfach ein ganz gewöhnlicher Tag und als wären dies zwei ganz gewöhnliche Gäste.

»Sie müssen Annie Hudson sein«, sagte Cataline und streckte die Hand aus, um Annie zu begrüßen. »*Bienvenida.*

Ich habe den Sonderbeitrag gesehen, den sie bei 20/20 über Sie gemacht haben. Ehemaliges Verbrechensopfer widmet sein Leben der Aufklärung von Morden. Was für einen Lebenslauf Sie haben.«

Annie zuckte mit den Schultern und nahm ihre Sonnenbrille ab. »Ethan hat mich dazu gebracht. Er meinte, es würde ihm helfen, meine Dienste bei der Behörde zu vermarkten.«

Neben Annie streckte Ethan seine Hand aus. »Ethan Beckett«, stellte er sich vor. »FBI-Agent. Aber meine wichtigste Rolle ist es, Annie Hudsons Sidekick zu sein.«

»*Afortunada*«, murmelte Cataline unwillkürlich. *Glücklich.* Das Wort war ihr herausgerutscht, bevor sie die Chance hatte, sich zu zensieren. Sie konnte nicht umhin zu bemerken, dass Ethan attraktiv war. Nicht auf eine Filmstar-Art, sondern auf eine bodenständige, unvollkommene Weise, die eine Frau denken ließ, man könne sich auf ihn verlassen. Cataline räusperte sich. »Ich habe einen unserer Besprechungsräume gebucht. Wenn Sie mir bitte folgen würden...« Cataline bedeutete Annie und Ethan, ihr einen riesigen Flur rechts vom Eingang der Lobby entlang zu folgen.

»Das sieht nach viel mehr als nur einem Apartmentgebäude aus«, bemerkte Annie und nickte in Richtung des Cafés, als sie daran vorbeigingen. Neben dem Café befanden sich zwei weitere Geschäfte. Das erste verkaufte Urlaubskleidung im Inselstil, präsentiert an einer Schaufensterpuppe am Eingang, deren Plastikkörper mit einem Hawaii-Hemd und einer Khakihose bekleidet war. Das zweite Geschäft war eine Apotheke, ein rotes Medizinerkreuz schmückte den vorderen Tresen, Regale mit Schmerzmitteln, Toilettenpapier und Schönheitsprodukten erstreckten sich über den Rest der Verkaufsfläche.

»Das ursprüngliche Konzept war eine Wohn-Arbeits-Umgebung, aber Ferdinand entschied sich letztendlich für Apartments oben und Geschäfte unten«, erklärte Cataline, als sie um die Ecke bogen. »Seine Vision für *Rowling Heights* war, dass ein Bewohner fast alle Bedürfnisse befriedigen konnte, ohne jemals das Gebäude verlassen zu müssen. Wir haben ein Café und einige Einzelhandelsflächen... oben gibt es ein Fitnessstudio und ein Hallenbad. Es ist ein fantastischer Ort zum Leben. Wir kümmern uns um jedes Anliegen.«

»Außer davor, von Balkonen geworfen zu werden«, sagte Ethan.

»Ja«, zuckte Cataline zusammen. »Außer diesem einen.« Sie hielt inne. »Tony war ein Freund«, fügte sie hinzu. »Wenn es irgendetwas gegeben hätte, was wir alle hätten tun können, hätten wir-«

»Natürlich hätten Sie das«, sagte Annie und warf Ethan einen Seitenblick zu. »Das war nicht Ihre Schuld. Wir werden der Sache auf den Grund gehen.«

»Entschuldigung«, fügte Ethan hinzu. »Es war ein schlechter Witz. Beim FBI sieht man alles. Wir lachen darüber, um zu funktionieren. Manchmal vergesse ich, es beim FBI zu lassen.«

»Schon gut«, sagte Cataline und blieb am Eingang eines Konferenzraums stehen. Ein Schild neben der Tür las »*Ostflügel*«. »Dies ist unser bester Konferenzraum. Ich habe jeden Bewohner auf der Liste eingeladen, die Sie geschickt haben.«

»Gab es jemanden, der sich weigerte zu kommen?«, fragte Annie.

»Niemand. Sie haben alle zugestimmt zu kommen. Wie ich schon sagte, wir liebten Tony. Er war nicht nur der Sohn des Vermieters. Er war einer von uns.« Cataline hielt inne und richtete ihre Krawatte. »Alle Bewohner sollten anwesend sein. Wenn jemand fehlt, können Sie mich gerne anrufen. Ansonsten habe ich einige Dinge im neunten Stock zu erledigen-«

»Oh!«, rief Annie aus und bedeckte ihren Mund, als ob ein schrecklicher Fehler gemacht worden wäre. »Es tut mir so leid, ich hätte deutlicher sein sollen.«

»Entschuldigung?«, fragte Cataline überrascht.

»Ihr Name stand auch auf der Liste«, fügte Annie hinzu. »Er stand sogar ganz oben auf der Liste.«

Catalines Herz klopfte. Unter den eng gewebten Fäden ihrer Anzugjacke rann ein Schweißtropfen ihre Armseite hinunter. Sie schluckte hart und zwang sich dann zu einem weiteren Lächeln, wobei sie ihr Bestes tat, um die absolute Angst zu verbergen, die durch ihre Adern floss. »Ich nahm an, Sie hätten sie einfach an mich adressiert-«

»Nein«, bestätigte Annie. »Ich hatte gehofft, Sie würden bleiben. Was Sie über diese Nacht zu sagen haben, könnte wirklich hilfreich für uns sein.« Annie lächelte Cataline an, als würde sie sie zum Nachmittagstee einladen. »Es sei denn, es gibt natürlich ein Problem?«

»Nein«, schüttelte Cataline den Kopf. »Überhaupt kein Problem.«

Damit folgte Cataline Annie und Ethan in den Konferenzraum und dachte darüber nach, was sie zu verlieren hatte, wenn dieses Treffen nicht zu ihren Gunsten ausging.

———

Minuten später hatte das Treffen einen holprigen Start. Der Konferenzraum in *Rowling Heights* war ein gepflegter Raum mit einem zurückhaltenden, ausgeklügelten Charme. Ein flacher Teppich mit aufgedruckten rosa Blumen erstreckte sich über den gesamten Raum, und klappbare Holzstühle waren in einer Reihe aufgestellt worden. Spiegel an der Decke erweckten den Eindruck, der Raum könnte im Falle eines Balls genutzt werden, und verzierte Wandleuchten tauchten den fensterlosen Raum in ein goldenes Licht. An der gegenüberliegenden Wand war ein Tisch aufgestellt worden, der ein kontinentales Frühstück, Bagels, Obst und eine Kaffeemaschine bot - eine vorauseilende Entschuldigung an alle, die an diesem Morgen ihre Zeit für die Veranstaltung geopfert hatten.

Die Bewohner von *Rowling Heights* rutschten auf ihren Sitzen hin und her und bemühten sich, einander nicht anzusehen. Halb aufgegessene Bagels und Obstteller balancierten auf ihren Knien. Cataline hatte sich einen Platz am Ende der Stuhlreihe ausgesucht, neben Alfred, der Kaffee aus einem Pappbecher nippte. Er nickte ihr in einer subtilen Anerkennung zu, wagte es aber nicht, mehr zu sagen.

Vor der Stuhlreihe standen Annie und Ethan Seite an Seite und gaben ihr Bestes, den Eindruck zu erwecken, sie kämen in Frieden.

»Danke, dass Sie alle heute gekommen sind«, sagte Annie zu den Anwesenden. »Ich werde nicht zu viel von Ihrer Zeit in Anspruch nehmen.« Ein kurzer Blick in die anwesenden Gesichter verriet ihr, dass ihr niemand glaubte.

»Wir würden gerne einige Gesichter mit Namen verbinden«, sagte Ethan und warf einen Blick auf eine Liste auf dem Klemmbrett vor ihm. »Wenn ich Ihren Namen aufrufe, heben Sie bitte die Hand.« Ethan räusperte sich. Die Wahrheit war, dass Annie und Ethan in der vergangenen Nacht einen vollständigen Hintergrundcheck für jeden Bewohner auf der Liste durchgeführt hatten. Sie wussten nicht nur, wie jede Person aussah, sondern auch deren Kredithistorie und Sozialversicherungsnummer. Trotzdem hatte Annie darauf bestanden, dass er die Farce eines Aufrufs durchführte. Sie sagte, es hätte etwas damit zu tun, ein Gefühl der Spontaneität zu erzeugen, in dem jeder Verdächtige seine Deckung fallen lassen würde. Diese Übung, behauptete sie, würde ihr die Möglichkeit geben, das Verhalten zu beobachten.

»Cataline, natürlich«, Ethan lächelte Cataline an, die sofort ihre Hand hob. Sie versuchte, ihren Gesichtsausdruck neutral zu halten, als wäre dies nur ein weiterer Tag im Büro.

»Alfred O'Hara?«, fragte Ethan und sah sich im Raum um,

als hätte er keine Ahnung, wo Alfred sich befand. Neben Cataline hob Alfred eine Hand in die Luft. Er war blass und ergraut, rundlich auf eine Weise, die auf gute Gesundheit und einen Mangel an Entbehrungen hindeutete. Seine Uniform war gebügelt und gestärkt, sodass sie perfekt saß. Annie bemerkte die Sorgfalt, mit der Alfred seine Uniform behandelte. Es sagte ihr, dass er seine Position hier in *Rowling Heights* schätzte.

»Mindy Wellington?« In der Mitte des Raums schwebte Mindys Arm nach oben, ihr Gesicht war unmöglich zu lesen. Ihr Kiefer war fest zusammengepresst, ein Grübchen bildete sich in der Mitte ihrer Wange. Ihr Haar war in einem schmeichelhaften, stumpfen Stil geschnitten, und sie erweckte den Eindruck, ziemlich alterslos zu sein, obwohl sie eine Frau in ihren 50ern war.

»Hathaway Wellington?«, sagte Ethan und scannte erneut den Raum. Fünf Stühle von Mindy entfernt stieß Hathaway eine Hand in die Höhe und zog sie dann so schnell wieder zurück, wie er sie gehoben hatte. Sein Hemd war ungleichmäßig zugeknöpft, und der graue Bart, der an seinem Kinn wuchs, kam ungleichmäßig heraus.

»Sind Sie beide verwandt?«, scherzte Annie. Sie wusste natürlich aus ihrer Recherche, dass sie sich gerade scheiden ließen, aber sie wollte sehen, wie beide reagieren würden, wenn man sie anstachelte.

»Wir waren verheiratet, aber jetzt sind wir getrennt«, sagte Mindy und hielt ihren Ton gleichmäßig.

»Wir sind *immer noch* verheiratet«, korrigierte Hathaway sie.

»Niemand hat dich gebeten, das klarzustellen-«

»Nun, vielleicht hätten sie das tun sollen, wenn man bedenkt, dass *du* es falsch verstanden hast.«

»Was soll ich denn sagen?«, fügte Mindy hinzu. »Wir sind getrennt, aber rechtlich immer noch verheiratet, sodass wir, obwohl wir es kaum ertragen können, im selben Raum zu sein, ja, eine vage rechtliche Verbindung haben, die unseren gegenseitigen Schmerz verlängert?«

Es entstand eine lange Pause.

»Das wäre besser gewesen«, sagte Hathaway.

»Alejandro?«, brach Ethan das Schweigen, als wäre nichts passiert. Eine Hand am äußersten linken Rand der Stuhlreihe erschien in der Luft. Armbänder baumelten an seinem Handgelenk, teure Gold- und Silberschichten zierten die Haut des Besitzers. Alejandro blitzte ein zu weißes Lächeln und stellte den Kragen seines seidenen Paisley-Hemdes auf. »Das bin ich«, bestätigte er. »*Gracias, hombre guapo.*« Er zwinkerte Ethan zu.

Annie konnte nicht anders, als zu denken, dass Alejandro sie an einen *Telenovela*-Star erinnerte - auf eine Weise plastisch, die fast zu perfekt war.

»Danke«, nickte Ethan. »Und zum Schluss... Montana Grant?«

Die letzte Hand im Raum hob sich. Ein Ärmel voller Tattoos bedeckte den entsprechenden Arm und endete an der Schulter eines breitschultrigen Mannes mit narbiger Haut. »Das bin ich«, sagte Montana, scheinbar ohne sich allzu sehr darum zu kümmern, ob er anwesend war oder nicht. Annie bemerkte, wie Cataline ihn ansah. Sie ließ ihre Augen nur für einen Moment auf seiner Gestalt ruhen, bevor sie wieder wegschaute, ein scharfes Einatmen ließ ihre Brust erzittern. Es hätte ein bedeutungsloser Blick sein können, und Annie wusste nicht, was sie davon halten sollte. Aber sie speicherte die Beobachtung in ihrem brillanten Verstand ab, um sie später zu verwenden.

»Das sind alle«, bestätigte Annie und trat vor, um der Gruppe gegenüberzutreten. Sie öffnete ihre Arme weit wie eine Präsentatorin auf einer Konferenz und hieß sie in dem willkommen, was sie gleich sagen würde. »Zunächst möchte ich Ihnen allen dafür danken, dass Sie hier sind. Ich sollte wiederholen, was Ihnen Cataline sicherlich gesagt hat, nämlich dass Ihre Anwesenheit bei diesem Treffen nicht gesetzlich vorgeschrieben ist. Es ist lediglich eine Gelegenheit für Sie, das zu teilen, was Sie über die Nacht wissen, in der Tony Vasquez starb.«

»Aber alles, was wir sagen, kann als Beweis verwendet werden«, meldete sich Hathaway zu Wort, immer noch fest in seinem Stuhl verwurzelt. Er sah ziemlich zufrieden mit sich aus, dass er etwas Nützliches beigetragen hatte. Weiter unten in der Sitzreihe widerstand Mindy dem Drang, mit den Augen zu rollen.

»Das stimmt«, sagte Annie. »Alles, was Sie sagen, kann vor Gericht gegen Sie verwendet werden, und Sie haben das Recht, die Dienste eines Anwalts anzufordern oder überhaupt nicht zu sprechen. Nun, da das geklärt ist«, sie klatschte mit einer Begeisterung in die Hände, die sagte, dass sie im Begriff war, zur größten Party der Welt zu gehen. »Lassen Sie uns beginnen. Wie Sie alle inzwischen wissen, fiel Tony Vasquez vom Stockwerk seiner Penthouse-Wohnung und landete auf einem Sedan, der unten geparkt war. Er war beim Aufprall sofort tot.«

»Es war kein Selbstmord«, stellte Alfred mit Überzeugung fest und rieb sich das Kinn. Seine Augen waren von tiefer Besorgnis erfüllt, die seine Iris von Grau-Blau zu Meeresgrün wechseln ließ. »Niemand in diesem Gebäude hat viel, worüber er unglücklich sein könnte. Er konnte sich nicht so schlecht gefühlt haben. Wir hätten es bemerkt.«

»Da bin ich mir sicher«, stimmte Annie zu. »Nein, wir glauben nicht, dass es Selbstmord war.«

»Basierend auf welchen Beweisen?«, fragte Montana und zupfte am Hosenbein seiner Jeans. Er steckte den Denim tiefer in den Schaft seines Cowboystiefels und stellte seine Ferse mit Zufriedenheit wieder auf den Boden. »Menschen bringen sich die ganze Zeit um. Kein Grund, gleich auf Mord zu schließen.«

Annie griff in ihre Aktentasche und holte ein gedrucktes

Foto heraus. Die Luft im Raum schien sich zu verdichten, als sich die Bewohner von *Rowling Heights* vorbeugten, um einen besseren Blick zu erhaschen. Das Foto zeigte ein Bild von Tonys Balkon von außen. Basierend auf dem Winkel musste das Bild von einer Drohne aufgenommen worden sein, da es für keinen Menschen möglich gewesen wäre, sich in solcher Höhe in der Luft zu halten. Das Foto zeigte die oberen drei Stockwerke von *Rowling Heights*, wobei Tonys Penthouse-Balkon das obere Drittel der Seite einnahm. Dort - über dem eisernen Gitter, das einen Schutz gegen versehentliches Abrutschen in den Tod bot - war das beanstandete Objekt.

»Ziemlich eindeutig, wenn man es so sieht, nicht wahr?«, fragte Annie. Sie zeigte auf den fraglichen Gegenstand, als wäre die Fotografie ein Spiel von *Wo ist Walter?* Dort, am Ende ihres Fingers, war die unverkennbare Form eines Seils zu sehen. Im Vergleich zu der gewaltigen Größe des Apartmentgebäudes schien das Seil etwa einen Meter lang zu sein, seine Enden ausgefranst und zum Balkon unter Tony Vasquez' Wohnung herabhängend. Es war ein bedrohlicher, erschreckend einfacher letzter Ruf - ein Epitaph für Tony, das für die Welt sichtbar zurückgelassen wurde.

»Nehmen Sie es weg«, sagte Alejandro und sah ziemlich blass aus. »Es ist widerlich, so etwas in unserem Zuhause zu sehen. *Me da nauseas.*«

Annie kam der Bitte nach und entfernte das Bild aus dem Blickfeld, indem sie es zurück in ihre Aktentasche steckte. »Wie Sie sehen können, war dies ein Mord. Tony Vasquez ist weder von seinem Balkon gefallen, noch ist er gesprungen«, sie machte eine Pause, um die Spannung zu erhöhen. »Er wurde gestoßen.«

Mindy hob ihre Hand. Annie nickte ihr zu, und sie zog ihre pelzbesetzte Strickjacke enger um ihre Schultern. »Nicht, um unhöflich zu sein, aber was hat das mit uns zu tun? Hundert Menschen leben hier. Sie hätten das ganze Gebäude zu diesem Treffen einladen können. Warum wir?«

Annie lächelte, froh darüber, dass Mindy ihr die perfekte Gelegenheit gegeben hatte, das Thema zu diskutieren, das sie am meisten interessierte. »Ausgezeichnete Frage«, sagte Annie. »Sie alle sind hier, weil die Schlüsselkarten, die für den Zugang zum Aufzug verwendet werden, die Bewegungen aller Bewohner aufzeichnen.«

Überraschte Blicke gingen durch den Raum. Albert schien zu erröten und schaute auf einen Wandleuchter, um Blickkontakt mit den Bewohnern zu vermeiden. Annie war erfreut zu sehen, dass sie anscheinend nicht über die Funktion der Schlüsselkarten über die Bedienung des Aufzugs hinaus informiert gewesen waren.

»Laut den Aufzeichnungen, die von der Firma, die die Karten zur Verfügung stellt, bereitgestellt wurden, ist jeder von Ihnen der registrierte Besitzer einer Karte, die innerhalb von vierundzwanzig Stunden vor Tonys Ableben verwendet wurde, um auf den elften Stock zuzugreifen. Und natürlich, abgesehen vom Fitnessstudio und dem Hallenbad, ist die einzige Wohnung im elften Stock -«

»Das Penthouse«, sagte Cataline leise und vervollständigte Annies Satz, ohne es auch nur zu beabsichtigen, ein einziges Wort zu sagen.

Die Bewohner starrten einander an, ihre schockierten Gesichtsausdrücke zeigten, dass keiner von ihnen diese Nachricht erwartet hatte. In einer subtilen Geste schob Mindy ihren Stuhl von ihren Nachbarn weg, als wolle sie nicht mehr mit ihnen in Verbindung gebracht werden. Hathaway umklammerte die Kante seines Sitzes und dachte an seine tropischen Fische, während er so tat, als wäre er überall, nur nicht im Konferenzraum. Montana schien unbeeindruckt, betrachtete seine Nägel und entfernte etwas Schmutz darunter. Alfred und Cataline tauschten einen Seitenblick aus, beide dachten daran, dass die Beschwerden der Bewohner als Reaktion auf diese Entwicklung sicherlich in die Höhe schnellen würden.

Es war Alejandro, der schließlich das Schweigen brach und die Ärmel seines Seidenhemdes hochkrempelte. »Das sind ausgezeichnete Neuigkeiten, dass Sie so starke Hinweise haben!« Er klebte ein Lächeln auf sein Gesicht. »Ich bin sicher, wir alle würden gerne helfen. Ich kenne die halbe Polizeibehörde, wenn das Ihnen helfen würde. Ich könnte einen Anruf machen -«

»Das wird nicht nötig sein«, sagte Annie und machte sich eine Notiz. Alejandro war ein Netzwerker und glitschig. Das müsste untersucht werden. Aber nicht jetzt. Heute gab es nur eine Information, die Annie brauchte, um die Verdächtigen einzugrenzen. »Sie alle wären eine große Hilfe, wenn Sie eine einfache Frage beantworten könnten.« Sie machte eine Pause und suchte in der Gruppe nach Reaktionen. »Warum haben Sie den elften Stock in den vierundzwanzig Stunden vor Tonys Tod besucht?«

Zunächst meldete sich niemand freiwillig, um ein Alibi vorzubringen, aber dann sprach Montana. »Das Fitnessstudio«, zuckte er mit den Schultern, seine Stimme ein sanftes Schnauben. »Es ist im elften Stock, am anderen Ende des Flurs vom Penthouse.«

»Stimmt das?«, fragte Annie Alfred. Er nickte.

»Das Fitnessstudio und das Penthouse sind die einzigen Einrichtungen im elften Stock, abgesehen vom Penthouse.«

»Gehen Sie oft ins Fitnessstudio?«, wandte sich Annie wieder an Montana.

»Ich bin beim DHS«, antwortete Montana. Er griff in seine Hemdtasche und zog eine schwarze Brieftasche heraus, ließ sie aufklappen und zeigte eine Dienstmarke. »Department of Homeland Security.« Er schloss die Brieftasche und steckte sie zurück in seine Tasche. »Ich gerate in viele heikle Situationen. Muss in Form bleiben. Wahrscheinlich genauso wie Sie«, nickte er Agent Ethan Beckett zu, der kaum darauf reagierte. »Es gehört zu meinem Job«, fügte Montana hinzu. »Sie erwarten es.«

»Haben Sie etwas gesehen, während Sie dort waren? Irgendetwas Ungewöhnliches?«

»Nein«, sagte Montana. »Ich ging rein. Machte ein paar Übungen. Ging wieder raus. Nichts Außergewöhnliches. Tut mir leid.«

»Sonst noch jemand?«, fragte Annie und wartete auf einen weiteren Freiwilligen. Über die Reihe der Stühle hinweg hob Hathaway seine Hand.

»Ich habe den falschen Knopf gedrückt«, sagte er und sah verlegen aus. »Tut mir leid?«

»Ich wohne im zehnten Stock«, erläuterte Hathaway. »Ich stieg in den Aufzug, um nach einem langen Tag nach Hause zu fahren. Ich war am Telefon und hatte ein, äh, *Gespräch* mit meinem Anwalt -« Hathaway konnte nicht anders, als zu Mindy zu schauen. »Ich dachte, ich hätte den Knopf für den zehnten Stock gedrückt. Aber es stellte sich heraus, dass ich den elften gedrückt hatte. Der Aufzug hielt an. Die Türen öffneten sich. Ich stieg aus und beendete meinen Anruf. Sobald ich aufgelegt hatte, wurde mir sofort klar, dass ich im falschen Flur war. Dann drehte ich mich direkt um, stieg wieder ein und fuhr nach Hause.«

»Wie lange hat es gedauert, bis Sie wieder in den Aufzug stiegen?«

»Nicht mehr als fünf Minuten«, zuckte Hathaway mit den Schultern. »Ich war ziemlich vertieft in das Gespräch. Man könnte sogar sagen, ich habe geschrien.« Hathaway blickte zu Boden, Scham ließ Falten an seinen Augenwinkeln erscheinen. »Es war ein ziemlich emotionales Gespräch. Sehen Sie, meine Frau und ich lassen uns scheiden.«

»*Ex*-Frau«, murmelte Mindy.

»Es ist nicht 'Ex', bis die Scheidung rechtskräftig ist, was sie *wäre*, wenn du nur zustimmen würdest, den Ehevertrag zu respektieren, den du *bereits unterschrieben hast* -«

»Schon wieder!«, sagte Mindy zu ihm, ihre Stimme eine

Oktave höher als noch vor wenigen Augenblicken. »Immer schmälerst du meine Beiträge!«

»Indem ich dich bitte, das zu respektieren, dem du zugestimmt hast?«, konterte Hathaway.

»Dem ich zugestimmt habe, als ich jung und dumm genug war, auf *dich* zu setzen -«

»Danke«, unterbrach Annie. »Was ist mit Ihnen?« Sie schaute Mindy an. »Warum sind Sie in den elften Stock gefahren?«

Mindys Gesichtsausdruck war vor Überraschung ausdruckslos, fast so, als hätte Annie darum gebeten, ihre Unterwäsche zu sehen. »Ich?« Sie schaute sich um und bereute plötzlich, dass sie so viel Aufmerksamkeit auf sich gezogen hatte, indem sie sich mit ihrem Ex-Mann auseinandergesetzt hatte.

»Ja«, sagte Annie.

»Nun, ich-«, Mindy hielt inne und überlegte. »Ich bin *ihm* gefolgt«, sie nickte in Richtung Hathaway. »Ich habe ihn am Telefon mit seinem Anwalt gehört und dachte, ich könnte ihrer Strategie zuvorkommen.«

»Du hinterhältige, dreckige-«, stotterte Hathaway.

»Als ob du nicht genau dasselbe tun würdest!«, schrie Mindy.

»Ausgezeichnet«, nickte Annie. »Möchte sonst noch jemand freiwillig erzählen, warum er das Penthouse-Stockwerk besucht hat?«

»Geschäftlich«, sagte Alejandro und stellte seinen Hemdkragen auf. »Ich führe mehrere Unternehmen, und Tony war an Investitionen interessiert. Wussten Sie, dass ich das größte Tequila-Geschäft in San Diego besitze? Vielleicht sogar an der gesamten Westküste? *Es muy grande*«, fügte Alejandro mit einem Funkeln in den Augen hinzu.

»Das war mir nicht bekannt«, sagte Annie.

»Tony wollte in mein nächstes Vorhaben investieren, aber ich sagte ihm, dass ich nicht glaube, dass er gut passen würde. Meine Investoren sind eine exklusive Gruppe. Russisches Geld. Saudisches Öl. Tony wäre der Außenseiter gewesen.«

»Ich verstehe«, nickte Annie und tat so, als wäre sie beeindruckt. »Sie sind also vorbeigekommen, um Tony die Nachricht zu überbringen?«

»Das habe ich«, verzog Alejandro das Gesicht. »Ich bin vorbeigekommen. Habe ihm gesagt, dass es nicht klappen würde und er nicht bei uns investieren könne. Er schien verärgert. Als wir alle dachten, es sei ein Selbstmord, machte ich mir Sorgen, dass das der Grund war, warum er...« Tony machte ein pfeifendes Geräusch und deutete mit seinem Zeigefinger an, wie jemand springt. »Ich bin also froh zu hören, dass es ein Mord war. Denn das bedeutet natürlich, dass es nicht meine Schuld war.«

»Ja«, schüttelte Annie ungläubig den Kopf. »Was für eine Erleichterung.« Sie ließ ihren Blick durch den Raum schweifen und wandte sich den beiden letzten Verdächtigen zu, die noch nicht gesprochen hatten. »Das waren die Bewohner, was uns zu unseren Angestellten, Alfred und Cataline, bringt. Alfred?«

»Ich habe einen Sicherheitsrundgang gemacht«, erklärte Alfred. »Jeden Abend, bevor ich Feierabend mache und nach Hause gehe, gehe ich durch die Flure und stelle sicher, dass alles in Ordnung ist. Ich schaue auf jeder Etage vorbei. Nicht nur im elften Stock.«

»Haben Sie an dem Abend etwas Ungewöhnliches bemerkt?«

»Nein. Es war ruhig. Die Türen zum Dach waren noch versiegelt. Ich hatte sie seit dem Paket-Desaster überprüft-«

»Der Dachzugang ist im elften Stock?«, horchte Annie auf, plötzlich interessiert.

»Nun, ja«, fügte Alfred hinzu.

»Aber vorhin sagten Sie, das Penthouse und das Fitnessstudio wären die einzigen Räume?«

»Ich habe mich falsch ausgedrückt«, sagte Alfred, offensichtlich überrascht, dass Annie nichts entging. »Ich habe den Zugang zur Dachtreppe nicht berücksichtigt, weil, nun ja, sie verschlossen und versiegelt ist. Niemand kann sie benutzen.«

»Und Sie haben in dieser Nacht nichts Seltsames gesehen?«

»Nichts«, bestätigte Alfred.

Annie nickte und wandte sich dem letzten verbliebenen Opfer zu: Cataline. »Cataline. Warum sind *Sie* in den elften Stock gegangen?«

Cataline atmete ein und widerstand dem Drang, nach dem Kruzifix um ihren Hals zu greifen. Sie grub ihre Füße in den Boden und biss sich auf die Innenseite ihrer Wange. Sie sammelte sich und nahm sich vor, mühelos zu erscheinen, als sie sich auf die Lüge einließ, von der sie wusste, dass sie sie erzählen musste. Die Lüge, die sie und Mario vor einem schrecklichen Schicksal bewahren würde.

»Reinigungskontrolle«, sagte Cataline.

»Gab es einen Grund, warum Sie vermuteten, dass der elfte Stock eine Reinigungskontrolle benötigte?«

»Nein«, atmete Cataline aus und konzentrierte sich auf den Moment. »Aber ich überprüfe alle Stockwerke im Rotationsprinzip alle paar Wochen. Ich stelle sicher, dass ich persönlich vorbeischaue. Wenn man sich nur auf das Wort des Reinigungspersonals verlässt, nun, ich habe festgestellt, dass das nicht so gut funktioniert.«

»Und diese Woche war zufällig der elfte Stock an der Reihe?«

»Genau so war es«, bestätigte Cataline. »Komischer Zufall.«

»Sehr komisch«, stimmte Annie zu. Es gab einen Moment, in dem Annie den Mund öffnete, als wolle sie mehr sagen, aber dann hielt sie inne und wandte sich stattdessen an die Gruppe. »Nochmals vielen Dank an Sie alle. Das ist alles, was wir für heute brauchen. Ich hoffe, es macht Ihnen nichts aus, wenn wir uns zur Durchführung individueller Befragungen bei Ihnen melden. Wir schätzen Ihre Kooperation sehr.«

Daraufhin erhob sich die Gruppe wie ein Mann, ihre Körper drängten sich gegenseitig zum Ausgang. Cataline blieb zurück, erleichtert, dass die Detektivin ihre Geschichte offenbar geglaubt hatte. Die Schuld der Lüge lastete schwer auf ihrer Brust, das Gewicht ließ sie den Wunsch verspüren, sich auf den Boden zu legen. Stattdessen ging sie zum Ausgang, als sei nichts geschehen, in der Hoffnung, dies wären die letzten Fragen der Detektivin an sie.

Als der Raum sich geleert hatte, ließ sich Ethan in einen der verlassenen Stühle sinken, seine Arme breit über die Rückenlehne ausgebreitet. »Schwieriges Publikum«, sagte er. »Was denkst du?«

Annie setzte sich neben ihn und ließ ihren Kopf auf seine Schulter fallen. Es war ein Moment, der Ethan überraschte. Annie zeigte normalerweise nicht so leicht Zuneigung. Er hielt still, als hätte sich ein Schmetterling auf seinen Arm gesetzt, aus Angst, sich zu bewegen und ihn zu verscheuchen.

»Ich denke«, sagte Annie mit abwesendem Blick, »es wird großen Spaß machen herauszufinden, warum sie alle lügen.«

KAPITEL ZWÖLF

CATALINE

Als das Treffen mit den Detektiven endete, versuchte Cataline, ihren gewöhnlichen Aktivitäten zur Unterstützung des Tagesgeschäfts von *Rowling Heights* nachzugehen, konnte aber das Gefühl nicht abschütteln, beobachtet zu werden. Sie hielt ihre Nachmittagsbesprechung mit dem Reinigungspersonal ab, in der sie die Pflege der Gemeinschaftsbereiche und die Notwendigkeit einer besseren Aufmerksamkeit für den Flur in der Nähe der Lobby besprach. Sie hörte einem Bewohner aus dem dritten Stock mit mitfühlenden Ohren zu, der das Gefühl hatte, dass der Müllschlucker in seiner Küchenspüle immer wieder verstopfte, nicht weil er Papiertücher in das Rohr gestopft hatte, sondern weil das Gebäude sein Abwassersystem modernisieren müsste. Sie bot einem potenziellen Mieter eine Besichtigung einer leeren Wohnung im fünften Stock an, der – basierend auf seiner Beschreibung von Einkommen und Bonität – sowieso nie für das Wohnen im Gebäude in Frage kommen würde.

Und natürlich bearbeitete Cataline mehrere Anfragen von Hathaway, der sie seit dem Moment seiner Trennung von

Mindy wie seine persönliche Assistentin behandelt hatte. Am Morgen rief Hathaway an und bat darum, dass zusätzliches Toilettenpapier und Papiertücher bestellt und in seine Wohnung geliefert würden. Am Nachmittag schickte er Cataline eine Textnachricht mit der Bitte um eine Liste der besten Reinigungen in der Umgebung. Hathaway behandelte das Gebäude mehr wie ein Hotel als einen Wohnkomplex, und seine Anfragen waren so grundlegend, dass Cataline sich nicht helfen konnte, sich zu fragen, ob er sie vielleicht nur so oft stellte, weil er einsam war. Aus Sorge um sein Wohlergehen lehnte sie keine einzige »Bitte« von Hathaway ab und erfüllte all seine Wünsche, wann immer sie konnte. Cataline wusste, wie es war, wenn sich das Leben über Nacht auf den Kopf stellte, und obwohl er sie mehr wie einen Automaten als wie einen Menschen behandelte, tat er ihr leid.

Während all der gewöhnlichen Höhen und Tiefen ihres Tages konnte Cataline nicht anders, als einen Blick auf die Sicherheitskameras zu werfen, die in jeder Ecke hingen, wobei ihr ein Schauer über den Rücken lief.

Als sie die Kameras hatte installieren lassen, dachte Cataline, es würde den Bewohnern einen zusätzlichen Vorteil bieten – etwas, das das Team von *Rowling Heights* immer eifrig zu tun versuchte. Cataline erinnerte sich noch gut an den Tag, an dem sie sich mit Alfred zusammengesetzt hatte, um kostengünstige, aber nutzbringende Verbesserungen zu erdenken, die sie an der Immobilie vornehmen konnten. Sie hatten Ellbogen an Ellbogen in seinem winzigen Büro gesessen, begierig darauf, den kleinen Betrag auszugeben, den Ferdinand ihnen als Reservefonds für Upgrades des Gebäudes angeboten hatte.

»Ein Whirlpool?«, erinnerte sich Cataline gefragt zu haben, wehmütig. Das Gebäude hatte zwar einen Innenpool, aber seine Nähe zum Strand machte den Pool in den Augen vieler potenzieller Mieter weniger attraktiv. Trotzdem lag ein

Whirlpool in ihrem Budget, und Cataline selbst hätte nichts dagegen gehabt, nach einem langen Tag auf den Beinen ein Bad nehmen zu können.

Alfred schüttelte den Kopf. »Diese verdammten Dinger lecken. Sie verstopfen. Wir müssten das Fitnessstudio aufreißen.«

»Schon gut, lass mich nicht träumen. *Olvídelo!*«, lachte Cataline. »Es geht sowieso nicht um mich«, fügte sie hinzu. »Was würden unsere potenziellen Mieter wollen?« Sie hielt inne und versuchte, die Welt durch die Augen ihrer Bewohner zu sehen. »Worüber macht sich unsere Klientel Sorgen? Welche Probleme müssen für sie gelöst werden?«

»Sicherheit«, hellte sich Alfreds Miene auf, als ihm die Idee auf einmal kam.

»In den oberen Stockwerken sind sie ziemlich sicher«, überlegte Cataline. »Dies ist eines der sichersten Gebäude in der Stadt, was die Schlüsselkarten und die Lage betrifft-«

»Es geht nicht darum, tatsächlich sicher zu sein«, argumentierte Alfred. »Es geht darum, sich sicher zu *fühlen*. Die Anwesenheit von Kameras lässt die Menschen sich sicherer fühlen. Es überzeugt sie davon, dass es Konsequenzen gibt, wenn ihre Wohnung ausgeraubt wird. Außerdem verleiht es eine Aura der Exklusivität. Die Wohlhabenden mögen das Gefühl, das Beste zu bekommen, was man für Geld kaufen kann. Ein Sicherheitssystem der Spitzenklasse erreicht das.«

Alfred brachte seine Argumente vor, und Cataline ließ sich schließlich überzeugen und genehmigte die Installation von über einem Dutzend Kameras, die über alle Stockwerke des Gebäudes verteilt waren. Sie war überrascht zu sehen, dass selbst das umfangreiche System, das sie bestellt hatten, Lücken ließ – Bereiche, die nicht beobachtet werden konnten. Es stellte sich heraus, dass absolute Sicherheit schwieriger zu erreichen war, als Claudine sich vorgestellt hatte. Aber der Zweck der Kameras war nie wirklich die Erhöhung der Sicherheit gewesen, sondern vielmehr die Steigerung des

Exklusivitätsgefühls innerhalb des Gebäudes. Und das Sicherheitssystem schien dies zu erreichen. Potenzielle Mieter schienen von der Idee, dass jemand wachte, beeindruckt zu sein. Damals schienen die Kameras eine gute Ergänzung für das Gebäude zu sein.

Aber heute, nach dem Gruppenverhör vor den Detektiven, machte Cataline die Vorstellung, dass jemand zusah, unruhig. Selbst später am Abend, in der Sicherheit ihrer eigenen, unbeobachteten Wohnung, störte Cataline dieses Gefühl.

Nun neigte sich der Tag dem Ende zu, und Cataline stand über einem Topf mit kochender Sauce, einen Holzlöffel in der Hand, den sie im Kreis drehte, während sie über alles nachdachte, was sie erfahren hatte.

Ironisch, dachte sie. *Ironisch, dass ich die Installation der Kameras genehmigt habe.*

Sie blickte über ihre Schulter. Hinter ihr saß Mario auf dem Sofa, ein weggeworfener Videospiel-Controller lag auf dem Tisch vor ihm. Mario arbeitete an seinen Hausaufgaben – einem Aufsatz für Englisch – und hörte gelegentlich lange genug auf zu tippen, um sehnsüchtig auf den Controller zu blicken. Ihm war aufgetragen worden, dass er erst nach den Hausaufgaben und *nach* dem Abendessen spielen durfte – ein Zeitraum, der sehr weit entfernt schien.

Cataline wusste, dass sie ein schwieriges Gespräch mit ihrem Sohn führen musste. Alles, was sie je wollte, war, ihn näher an sich zu ziehen, was die Konfrontation so schmerzhaft machte. Mario war ihre einzige Familie. Sie hasste es, irgendetwas zu tun, das ihn möglicherweise von ihr wegstoßen könnte.

Sie legte den Löffel auf den Rand des Topfes und drehte die Hitze herunter. Es war jetzt oder nie. Sie hatte die Detektive angelogen, als sie ihnen ihr Alibi für die Nacht, in der Tony Vasquez getötet wurde, gegeben hatte. Denn die Wahrheit war, Cataline war an diesem Tag nicht in den elften Stock gegangen. Ihre Schlüsselkarte – die unbegrenzten Zugang zu jedem Stockwerk hatte – war in das Stockwerk gefahren, wo Tony Vasquez ermordet wurde. Aber sie hatte die Reise nicht mit Cataline gemacht.

Und es gab nur eine Person außer Cataline, die ihre Schlüsselkarte benutzte.

Cataline setzte sich auf das Sofa und faltete die Hände in ihrem Schoß. Mario blickte von seinem Aufsatz auf. Er schloss seinen Computer und erkannte sofort den Ausdruck auf ihrem Gesicht.

»Bin ich in Schwierigkeiten?«, fragte er.

»Vielleicht«, gab Cataline zu. »Aber wenn du ehrlich zu mir bist, denke ich, dass ich dir helfen kann.«

Mario schluckte. Er schob den Computer beiseite, seine Hände zitterten leicht. Er war ein guter Junge, der Konflikte genauso sehr hasste wie seine Mutter. Trotzdem hatte er dies erwartet. Der Moment kam nicht überraschend. Es war schwer, in *Rowling Heights* ein Geheimnis zu bewahren.

»Ich habe den Detektiven gesagt, dass ich es war, die in der Nacht, als Tony Vasquez getötet wurde, in den elften Stock ging«, sagte Cataline.

»Du glaubst doch nicht, dass ich-« Marios Mund klappte vor Schock auf. »Natürlich nicht.«

»Tony war mein Freund«, sagte Mario und zog seine Baseballkappe tiefer über die Augen. Die Geste war Cataline vertraut. Es war etwas, das Mario immer tat, wenn er aufgebracht war, als ob er dachte, dass das Verbergen seiner Augen seine Gefühle verbergen würde. »Wir haben zusammen Videospiele gespielt.«

»Du kannst das jetzt niemandem erzählen«, fügte Cataline hinzu. »Alfred hat mir das Überwachungsvideo gezeigt.«

Mario blickte zu seiner Mutter auf, als ob ihm gerade erst eine Idee gekommen wäre. »Du hast also alles gesehen?«

»Ich habe es nicht gesehen, aber Alfred hat mir beschrieben, was passiert ist«, sagte Cataline. Alfred hatte ihr eine detaillierte Beschreibung dessen gegeben, was er auf dem

Überwachungsvideo gesehen hatte, bevor er das Band löschte. Das Video war kurz, aber belastend. Es zeigte Mario, wie er den Aufzug im elften Stock verließ, ein Kapuzenpulli über der Baseballkappe, die er fast jeden Tag trug. Im Video hatte Mario nach rechts und links geschaut und beide Seiten des Flurs überprüft. Dann war er zu Tonys Wohnung gelaufen und vor der Haustür stehen geblieben. Dort, vor Tony Vasquez' Wohnung, lag ein kleines, braunes Paket. Es war in Papier eingewickelt, mit einem einfachen Adressaufkleber auf der Außenseite. Mario hatte sich gebückt, das Paket aufgehoben und es in seinen Pullover gesteckt, bevor er die Jacke zuzog und zurück zum Aufzug rannte. Unnötig zu sagen, dass der Moment verdächtig war.

»Sie glauben doch nicht, dass ich ihn deswegen getötet habe, oder?«, keuchte Mario.

»Nein, weil sie es nicht *wissen*. Dein Onkel Alfred hat das Band gelöscht.«

Mario atmete erleichtert aus, aber Cataline war nicht bereit, ihn so einfach davonkommen zu lassen.

»Mario«, sagte Cataline mit scharfer Stimme. »Sag mir, dass du es nicht warst, der die Pakete im Gebäude herumgeschoben hat?« Ihre Stimmlage änderte sich, als die Panik, die sie zu unterdrücken versuchte, ihren Verstand mit Bildern zu überfluten begann: Mario, umgeben von Kisten. Mario, der Drogen verschickt. Mario, der ins Gefängnis geht. »Du bist doch nicht in etwas Gefährliches verwickelt, oder? Du würdest mir so etwas doch nicht verschweigen? Du weißt, dass du nicht auf das Dach darfst-«

»Mama!«, unterbrach Mario sie. »Die Pakete waren nicht von mir. Glaubst du nicht, du hättest mich all die Nächte weggehen hören?«

Seine Worte brachten Cataline wieder auf den Boden der Tatsachen zurück.

»Das ist das erste Mal, dass ich so etwas gemacht habe. Und Tony hat gesagt, ich dürfte.«

»*Tony* hat gesagt, du dürftest seine Post stehlen?«

»Es war kein Diebstahl«, sagte Mario. »Es-« er zögerte, verlegen. »Ich wollte nicht, dass du weißt, was ich bestellt habe. Ich hatte Angst, es könnte dich aufregen. Tony sagte, ich könnte es stattdessen zu ihm schicken lassen und es vor seiner Tür abholen.«

Catalines Augen verdunkelten sich. »Was hast du bestellt?«

»Du musst versprechen, nicht böse zu sein.«

»Mario Julio! *Ya estoy enojada.* Ich bin *schon* böse. Zeig mir sofort dieses Paket. *Vamos!*«

Mario erhob sich von seinem Platz und schlurfte in sein Schlafzimmer. Er kam wenige Augenblicke später mit dem Paket in der Hand zurück, aber das Papier war aufgerissen, die Laschen der Schachtel darin baumelten in der Luft. Mario reichte Cataline die Schachtel. Sie spähte hinein und schnappte nach Luft, als sie sah, was darin lag. Cataline spürte, wie ihr Herz gegen die Wände ihrer Brust hämmerte. Sie hatte gewusst, dass dieser Tag kommen würde, aber nicht gedacht, dass er so bald kommen würde.

»Ich musste es wissen«, sagte Mario, seine Worte purzelten in rasender Geschwindigkeit heraus. »Ich liebe dich am meisten, aber ich dachte, vielleicht würde es uns helfen. Ich brauchte einfach-«

»Genug«, Cataline spürte, wie ihre Wangen vor Wut und Schrecken erröteten, die bis in ihre Fingerspitzen strömten. »Du wirst das nie wieder tun. *Comprende?*«

Mario nickte. »Aber vielleicht, wenn du mir einfach sagen würdest-«

»Nicht heute Abend«, sagte Cataline, und damit war die Sache erledigt. Sie schob die Schachtel in einen Küchenschrank hoch über den Arbeitsplatten, weit außerhalb von Marios Reichweite. Mario kehrte zu seinen Hausaufgaben zurück, während Cataline sich um die Sauce kümmerte. Sie hasste sich dafür, so hart zu ihm zu sein, aber er hatte keine

Ahnung, was auf dem Spiel stand. Cataline *musste* hart zu Mario sein, denn was er nicht wusste, könnte ihn umbringen. Und jetzt war die Gefahr, die einst so weit von ihnen beiden entfernt gewesen war, direkt vor ihrer Tür, lebte auf einer anderen Etage von *Rowling Heights*.

KAPITEL DREIZEHN

TONY VASQUEZ' Haustür war mit einem langen, durchhängenden Stück gelben Bands markiert, auf dem stand: »Tatort, Nicht übertreten«. Detektivin Annie Hudson trat vor und zog das Band mit resignierter Gleichgültigkeit vom Türrahmen ab.

»Den Schlüssel?« Annie drehte sich zu Ethan um, der mit den Schultern zuckte.

»Die Tür war unverschlossen, als sie hier ankamen«, sagte er. »Sollte offen sein.«

»Ich würde es trotzdem gerne testen«, antwortete Annie. Ethan nickte und ließ seine FBI-Standardausrüstungstasche zu Boden fallen. Er sortierte durch eine Reihe von Plastiktüten darin und zog einen einzelnen silbernen Schlüssel heraus, der als Beweismittel aufgenommen worden war. Annie nahm den Schlüssel aus seiner Hülle und positionierte ihn vor dem Schloss.

»Man sollte meinen, wenn sie sich schon die Mühe machen, Keycards für die Aufzüge zu benutzen, würden sie das ganze Gebäude aufrüsten«, dachte Ethan laut.

»Noch seltsamer ist, dass dieses Schloss aufgebrochen wurde«, sagte Annie. Sie hielt den Schlüssel von ihrer Position aus hoch, in der Hocke unter dem Türgriff nahe dem manuellen Schloss. »Siehst du?« Sie versuchte, den Schlüssel ins Schloss zu zwängen, aber es öffnete sich nicht. »Jemand hat das Schloss geknackt und die innere Hardware beschädigt.«

»Nicht sehr geschickt, oder?«

»Ganz sicher nicht«, stimmte Annie zu. Sie stieß die Tür auf und steckte den Schlüssel ein. Ethan folgte ihr, und die beiden standen einen Moment lang in Tonys prachtvoller Eingangshalle und nahmen die Großartigkeit der Penthouse-Suite in sich auf.

Die Wohnung war im beliebten offenen Konzept neu gestaltet worden, mit einer Küche, die einen ungehinderten Blick auf das tiefer gelegene Wohnzimmer bot. Eine wand-montierte Unterhaltungsanlage mit einem riesigen Flachbild-fernseher vermittelte den Eindruck eines Heimkinos. Gegenüber dem Unterhaltungsbereich boten bodentiefe Fenster einen ungehinderten Blick auf den Hafen und den Sonnenuntergang über der Bucht. Zementböden erstreckten sich über die gesamte Wohnung, und Tony - oder vielleicht ein cleverer Innenarchitekt - hatte aufwendige Teppiche über das zeitgenössische Material gelegt, um dem Raum etwas Wärme zu verleihen. Die Sofas waren maßgeschneidert aus weichstem Leder, genau auf die Maße des tiefer gelegenen Wohnzimmers zugeschnitten. Ein Kamin war in das wandfül-lende Bücherregal eingelassen, das sich über die hintere Hälfte der Wohnung erstreckte und dem größten Raum in der Penthouse-Suite ein Gefühl von Endlosigkeit verlieh. Von der vier Meter hohen Decke hing ein Kronleuchter herab. In seiner Gesamtheit betrachtet, war es ein beeindruckender Anblick.

»Das FBI bezahlt mich nicht genug«, meinte Ethan.

»Aber sie erlauben dir, mit mir quer durchs Land zu reisen«, erinnerte ihn Annie.

»Das ist unbezahlbar.«

Annie schlenderte zu den bodentiefen Fenstern und ignorierte die Pracht innerhalb der Wohnung, um sich stattdessen auf die Naturelemente zu konzentrieren, die sich außerhalb des Glases zeigten. Die Aussicht aus dem Penthouse war atemberaubend. In der Ferne bildete der Hafen von San Diego einen Halbkreis um einen ruhigen, türkisfarbenen Ozean. Segel blähten sich im Wind, und auf der Südseite des Hafens ragten hohe Wolkenkratzer zur Sonne empor, ihre Metallrahmen eine auffällige, von Menschenhand geschaffene Unterbrechung in der ansonsten unberührten Bucht. Ein schützender Landstreifen trennte den Hafen vom größeren Ozean und schuf eine Bucht, durch die eine einzige Öffnung den Booten den Weg aufs Meer ermöglichte. Auf der weniger entwickelten Nordseite waren kleine Gebäude über die Landschaft verstreut, keines davon höher als drei Stockwerke. Ein Pier ragte in den Hafen hinein, umgeben von einem Streifen Sandstrand und einem zementierten Fußgängerweg mit einer speziellen Spur für den Fahrradverkehr. Am nächsten zum Strand behauptete ein Gebäude mit Stuckfassade seine Position mit Zugang zu einem eigenen, privaten Pier. Eine massive Steinmauer verhinderte den Zutritt, und eine Reihe geparkter Motorboote lag dahinter in Wartestellung. Die Seiten der Boote waren schwarz-weiß lackiert, mit »Department of Homeland Security« auf ihren Rümpfen. Sie waren in so geraden, gleichmäßigen Linien angeordnet, dass sie für Annie wie Soldaten aussahen, die sich auf eine Schlacht vorbereiteten. Anhand der Boote schloss Annie, dass das feste, quadratische Gebäude dahinter ebenfalls dem DHS gehörte. Daneben, am Ende des nördlichen Landstreifens, schwankte ein imposanter Leuchtturm am Rande des Meeres.

»Ziemlich beeindruckende Aussicht, nicht wahr?« fragte Ethan über Annies Schulter.

»Ja, das ist sie«, stimmte sie zu. »Was hältst du davon?« Annie zeigte auf eine Baustelle auf der anderen Straßenseite. Sie befand sich rechts vom Blickfeld durch Tonys Fenster und war noch im Bau, die Stahlträger waren den Elementen ausgesetzt. Es schien etwa zehn Stockwerke hoch zu sein und verdeckte teilweise die Sicht auf den nördlichen Teil des Hafens. Wäre das Penthouse nicht im elften Stock gewesen, hätte es die Aussicht völlig versperrt.

»Traurig für die anderen Bewohner, nicht wahr?« antwortete Ethan. »Für einen solchen Ort zu bezahlen, nur um dann zu sehen, wie die Aussicht versperrt wird. Aber kein Problem für Tony. Er konnte von hier aus immer noch alles sehen.«

»Ja, das konnte er«, stimmte Annie zu und blickte erneut auf die DHS-Boote, die alle bereit waren, jederzeit in Aktion zu springen. »Er konnte alles sehen.«

»Ist das wichtig?« fragte Ethan laut.

»Ich denke, es könnte sein.«

Ethan konnte nicht anders, als seine Überraschung zu zeigen. Annie war ein verschlossenes Buch und ließ ihn selten in ihren Prozess während einer Untersuchung einblicken. Er konnte nicht umhin, sich zu fragen, ob sie endlich ihre Deckung fallen ließ. Die beiden waren sich während ihrer letzten Ermittlung näher gekommen, und er hoffte, in diese Richtung weiterzugehen.

»Es ist nur eine Ahnung«, lächelte Annie ihn an, als würde sie seine Gedanken lesen. »Sollen wir uns an die schmutzige Arbeit machen?«

»Mein Lieblingsteil«, stimmte Ethan zu. Er ließ seine Tasche fallen und holte zwei Paar Latexhandschuhe heraus, von denen er ein Paar Annie reichte. Sie zogen die Schutzvorrichtungen an, begierig darauf, zu erkunden, ohne den Tatort zu kontaminieren.

»Wir fangen in der Küche an?«

Ethan folgte Annie in die offene Küche und bemerkte die Viking-Geräte und den Doppeltür-Kühlschrank. Er öffnete, was wie eine gewöhnliche Schublade aussah, nur um dahinter eine versteckte Spülmaschine zu finden. Weiter unten in der Reihe der Geräte offenbarte das Öffnen einer

Speisekammertür einen begehbaren Butlerschrank mit Platz für die Lagerung von Trockenwaren.

»Ich würde das auch alles mit Instantnudeln füllen«, sagte Ethan und bemerkte, dass mehrere Regale Instant-Ramen-Packungen gewidmet waren. »Schade, eine solche Küche an einen Kerl zu verschwenden, der nicht kochen konnte.«

»Sieht aus, als könnte er aber trinken«, nickte Annie in Richtung der drei unteren Regale in der Speisekammer, die Reihen von Tequilaflaschen aufwiesen. »Ist es nicht seltsam, dass es alles die gleiche Marke ist?« Annie beugte sich vor und las die Etiketten. »La Vida Liquors. Hast du davon gehört?«

»Nie. Aber ich bin eher ein Whiskey-Typ.«

»Es gibt nichts anderes. Keinen anderen Alkohol. Nur den Tequila«, dachte Annie laut. »Wer kauft dreißig Flaschen der gleichen Tequilamarke, aber nichts anderes zum Mischen?«

»Ungewöhnlich«, stimmte Ethan zu.

»Er war einsam«, sagte Annie. »All das Geld der Welt und niemand, mit dem er es teilen konnte.«

Annie machte mit ihrem Handy ein Foto von den Flaschen und schwebte dann zurück in den Bereich bei den Fenstern. Ethan folgte ihr wie ein Spürhund auf der Jagd und fürchtete zu sprechen, um ihre Konzentration nicht zu stören. Er folgte ihr ins tiefer gelegene Wohnzimmer, wo sie vor der Unterhaltungsanlage stehen blieb.

»Das ist ein großer Fernseher.«

»Vielleicht mochte er Filme?«, schlug Ethan vor.

»Keine Filme«, korrigierte Annie. »Videospiele.« Sie zeigte auf ein Set von zwei Videospiel-Controllern, die offen auf dem Tisch lagen. »Diese Wohnung ist makellos, aber die Controller liegen einfach so auf dem Tisch. Er muss oft gespielt haben. Vielleicht mit jemand anderem.« Sie bemerkte ein Headset, das neben dem Hauptcontroller lag.

Annie bewegte sich tiefer in die Wohnung, Ethan hinter ihr. Sie gingen einen Flur entlang, aber Annie hielt an einem eingebauten Regal. Darauf standen eine Kerze und ein Coffeetable-Buch über berühmte Architekten, aber Annie interessierte sich am meisten für den elektronischen Bilderrahmen, der mit Batterien betrieben wurde. Er zeigte alle paar Sekunden ein neues Bild, und Annie blieb stehen, um die Diashow zu beobachten.

Zuerst ein Foto von Tony unter einem *World Video Gamers*-Banner, eine Silbermedaille in der Hand. Dann ein Foto von Tony mit seinem Vater vor seinem Elternhaus, das Annie und Ethan kürzlich besucht hatten. Als nächstes ein Selfie von Tony im Café unten, die Kamera umgedreht, um ihn mit einem Eiskaffee zu zeigen.

»Nicht viele Fotos von ihm mit Freunden, was?«, fragte Ethan.

»Nein«, stimmte Annie zu. »Und schau -« Sie nahm den Rahmen vom Regal und hielt ihn in den Händen, um das Bedienfeld oben zu erreichen. Sie klickte auf einen Knopf, der die Diashow vorwärts bewegte, und blätterte schnell durch die Bilder. »Fällt dir etwas auf?«

»Sie sind alle neueren Datums, außer diesem einen«, sagte Ethan und stoppte die Diashow bei einem Bild von Tony, der in Talar und Hut seinen Hochschulabschluss feierte.

»Alle neueren Bilder haben etwas gemeinsam«, stimmte Annie zu.

»Die Kette«, sah Ethan es endlich. Er zeigte auf eine goldene Kette um Tonys Hals. Sie führte zu einem Anhänger, der außerhalb von Tonys Hemd baumelte. »Was ist das?«

Annie machte mit ihrem Handy ein Bild vom Bildschirm. Dann zoomte sie heran, um den kleinen Anhänger zu vergrößern.

»Ist das ein Vogel?«, sagte Ethan und bemerkte die Flügel an der Seite.

»Ein Pinguin«, bestätigte Annie. »Es ist ein massiv *goldener* Pinguin. Eine ungewöhnliche Kette für einen erwachsenen Mann.«

»Vielleicht ist es sein Krafttier«, schlug Ethan vor.

»Wenn dem so ist, ist es eine ziemlich neue Entwicklung«, antwortete Annie und klickte noch einmal durch die Fotos, um alt mit neu zu vergleichen. »Können wir die digitale Forensik die Bilder datieren lassen? Ich möchte wissen, wann sie aufgenommen wurden, und rückwärts arbeiten, um festzustellen, wann er anfing, die Kette zu tragen.«

»Auf jeden Fall«, sagte Ethan, nahm den Rahmen und steckte ihn in seine Tasche.

»Es ist seltsam«, dachte Annie laut. »Er trägt diese Kette auf jedem Foto, aber als er sprang - nichts.«

»Die Leiche hatte keinen Schmuck«, sagte Ethan. »Nur seine Kleidung.«

Annie antwortete nicht, ließ die Information aber in sich sacken, während sie den Flur entlang zum Schlafzimmer von Tony schwebte. Sie betrat die große Hauptsuite, die groß genug war, um drei Kingsize-Betten aufzunehmen. Auf der einen Seite glänzte ein begehbarer Kleiderschrank, dessen Türen offen und einladend waren. An der anderen Wand befand sich der Eingang zu einem großen Hauptbadezimmer. Schließlich bot eine Reihe von Schiebetüren Zugang zum Balkon, von dem Tony in den Tod gestürzt war, ihre Präsenz unheilvoll und kalt.

»Lass uns uns aufteilen und erobern«, sagte Annie, ihre Stimme sank natürlich zu einem respektvollen Flüstern an dem Ort, an dem ihr Opfer sein Ende gefunden hatte. »Achte auf alles Ungewöhnliche und markiere es für mich, auch wenn du nicht weißt, warum du es seltsam findest. Wenn du die Kette siehst, lass es mich wissen.«

Ethan nickte und die beiden teilten sich auf, webten durch den Raum wie Metalldetektoren, die den Sand nach Kleingeld durchsuchen. Annie begann im Badezimmer, fand aber nichts Ungewöhnliches. Die Badewanne mit Löwenfüßen und der glänzende Marmorboden sprachen nur von makelloser Sauberkeit. Sie hielt am Zahnbürstenhalter am Waschbecken inne und fixierte das bisher einzig Bemerkenswerte: ein Paar Zahnbürsten, jede in ihrem eigenen separaten Fach. Es war möglich, dass Tony gerne eine Ersatzbürste aufbewahrte, aber angesichts der Tatsache, dass die Borsten beider Geräte verbogen waren, war klar, dass beide Zahnbürsten aktiv in Gebrauch waren.

Vielleicht hatte Tony einen Liebhaber, dachte Annie bei sich. Wenn dem so war, wusste sein Vater nichts davon. Ferdinand hätte sicherlich ein so wichtiges Detail erwähnt. Trotzdem machte Annie sich eine gedankliche Notiz, bei ihm nachzuhaken.

»Ich habe vielleicht etwas«, rief Ethan aus dem begehbaren Kleiderschrank. Annie durchquerte den Raum, um sich ihm anzuschließen, und fand ihn unter einem Hängebereich hockend vor. »Es bedeutet vielleicht nichts«, sagte Ethan unsicher.

»Wenn du denkst, es ist seltsam, ist es einen Blick wert«, ermutigte Annie.

»Ich habe die Kleidungsetiketten überprüft«, deutete Ethan quer durch den Kleiderschrank. »Diese ganze Seite sind Designer-Stücke, 'Made in Italy'. Valentino. Burberry. Der Junge mochte die guten Sachen. Aber dieser Hängebereich«, Ethan zeigte auf einen Bereich weiter unten. »Das ist alles Drop-Ship-Müll. Kein einziges Etikett zu sehen.«

»Ich wusste nicht, dass du ein Modekenner bist«, lachte Annie.

»Kleider machen Leute. Denkst du, es bedeutet etwas?«

»Es könnte einfach bedeuten, dass er seinen Kleiderschrank nach Wert sortiert«, überlegte Annie. »Aber diese Lederjacken«, sie griff nach einer Reihe von fünf bunten Jacken. »Sie sind genau wie die, in der er starb.«

»Es war Kunstleder«, fügte Ethan hinzu. »Welcher Millionär entscheidet sich für Kunstleder, wenn er sich echtes Leder leisten könnte?«

»Ich weiß nicht«, stimmte Annie zu und fügte die Information ihrem mentalen Aktenschrank hinzu. »Aber wir werden es nicht vergessen. Irgendein Zeichen von der Kette?«

»Keine«, zuckte Ethan mit den Schultern. »Ich habe jede Schublade geöffnet. Die Nachttische überprüft. Auf dem Boden nachgesehen. Sogar draußen auf dem Balkon nachgeschaut, falls sie irgendwo hängen geblieben ist. Du?«

»Nichts«, sagte Annie. Sie schritt zu einem Bereich des Kleiderschranks, der eingebaute Schmuckschubladen aufwies, öffnete jede und starrte auf den Inhalt. Goldene Armbänder glänzten. Dicke Ketten lagen perfekt an ihrem Platz. Aber die Pinguinkette fehlte auffällig. Annie bemerkte, dass der Schmuck aussah, als wäre er durchwühlt worden. Eine Uhr war in das falsche Fach geworfen worden. Mehrere Ringe waren zur Seite geworfen.

»Tony war organisiert. Er hätte die Kette hier aufbewahrt, wenn er sie nicht trug.« Annie zeigte auf eine Stelle in der obersten Schublade, wo ein leerer Samtplatz, perfekt für eine Kette bemessen, leer lag. »Sie hatte offensichtlich eine besondere Bedeutung für ihn. Es ergibt keinen Sinn, dass sie einfach - weg ist.« Sie blickte sich im Kleiderschrank um und sah ihn mit frischen Augen. »Diese Hemden sind zur Seite geschoben. War die Tür offen, als du hereinkamst?«

»Ja, war sie«, antwortete Ethan.

»Jemand war hier. Jemand, der nicht Tony war.«

»Wir sollten nach Abdrücken suchen«, sagte Ethan. Er kramte in seinem Rucksack und holte ein Fingerabdruckset hervor. Er bestäubte das Glas mit schwarzem Pulver und hörte auf, als eine Reihe von öligen Abdrücken zum Vorschein kam. Mit ruhiger Hand drückte er Klebeband über die Abdrücke und versiegelte sie zwischen Glas, um sie ins Labor zu bringen. »Wir haben ein paar. Könnten Tonys sein. Könnten auch nicht. Wir müssen sie durch das System laufen lassen.«

Wie in Trance bewegte sich Annie auf die Schiebetüren zum Balkon zu, öffnete sie und trat auf den nun geheiligten

Boden hinaus. Sie blickte aufs Meer hinaus und dachte darüber nach, wie Tonys letzte Momente wohl gewesen sein mussten. Sie verschränkte die Arme auf dem Geländer und spürte eine warme Präsenz neben sich, als Ethan dasselbe tat.

»Was denkst du?«, fragte Ethan.

»Ich denke, er war einsam, aber nicht allein. Er hielt einen Teil von sich selbst verborgen, aber das war nicht der Grund, warum er getötet wurde. Ich glaube, Ferdinand hatte recht, und jemand wollte diese Wohnung haben.«

»Mit wem sollten wir zuerst sprechen?«

»Dem Sicherheitsmann«, sagte Annie und hoffte, dass Alfred ihnen Zugang zu den Sicherheitsbändern gewähren würde, die etwas Licht auf die Ereignisse werfen könnten, die zu Tonys Tod geführt hatten. Aber nach dem, was Annie bereits über die Natur der Geheimnisse in *Rowling Heights* vermutet hatte, würde ihr nächster Schritt wahrscheinlich nur zu weiteren Fragen statt zu Antworten führen.

KAPITEL VIERZEHN

Es war spät am Abend und Hathaway fütterte seine Fische, während er über das Treffen nachdachte, das früher am Tag stattgefunden hatte. Es hatte ihn nicht so gestört, Mindy zu sehen, wie er gedacht hatte. Normalerweise versuchten sie, sich aus dem Weg zu gehen, wenn sie im Gebäude unterwegs waren, aber natürlich waren gelegentliche Begegnungen unvermeidlich. Hathaway streute winzige Flocken aus gepresstem Protein ins Aquarium - Cataline hatte früher am Nachmittag eine Lieferung mit den wichtigsten Utensilien vor seiner Tür abgestellt. Er beobachtete, wie der bunteste Fisch mit dem Schwanz schlug, um die Oberfläche zu erreichen. Hinter ihm machten sich ein Dutzend gewöhnlichere Fische träge auf den Weg nach oben.

Hathaway konnte nicht umhin zu denken, dass das Gebäude ihn an ein Aquarium erinnerte. Alle Bewohner waren darin eingesperrt, lebten dicht gedrängt, während sie auf ihre nächste Mahlzeit warteten. Er beugte sich vor, sein Gesicht spiegelte sich auf der Glasscheibe. Ein fast unsichtbarer, kleiner brauner Fisch hatte sich an einen orange-weißen

Artgenossen geheftet und reinigte dessen Schwanz mit seinem Maul. Sie hatten sich zusammengetan, die beiden halfen einander.

Irgendwie wie in der Ehe, dachte Hathaway bei sich. Er hatte gelernt, dass das Knifflige an der Ehe war, dass man zwangsläufig den ganzen Ballast des Partners mit übernehmen musste. Als Mindy erkannt hatte, dass Hathaway mit Problemen kam, wollte sie seine Schwierigkeiten nicht mehr. Und jetzt - selbst inmitten einer Scheidung - war Hathaway mit dem Schlimmsten von Mindys Entscheidungen belastet.

Aber all das würde sich bald ändern. Hathaway hatte die Beweise beschafft, die er brauchte, um ihren Ehevertrag ungültig zu machen. Die Ironie war, dass er sie erst verwenden konnte, wenn die ganze Sache um Tony Vasquez vorüber war und der richtige Verdächtige ausgewählt und für schuldig befunden wurde. Das könnte einige Zeit dauern.

Hathaway verspürte den Drang, nachzusehen, ob seine Beweise noch an ihrem Versteck waren. Er hatte sich versprochen, als er die Nachricht von Tonys Tod gehört hatte, dass er sie unberührt an ihrem Platz lassen würde, bis die ganze Sache vorbei war, aber jetzt plagte ihn ein Juckreiz, den er kratzen musste. Der Wunsch, sie noch einmal anzusehen, überkam ihn. Er musste wissen, dass sie echt waren. Er verbrachte inzwischen viel Zeit allein. Er musste sich vergewissern, dass er sich die Sache nicht eingebildet oder in einer seiner längeren, leeren Nächte erträumt hatte.

Hathaway stand auf, ging in die Küche, wo er sich hinkniete und entlang der Fußleisten der Schränke tastete. Die Küche war noch nicht renoviert worden, da dies eine großartige, aber eher alte Wohnung war. Originale, massive Holzschränke hingen über einer U-Bahn-Fliesen-Rückwand. Es war der Klempner, der vor ein paar Monaten gekommen war, der ihn auf die geheime Schublade aufmerksam gemacht hatte. Er sagte, er hätte so etwas schon einmal gesehen und dass es vielleicht während der Prohibition benutzt wurde. Wie auch immer, es war ein lustiges Feature, aber nie besonders nützlich - bis jetzt.

Hathaway spürte, wie das Holz unter seinen Fingern nachgab, als er an der richtigen Stelle drückte, ein Plopp-Geräusch signalisierte ihm, dass sich das Versteck geöffnet hatte. Er zog die Fußleiste zurück und enthüllte ein kleines, geheimes Fach hinter dem Holz, das über versteckte Scharniere gelegt worden war. Das Fach war während der Prohibitionsära gebaut worden und gerade groß genug, um ein paar Flaschen Wein oder Whiskey aufzunehmen. Aber Hathaway hatte etwas viel Wichtigeres darin versteckt.

Er streckte die Hand in das Loch und zog eine goldene Kette heraus. Sie baumelte an seinen Fingern, die Kette hatte ein anständiges Gewicht. Am Ende hing ein einzelner Talisman: ein massiver, goldener Pinguin.

Es war ein ungewöhnlicher Schmuck für einen Mann. Hathaway war mit sich zufrieden gewesen, als er ihn aus Tony Vasquez' Wohnung gestohlen hatte. Es hatte nicht viel Mühe gekostet, Tonys Zeitplan zu erfahren und sich in den elften Stock zu schleichen, als er wusste, dass Tony weg sein würde. Es hatte geholfen, dass sonst niemand auf der Penthouse-Etage wohnte. Natürlich hatte er sich Sorgen um die Sicherheitskameras gemacht, aber er hatte einen cleveren Weg gefunden, jeden in die Irre zu führen, der zufällig die Bänder ansah. Er war sich ziemlich sicher, dass Cataline und Alfred die Aufnahmen nie ansahen, es sei denn, es gab eine Beschwerde. Trotzdem hatte er sichergestellt, dass er wusste, wohin die Kamera im elften Stock zeigte, und hatte sich die List ausgedacht, so zu tun, als wäre er in einem Gespräch, bis er aus ihrem Sichtfeld war.

Und dann - war der Mörder aufgetaucht.

Hathaway hielt die Kette ins Licht und beobachtete, wie der Pinguin baumelte, als wäre er in einer Falle gefangen. Die

Kette bewies ein für alle Mal, was er den Scheidungsanwälten erzählt hatte. Hathaway hatte genug davon, fair zu spielen. Er war bereit, alles zu tun, um seine Ex-Frau bezahlen zu lassen.

KAPITEL FÜNFZEHN

ALFRED

Alfred ließ sich Zeit beim Einrichten einer Vitrine, die den Eingang zum *Rowling Heights* markierte. Die Vitrine war ein architektonisches Markenzeichen des ursprünglichen Gebäudestils, und Alfred hatte es sich zur Aufgabe gemacht, persönlich dafür zu sorgen, dass dieses Wahrzeichen in der Lobby monatlich umgestaltet wurde. Alle dreißig Tage passte Alfred den Inhalt der Vitrine an, um ein neues Thema oder einen Feiertag widerzuspiegeln. Es war sein persönliches Lieblingsprojekt, und er freute sich darauf, bei jedem neuen Design Komplimente von Bewohnern und Lobby-Besuchern zu erhalten. Im Dezember war die Vitrine mit schneebedeckten Weihnachtsbaumskulpturen, aufwendigen Ornamenten und antiken Dreideln gefüllt. Ende Januar oder Anfang Februar war sie eine Hommage an das chinesische Neujahr, das mit dem Timing des Neumondes variierte. Zu diesem Anlass schmückte Alfred die Vitrine mit originalen rot-goldenen Bannern und authentischen Laternen, die er in einem örtlichen Geschäft in San Diegos Chinatown im Pacific Historic District gekauft hatte. Da heute der erste Mai war, dekorierte Alfred die Vitrine mit einem aufwendigen

Teeparty-Thema zu Ehren des bevorstehenden Muttertags. Eine Reihe von Kisten stand zu seinen Füßen, gefüllt mit Teetassen, Teekannen und Porzellantellern, die übereinander gestapelt waren, wobei Luftpolsterfolie ihre zerbrechlichen Kanten voneinander trennte. Er nahm eine gemusterte Tasse aus der Kiste, deren blumenverzierte Schönheit von auffallender Qualität war.

Es war fast genug, um ihn von den beiden Detektiven abzulenken, die über seiner Schulter schwebten.

»Gar keine Aufnahmen vom Abend, an dem Tony starb?«, fragte Annie. Neben ihr machte Agent Ethan Beckett Notizen auf einem Klemmbrett.

»Leider nein«, sagte Alfred. Er platzierte die Teetasse in der Vitrine und drehte sie so, dass ihre Schönheit am besten zur Geltung kam. »Die Kameras funktionieren mit schrecklicher Häufigkeit nicht. Um ehrlich zu sein, haben wir sie mehr für das emotionale Wohlbefinden als für die Funktion installiert. Ein Segen für den Seelenfrieden unserer Bewohner.«

»Cataline kann das bestätigen?«

»Natürlich«, antwortete Alfred, wohl wissend, dass Cataline allen Grund hatte, seine Darstellung über den Ausfall der Bänder zu unterstützen. Sie musste an Mario denken, und keiner von ihnen wollte, dass er in den Mord verwickelt wird. Alfred kannte seine Freundin gut genug, um seine eigene Zukunft im Gebäude auf ihre Liebe zu ihrem Sohn zu setzen. Ihre Schicksale waren miteinander verknüpft und waren es in vielerlei Hinsicht schon seit einiger Zeit.

»Ein Streich des Schicksals, nicht wahr? Dass die Bänder ausgerechnet an dem Abend nicht aufgezeichnet haben, als sie am dringendsten gebraucht wurden.« Annies Gesicht verriet ein entspanntes Lächeln. Alfred fixierte seine Augen auf den Deckel einer Teekanne, die er in der Vitrine arrangierte, fing aber Annies Spiegelbild im Glas auf. Es lag nichts Feindseliges in ihrem Ausdruck. Es war, als wäre sie eine neugierige Nachbarin und keine Detektivin.

»Nicht, wenn man bedenkt, wie oft sie nicht funktionieren«, entgegnete Alfred. »Wir haben Dutzende von Kameras über das gesamte Anwesen verteilt. In jedem beliebigen Moment zeichnet wahrscheinlich mindestens eine von ihnen nicht auf.«

»Klingt nach einer Menge Arbeit für eine Person«, meinte Ethan.

»Cataline hilft«, sagte Alfred. »Aber zwischen uns beiden machen wir die Arbeit von einem Dutzend Leuten.«

»Warum bleiben Sie?«, fragte Annie.

Alfred drehte sich um und hielt den Porzellanteller mit sanfter Ehrfurcht in der Hand. »Bei allem Respekt, *Rowling Heights* ist das feinste Gebäude an der Westküste. Wir bleiben, weil wir seinem Vermächtnis verpflichtet sind, und die Bewohner-« Alfred hielt inne, als hätte er es sich anders überlegt, das zu sagen, was ihm in den Sinn gekommen war.

»Die Bewohner?«

»Die Bewohner sind wie Familie«, sagte Alfred. »Wir arbeiten jeden Tag mit ihnen. Wir kümmern uns um ihre Bedürfnisse. Wir sind Zeugen ihrer größten Triumphe und größten Niederlagen. Wenn man jemanden in seiner häuslichen Umgebung unterstützt, ist es unmöglich, sich nicht zu kümmern. Sicher können Sie das nachvollziehen?«

Annie nickte. Sie empfand oft ein beschützendes Gefühl der Vormundschaft für die Opfer in ihren Fällen, obwohl es sich immer um Menschen handelte, die sie nie getroffen hatte. Es war, als ob die Untersuchung eines Mörders auch das Opfer in Annies Augen zum Leben erweckte, und sie wurde zu deren Fürsprecherin - ihrem einzigen Weg zu verspäteter Gerechtigkeit in der Welt, die sie zurückgelassen hatten.

»Ich kann das nachvollziehen«, gab Annie zu. Sie räusperte sich und ging zu einem weniger heiklen Thema über. »Wir wollten Sie nach dem Fitnessstudio und dem Dachzugang fragen. Beides ist im elften Stock.«

»Das ist korrekt«, bestätigte Alfred.

»Und der einzige Weg zu beiden führt über die Aufzüge?«

»Es gibt Treppen für den Brandfall-«

»Aber selbst für die Treppen braucht man eine Schlüsselkarte zum Eintreten?«

»Ja«, fügte Alfred hinzu. »Die Schlüsselkartenleser befinden sich außerhalb der Türen zum Treppenhaus auf jeder Etage.«

»Wunderbar«, sagte Annie. »Eine letzte Frage, bevor wir zu viel von Ihrer Zeit in Anspruch nehmen. Das Bauvorhaben auf der anderen Straßenseite - das hohe Gebäude, das im Bau ist. Was ist das?«

»Ein neues Hotel«, winkte Alfred ab. »Die Straße wird jedes Jahr voller. Als *Rowling Heights* gebaut wurde, war es das höchste Gebäude in der Reihe. Jetzt-« Alfred verdrehte die Augen und vermittelte so seine Verachtung für die strukturelle Konkurrenz.

»Wie lange ist der Bau schon im Gange?«

»Etwa zwölf Monate«, sagte Alfred.

Annie nickte. Das war es, worauf sie gehofft hatte. »Und was die seltsamen Pakete angeht - wann haben Sie den Zugang zum Dach gesperrt?«

»Nun, vor etwa zwei Monaten«, antwortete Alfred, plötzlich besorgt. »Aber ich sehe nicht, was das eine möglicherweise mit dem anderen zu tun hat.«

»Vielleicht nichts, und vielleicht alles«, antwortete Annie. »Danke für Ihre Zeit.«

Damit schüttelte sie Alfred die Hand. Ethan bot ein einfaches Nicken an und die beiden verschwanden in den Flur, der zur Straße führte, und ließen Alfred mit einer Teekanne mit Paisleymuster zurück. Er drehte sich um und stellte die Teekanne auf das Regal vor sich. Sie war Teil eines Sets, komplett mit Tellern, Porzellantassen und winzigen Löffeln, die einen einzigartigen Hauch von Verspieltheit verliehen. Nebeneinander aufgereiht sah das zerbrechliche Set stark aus

- als ob die Gesamtheit seiner Teile stabiler wäre als jedes einzelne Stück.

Alfred hatte noch nie zuvor der Strafverfolgung gegenüber gelogen. Aber er war Teil eines Teams in *Rowling Heights*. Und er würde alles Notwendige tun, um seine improvisierte Familie zu schützen.

KAPITEL SECHZEHN

DIE TÜR ZUR TREPPE, die zum Dach führte, war eine breite, metallene Barriere, die sich vom ansonsten makellosen Dekor abhob, das sich über die gesamte Länge des Flurs im elften Stock erstreckte. Annie und Ethan standen vor dem Eingang und starrten auf eine dicke Kette, die durch den Griff gewoben und mit einem Zahlenschloss gesichert war.

»Sie haben nicht übertrieben, als sie sagten, sie hätten den Dachzugang gesichert«, sagte Ethan und bemerkte, dass die Kette so dick war, dass jeder Versuch, sie durchzusägen, erfolglos wäre. »Bist du sicher, dass du nicht zuerst das Fitnessstudio sehen willst?« Ethan nickte den Flur hinunter zu einer Reihe eleganter Glastüren, die den Eingang zum Fitnessstudio und Spa des Gebäudes boten.

»Nein«, antwortete Annie.

»Wir haben zwei potenzielle Verdächtige, die das Fitnessstudio als mögliches Alibi angeben-«

»Aber das Fitnessstudio überblickt nicht die Bucht«, sagte Annie, ohne weitere Erklärungen abzugeben. Sie beugte sich über das Vorhängeschloss und drehte die Zahlen am Kombinationsschloss in die richtige Position. »Cataline hat mir den

Code ohne zu zögern gegeben«, sagte sie. »Es schien, als wäre sie eifrig darauf bedacht, mich schnell loszuwerden.«

»Ich kann mir nicht vorstellen, warum«, fügte Ethan grinsend hinzu. »Du bist die charmanteste Person, die ich kenne.«

Mit einem Klicken öffnete sich das Schloss. Annie ließ es in ihre Tasche fallen und zog die Kette durch den Griff, bis sie sich wie eine Schlange abwickelte. Sie landete mit einem dumpfen Aufprall auf dem Boden.

Ethan öffnete die Tür und enthüllte eine schmale Treppe. Im Gegensatz zum Rest des Gebäudes war hier keinerlei Aufmerksamkeit auf die Ästhetik des Aufstiegs gelegt worden. Die Treppen waren aus Metall und kahl, und die Wände, die sie umrahmten, wiesen abblätternde weiße Farbe auf. Das Fehlen von Außenfenstern oder Deckenbeleuchtung machte deutlich, dass dieser Bereich nie für Bewohner gedacht war. Der Mangel an Detailliebe in einem ansonsten überladenen Raum erzeugte einen unheimlichen Effekt.

»Alter vor Schönheit«, nickte Annie Ethan zu, der ohne Frage die Treppe hinaufstieg, obwohl er nur sechs Monate älter als Annie war. Annie folgte ihm und bemerkte ein lautes Summen im Hintergrund.

»Der Klimaanlagen-Kondensator«, rief Annie über das Summen hinweg. Neben ihr ragte ein rechteckiger Vorsprung aus der Wand, der vermutlich den verborgenen Kondensator hinter der sichtbaren Zugangsklappe enthielt. Der Vorsprung hing in einem so niedrigen Winkel über der Treppe, dass Ethan gezwungen war, sich darunter zu ducken, um seinen Aufstieg fortzusetzen. Während er sich bewegte, blickte er hinter sich zu Annie und bot ihr seine Hand an. Sie nahm sie, und die beiden tauchten auf der anderen Seite auf.

»Sieht aus, als wäre jemand in Eile gewesen«, sagte Ethan und zeigte auf die weggeworfenen Kartonteile, die das Treppenhaus übersäten. Annie beugte sich hinunter, um das Durcheinander zu untersuchen, und hob ein Stück auf. Es schien Teil eines Versandkartondeckels oder vielleicht einer

Seitenwand zu sein, aber abgesehen davon, dass es sich um Karton handelte, bot das Stück Müll keine weiteren nützlichen Informationen. Dann bemerkte Annie etwas in der Ecke des Treppenhauses, unter dem Müll. Mit großer Sorgfalt entfernte sie es aus der Ecke und hielt es Ethan in ihrer Handfläche hin: eine halb gerauchte Zigarette.

»Unser Einbrecher raucht?«

»Irgendjemand tut es«, sagte Annie und reichte die Zigarette an Ethan weiter, der schnell einen Plastikbeutel für Beweismittel aus seiner Tasche zog und die Zigarette ohne weitere Fragen hineinfallen ließ. Inzwischen hatte er gelernt, Annies Ahnungen zu vertrauen. Annie trat gegen etwas in der Nähe der Stelle, wo sie die Zigarette gefunden hatte, hob es dann auf und zeigte es Ethan. Es waren die zerfetzten Überreste einer Marlboro Red Label Schachtel, der unverkennbare Markenname war noch deutlich zu erkennen.

»Marlboro«, sagte Annie.

Ethan fügte die Schachtel dem Beweismittelbeutel hinzu und setzte den Aufstieg fort. Eine einzelne Treppe später hielten die beiden an einer Sackgasse. Eine weitere Metalltür ragte vor ihnen auf, aber es gab keine Anzeichen für Versuche, sie zu verschließen oder den Zugang zu verhindern, außer einem einfachen Schild, auf dem stand: »NUR FÜR AUTORISIERTES PERSONAL.«

Ethan ignorierte das Schild und stieß die Tür auf. Frische, salzige Luft überflutete Annies Sinne, als sie auf das Dach trat. Ein voller Blick auf den Ozean eröffnete sich über dessen Kanten. Das Dach war übersät mit den Überresten Hunderter zerrissener Kartons und Versandklebeband, die sich in einem weggeworfenen Haufen über das Dach ausbreiten durften. Ethan bewegte sich in die Mitte des Raums und hob einen Karton auf, der noch in seiner ursprünglichen Form war. Er drehte ihn um und enthüllte ein intaktes Versandetikett. »Es ist nur an *Rowling Heights* adressiert«, sagte er. »Keine spezifische Wohnungsnummer oder Empfänger.«

»Der Absender wollte sicherstellen, dass die Pakete im Postraum bleiben würden, bis er bereit war, sie abzuholen«, sagte Annie. Eine wetterfeste, zerknitterte Beschichtung knisterte unter ihren Turnschuhen, als sie ins Sonnenlicht trat. »Er ließ sie sich anhäufen und wartete dann auf den richtigen Moment zuzuschlagen. Nachdem er sie bewegt hatte, lagerte und sortierte er sie hier«, sagte Annie und nickte über das Dach. »Es ist sicher vor den Elementen.« Sie zeigte auf einen Lagerbereich, der von zwei schuppenartigen Türen abgegrenzt war, die weit offen standen und im Wind schlugen.

Sie schritt gegen den Wind voran und blieb am Rand einer hüfthohen Begrenzung stehen, die den Rand des Daches markierte. Sie blickte hinunter auf den Bürgersteig und dachte an Tony Vasquez' Sturz. Sie schauderte und richtete ihren Blick auf den Hafen, wo die Boote für den Abend zurückkamen, ihre Segel weiße Farbkleckse vor einem orangefarbenen Sonnenuntergang. Das Licht schmolz gegen das Meer, eine Harmonie aus Blau und Gold, die eine Art Gleichgewicht schuf, das nur in der Natur zu finden ist. Dann bemerkte Annie etwas Seltsames - rote und blaue Lichter auf der Nordseite des Hafens. Motorboote, die am DHS-Gebäude geparkt waren, fuhren in Formation los, Haie auf der Jagd, ihre Polizeilichter hart und fehl am Platz gegen die Schönheit. Der Klang einer Sirene heulte in der Ferne. Die Boote rasten über die türkisfarbene Bucht, ihre Richtung zielstrebig, eine Wut aufgewühlter Wellen in ihrem Kielwasser.

»Die Grenze ist dort«, Annie zeigte weiter den Hafen hinunter auf einen schmalen Teil der Küstenlinie. »Man kann sie von hier aus sehen. Es ist keine tatsächliche Linie, aber die Karten sagen, dass die rechtliche Unterscheidung zwischen den Vereinigten Staaten und Mexiko genau um diesen Grat herum liegt.«

Annie spürte, wie sich ein Paar Arme um ihre Taille schlang. Es war Ethan, der einen seltenen Versuch unternahm, sie zu halten. Sie machte ihm keinen Vorwurf, dass er es so selten versuchte. Er wusste nie, ob sie die Geste annehmen würde oder nicht.

»Richtiger Ort, richtige Zeit?«, fragte Ethan.

»Falscher Ort. Falsche Zeit. Aber richtige Person«, sagte Annie, ihre Augen immer noch auf den Hafen fixiert. Sie lehnte sich an ihn. Ethan verfolgte ihren Blick und bemerkte, wie sie den Bewegungen der Boote wie in Trance folgte.

»Deshalb hat das DHS ihr Gebäude dort platziert. Um den eingehenden Verkehr von Booten auf See zu überwachen.«

»Schön zu wissen, dass es da draußen Leute wie uns gibt, die versuchen, die Welt ein bisschen sicherer zu machen«, sagte Ethan.

Annie antwortete nicht. Sie beobachtete, wie die roten und blauen Lichter über den Hafen reichten und ihre Strahlen die dunklen Räume erleuchteten. »Das dachte ich früher auch.«

»Aber der Brief?«

»Es ist jemand mit Zugang, Ethan. Wir können niemandem vertrauen. Nicht einmal Leuten, die für das Gesetz arbeiten, genau wie wir.«

Ethan legte seine Hände um ihre Taille und drehte sie zu sich, weg von den Lichtern im Hafen. Sie schlang ihre Arme um seinen Hals. »Wir können einander vertrauen«, sagte Ethan, und Annie nickte. Das war schon mal was.

»Hast du 'ne Ahnung wegen des DHS?«, fragte Ethan und brachte das Gespräch zurück zu dem Thema, von dem er wusste, dass es Annie am meisten beschäftigte.

»Dieser Fall - er ist genauso wie unserer«, sagte Annie. »Die Leute hier in *Rowling Heights* haben ihr Vertrauen in Menschen und Dinge gesetzt, die sie eigentlich schützen sollten, aber sie lagen falsch.«

»Weißt du schon, was passiert ist?«

»Ich habe eine Vermutung«, lächelte Annie. »Aber Verdächtigungen-«

»Sind keine Fakten«, beendete Ethan Annies Lieblingsphrase für sie. »Dann lass uns die Beweise finden. Mit wem sprechen wir als Nächstes?«

Annie überlegte bei seiner Frage und drehte sich wieder um, um auf die Boote zu schauen, die jetzt nur noch winzige Punkte am Horizont waren. Sie wusste, dass die bevorstehenden Einzelgespräche alles verändern würden, und war entschlossen, ihre Strategie festzulegen, bevor sie sich den Bewohnern näherte, die sie am meisten verdächtigte. Annie balancierte am Rand des Gebäudes, ihre Handflächen ruhten auf der Kante, und überlegte, wie ein falscher Schritt einen Fall oder sogar eine Person zu Fall bringen könnte. Dann spürte sie Ethans Hände an den Gürtelschlaufen ihrer Jeans, die sie festhielten, falls sie ausrutschen sollte.

KAPITEL SIEBZEHN

CATALINE

Die Bar, die Cataline als Treffpunkt ausgewählt hatte, befand sich in Old Town, weit entfernt vom Prestige des prominenten Hafenviertels von San Diego. Hier waren die Gebäude abgenutzt und aus einzelnen, markanten Steinen erbaut, jeder ein Zeugnis der Menschen, die vor ihnen hier waren. Als Gründungsviertel von San Diego bot Old Town Freiluftmärkte mit Kunsthandwerk und handgemachten Souvenirs, gewundene Straßen, gesäumt von eisernen Laternen vergangener Tage, und Restaurants mit Außenbestuhlung. Die historische Atmosphäre von Old Town ließ Cataline das Gefühl haben, als wäre sie in eine andere Zeit versetzt worden, der staubige Duft der Vergangenheit hing in der Luft.

Während sie an einem kleinen Metalltisch saß – mit einer Margarita und einem Korb Chips vor sich – musste Cataline unweigerlich an die Generationen von Einwanderern denken, die vor ihr nach San Diego gekommen waren. Auch sie hatten Träume und Ziele gehabt. Sie fragte sich, ob bei der Verfolgung eines besseren Lebens irgendjemand aus der Vergangenheit das getan hatte, was sie getan hatte. Sie fragte sich, ob sie einen Fehltritt begangen hatten und nicht in der Lage gewesen waren, einen Weg zur Kurskorrektur zu finden.

»Es hat noch nicht gewirkt.«

Die Stimme riss Cataline zurück in den Moment. Sie starrte die Person am Tisch gegenüber an – ihre Gesellschaft für den Abend.

Montana lächelte sie an. Er war der einschüchterndste Bewohner von *Rowling Heights*. Mit einer Größe von 1,80 Metern und von Tattoos gezeichnet, hatte Montana auch eine sanfte Seite. Auch wenn er ein DHS-Agent war und einer Organisation loyal war, die Cataline verabscheute.

»Die Margarita«, fuhr Montana fort. »Sie hat noch nicht gewirkt, sonst würdest du mehr reden.«

»Tut mir leid«, sagte Cataline. »Mein Magen in letzter Zeit-«

»Verständlich«, nickte Montana. Er schob das Essen auf seinem Teller herum, als suche er ihm ein neues Zuhause. »Die Ermittlung macht alle nervös. Wie weit sind sie gekommen?«

»Schwer zu sagen. Der weiblichen Detektivin entgeht nichts. Aber sie ist zurückhaltend, was ihre Richtung angeht.«

»Du weißt, dass du dranbleiben musst. Das Gebäude steht im Mittelpunkt von allem.«

»Ich weiß.«

»Es geht nicht mehr nur um dich, Cataline-«

Cataline lachte. »Glaubst du, das weiß ich nicht? Seit vierzehn Jahren geht es nicht mehr um mich. In dem Moment, als ich das Pluszeichen sah, änderte sich alles.«

»Und ich schätze, ich wüsste nicht, wie sich das anfühlt?«, fragte Montana, seine Wangen erröteten. »Also könnte ich das unmöglich nachvollziehen?«

»Das ist nicht, was ich-«

»Schon gut«, unterbrach Montana sie und nahm einen Schluck von seinem Bier. »Ich will nicht immer wieder denselben Streit haben. Verdammter Groundhog Day. Wir sind jetzt da, wo wir sind. Ich habe meine Entscheidungen getroffen-« Montanas Stimme brach ein wenig, aber er verbarg es gut. »Und du? Du hast deine getroffen. Und jetzt stecken wir gemeinsam in diesem Schlamassel.«

Montanas Blick ging über Catalines Schulter hinweg, fixiert auf etwas in der Ferne. Cataline drehte sich um, um die Quelle seines Interesses ausfindig zu machen. Hinter ihr stand eine Pferdekutsche. Ein braun-weißes Pony wieherte und schlug mit dem Huf auf den Boden. Hinter ihm steckte der Wagen, den es zog, in einem Graben fest. Der gut meinende Kutscher versuchte, ihn vorwärts zu schieben, aber das Rad steckte fest im Schmutz. Neben ihm sahen frustrierte Passagiere hilflos zu.

»Weißt du, in der Bibel heißt es, dass derjenige, mit dem du verheiratet bist, mehr als nur ein Partner ist. Sie sagen, man ist zusammengejocht.«

»Zusammengejocht?«, fragte Cataline.

»Wie ein Pferd«, Montana nickte zum Pony. »Du bist an die andere Person gebunden. Ihr Gewicht ist dein Gewicht. Du ziehst ihre Last mit, nicht nur deine eigene.«

Catalines Augen wurden feucht, aber sie blickte zurück zu ihrer Margarita, die plötzlich verlockend wirkte. Sie nahm einen Schluck und betete um flüssige Erleichterung.

»Du wolltest das Treffen«, zuckte Montana mit den Schultern. »Sollten wir wohl zum Kern der Sache kommen.«

»Ich glaube, Mario ahnt die Wahrheit«, sagte Cataline. »Wäre das so schlimm?«

»Du und ich hatten eine Vereinbarung.«

»Vereinbarungen ändern sich.«

Cataline schlug mit den Händen auf den Tisch. Sie beugte sich vor, ihre Augen brannten. »Nicht bei mir. Er ist nicht bereit. Wenn ich sage, dass Mario es nicht wissen muss, dann bekommt er es auch nicht zu wissen. Nicht, bis es sicher ist, es ihm zu sagen.«

»Ich denke, das hast du schon vor langer Zeit klargemacht«, zuckte Montana mit den Schultern. »Wenn es etwas wert ist, ich habe nichts gesagt.«

»Hast du nicht?«

»Natürlich nicht«, sagte Montana. »Alles, was ich tue, ist, ihn im Flur anzulächeln. Ihn zu fragen, wie es in der Schule läuft. Ein wachsames Auge auf ihn zu haben.« Montana verdrehte die Augen, als er den Anflug von Zweifel bemerkte, der über Catalines Gesicht huschte. »Frau, wenn du es bis jetzt nicht kapierst, weiß ich nicht, was ich sonst noch für dich tun kann. Nicht viel übrig, um zu beweisen, dass du mir vertrauen kannst.« Er hielt inne und dachte nach. »Unsere Interessen sind jetzt mehr denn je aufeinander abgestimmt, würdest du dem nicht zustimmen?«

Es ertönte ein Wiehern hinter Catalines Schulter. Das Pferd stemmte sich mit einer letzten gewaltigen Anstrengung nach vorne. Der Wagen wurde aus dem Graben gezogen, seine Räder fanden Halt auf der Straße vor ihnen.

Cataline wandte sich wieder Montana zu. »Ich stimme zu«, sagte sie. »Das ist jetzt unbestreitbar.«

»Gut«, nickte er. »Dann sollten wir uns, anstatt uns auf das zu konzentrieren, was wir nicht kontrollieren können, oder uns über bereits Geschehenes zu streiten, in die eine Richtung bewegen, in die wir können.« Er nickte erneut zum Pferd. Es trabte über die Straße, die angehängte Kutsche rollte vorwärts. »Vorwärts. Wir müssen vorwärts gehen. Es gibt nur eine Lösung für unser Problem. Wir müssen herausfinden, wer eine Verbindung zu Tony hatte, die sie vernünftigerweise dazu motivieren würde, ihn zu töten. Du kennst jeden im Gebäude. Du musst eine Idee haben?«

Cataline ging im Geiste die Bilder der potenziellen Verdächtigen durch.

»Es könnte einen geben«, sagte sie. »Aber ich kann das nicht tun. Es ist nicht richtig. Es ist-«

»Unsere einzige Option. Vorwärts ist unsere einzige Option«, sagte Montana, gerade als eine weitere Pferdekutsche um die Ecke bog. Die Wahrheit war, es gab Hunderte von Pferden, die schwere Lasten zogen, und Montana – er war nur eines von ihnen. »Es ist der einzige Weg.«

»Ich fühle mich so verloren«, sagte Cataline, mehr zu sich selbst als zu Montana. »Alles, was ich je wollte, war ein Ausweg.«

»Du wirst den Weg finden«, nickte er ihr zu. »Du warst darin schon immer besser als ich. Weil du deinem Herzen folgst. *El amor todo lo puede*«, sagte er zu ihr und wiederholte ihren Lieblingssatz. Cataline lächelte über seinen gebrochenen Akzent.

»Liebe überwindet alles«, stimmte sie zu und hoffte mehr denn je, dass es wahr war.

KAPITEL ACHTZEHN

DIE BAR UND DAS RESTAURANT, die im Erdgeschoss des *Rowling Heights* Platz gemietet hatten, waren ein kleines, aber gehobenes Unternehmen. Annie und Ethan saßen in einer Ecknische unter einem Kronleuchter. Ihnen gegenüber saß Mindy Wellington, vor ihr das feinste Stück Steak. Sie führte das Messer in ihrer Hand schräg über das straffe Stück Fleisch und teilte es mühelos.

»Vielen Dank, dass Sie uns erlauben, Ihr Mittagessen zu unterbrechen«, sagte Annie zu Mindy, die erneut mit einer genussvollen, langsamen Handbewegung in ihr Steak schnitt. Mindy gehörte zu der Klasse von Menschen, die alle Zeit der Welt hatten, um das zu genießen, was sie konsumierten. Sie nahm einen Bissen und bemerkte die leeren Stellen auf dem Tisch vor Annie und Ethan.

»Natürlich. Sie sind sicher, dass Sie nicht mitessen möchten-«

»Oh nein«, Annie schüttelte den Kopf. »Wir werden Ihre Gastfreundschaft nur für ein paar Momente in Anspruch nehmen. Wir wären fertig, bevor die Vorspeisen kämen.«

»Sie haben mich wegen Alfred gefunden, nicht wahr?«

»Ein Angestellter des Gebäudes hat uns möglicherweise in

die richtige Richtung gewiesen«, wich Annie aus. »Aber ich könnte nicht sagen, welcher genau.«

»Das habe ich davon, dass ich eine strenge Routine einhalte. Dies ist meine Belohnung für mich selbst«, bemerkte Mindy mit einem Funkeln in den Augen. »Die Welt ist hart zu Frauen, und jeden Montag gönne ich mir im Restaurant ein Steak - blutig - und ein Glas Cabernet. Und ich esse in Ruhe und versichere mir selbst, dass die Welt mir gehört und dass nichts außerhalb meiner Reichweite ist, wenn ich nur daran glaube, dass ich es haben kann.«

»Das *klingt* nach einer Belohnung«, stimmte Ethan zu. »Wo kann ich mich dafür anmelden?« Annie stieß ihn unter dem Tisch an. »Ich würde gerne damit beginnen, nach der Aussicht aus Ihrem Apartmentfenster zu fragen.«

»Mein Fenster?«, sagte Mindy. »Was könnte das möglicherweise mit irgendetwas zu tun haben?«

»Möglicherweise alles, oder auch - nichts«, sagte Annie. »Ich nehme an, dass Ihr Apartment wie die anderen Einheiten einen Blick auf den Hafen hat?«

»Das stimmt«, bestätigte Mindy.

»Und da Sie im neunten Stock wohnen, wurde ein Teil dieser Aussicht zweifellos durch die Bebauung auf der anderen Straßenseite verdeckt.«

»Ugh«, schnalzte Mindy mit der Zunge. »Wir haben versucht, dieses schreckliche Monstrum von vornherein zu verhindern, aber der Stadtrat hat es trotz unserer Bemühungen genehmigt. Ein furchtbarer Schandfleck. Eine Schande für die Gemeinschaft.«

»Wie viel von Ihrer Aussicht ist verdeckt?«

»Zum Glück nicht viel«, antwortete Mindy. »Nur die Seite, die zum Leuchtturm blickt. Ich bevorzuge sowieso die Südseite.«

»Ausgezeichnet«, lächelte Annie, als hätte sie gerade wunderbare Nachrichten erhalten. »Kommen wir zu wichtigeren Dingen. Wie gut kannten Sie Tony Vasquez?«

Mindy kaute, aber ob das daran lag, dass das Fleisch zäh war oder sie Zeit schinden wollte, war schwer zu sagen. Schließlich schluckte sie. »Ich kannte ihn so gut wie jeden anderen Bewohner. Er kam und ging. Unsere Wege kreuzten sich vielleicht öfter als die anderer, weil ich ihn als den Mann kannte, dessen Vater das Gebäude besaß. Und wir sahen uns oft im Fitnessstudio, nachdem ich mit dem Training begonnen hatte-«

»Was hat Sie dazu gebracht, mit dem Training anzufangen?«

»Die Scheidung«, zuckte Mindy mit den Schultern. »Niemand sagt einem, dass die Person, die man heiratet, auf einen abfärbt.« Ihre Augen wurden distanziert, Erinnerungen an das, was einmal war, schwammen in den dunklen, braunen Tiefen ihrer Iris. »Es ist ein langsamer Prozess, aber wenn man nicht aufpasst, wird man sich langsam ähnlicher. Je länger man verheiratet ist, desto mehr teilt man bestimmte Eigenschaften. Der Tag, an dem ich aufwachte und erkannte, dass ich Hathaway hasste, war ein schwerer, denn wir waren so lange zusammen gewesen, dass Hathaway, nun ja, er war ein Teil dessen, wie ich mich selbst definierte. Als er weg war, suchte ich nach allen Teilen von ihm, die auf mich abgefärbt hatten. Und ich sah, dass er mich fauler gemacht hatte. Weniger attraktiv. Ich hatte nie Zeit, mich um mich selbst zu kümmern, weil ich immer damit beschäftigt war, *ihn* zu verbessern. Sobald mir das Problem bewusst wurde, schwor ich mir, es sofort zu beheben. Also fing ich an, jeden Tag ins Fitnessstudio zu gehen.«

»Und Tony war auch dort?«, fragte Annie.

»Ja. Tony mochte das Rudergerät«, Mindy schauderte bei dem Gedanken. »Ich beschränkte meine Workouts auf den Pilates-Reformer. Ich habe zwanzig Pfund abgenommen«, lächelte sie und nahm einen Schluck von ihrem Wein. »Stellen Sie sich das vor. Ich trinke Wein, esse Steak und Schokolade, und *trotzdem* habe ich zwanzig Pfund abgenommen, ohne dass das Totgewicht von Hathaway auf meiner Brust sitzt. Meine Freundinnen sagen gerne, ich hätte zweihundertzwanzig Pfund verloren, wenn man seinen Teil der Gleichung berücksichtigt-«

»Was ist Ihnen an Tony aufgefallen?«, versuchte Annie, Mindys Fokus zurück auf das eigentliche Thema zu lenken. Sie wusste, dass Mindy das gesamte Mittagessen in eine Schmährede über Hathaways Fehler verwandeln konnte.

»Aufgefallen?«, Mindy erstarrte, ihre Gabel in der Luft. »Nichts.«

»Gar nichts?«, bohrte Annie nach.

»Ist das überraschend?«

»Ein wenig«, sagte Annie. »Die meisten anderen Bewohner konnten uns zumindest *irgendeine* Art von Eindruck vermitteln. Sicher ist Ihnen irgendetwas an ihm aufgefallen, selbst wenn es klein oder unbedeutend war.«

Mindy legte ihre Gabel ab und nahm einen weiteren langen Schluck von ihrem Wein. Annie bemerkte, wie Mindys oberes Augenlid zuckte, während sie sich Zeit erkaufte. Mindy überlegte, dass es verdächtiger war, überhaupt nichts zu bemerken, als die banalsten Elemente einer Person. Sie hatte einen Fehltritt begangen. Und jetzt, so vermutete Annie, würde sie versuchen, den Kurs zu korrigieren.

»Nun, natürlich sind mir *einige* Dinge aufgefallen. Es ist unmöglich, gar nichts zu bemerken. Ich habe vielleicht nicht sehr intensiv darüber nachgedacht, aber ich habe schon ein paar Dinge an Tony wahrgenommen.«

»Zum Beispiel?«

»Er ruderte, als würde er irgendwohin fahren«, bot Mindy an. »Tony und ich nutzten unsere Zeit im Fitnessstudio beide mit einem Gefühl der Zielstrebigkeit. Meins war es, über meine Scheidung hinwegzukommen. Seins, denke ich, war es, weniger einsam zu sein.«

»Hat er Ihnen gesagt, dass er einsam war?«

»Nein, aber ich hatte diesen Eindruck. Nur basierend auf

ein paar Dingen, die er sagte. Er erwähnte Videospiel-Conventions. Aber es schien, als wären die meisten seiner Freunde online. Wenn ich raten müsste, würde ich sagen, er trainierte in der Hoffnung, eine Frau kennenzulernen. Er wirkte-«, sie hielt inne. »Er wirkte ein bisschen verloren. Als wäre er ein Schiff auf See ohne Motor, ohne Segel und ohne Ruder. Er war ein Mann, der eine Frau brauchte. Frauen beheben das. Unsere Anwesenheit gibt einem Mann sofort einen Sinn im Leben. Ich nahm an, dass er deshalb im Fitnessstudio war. Um seine Chancen zu erhöhen, eine Partnerin zu finden.« Mindy wandte sich wieder ihrem Steak zu, tunkte ein Stück in das Kartoffelpüree daneben und schob dann das ganze Durcheinander in ihren Mund. »Tatsächlich dachte ich daran, ihn mit der Tochter meiner Freundin zu verkuppeln«, sagte sie mit vollem Mund. »Aber es stellte sich heraus, dass das Mädchen mit jemandem zusammen war. Ein echter Mistkerl von einem Mann, laut Victoria. Ziemlich aufbrausend. Es ist eigentlich eine interessante Geschichte. Anscheinend hat er ihre Autoreifen zerstochen, weil sie etwas in den sozialen Medien gepostet hatte, das ihm nicht gefiel-«

»Und Tony«, sagte Annie und lenkte das Gespräch erneut in die Richtung, die sie einschlagen wollte. »War er deiner Meinung nach eine gute Partie?«

Einen Moment lang sagte Mindy nichts. Dann schob sie das Kartoffelpüree auf ihrem Teller herum. Sie sah Annie mit zusammengekniffenen Augen an, ihr Sprechtempo verlangsamte sich auf ein Schneckentempo. »Ja«, antwortete Mindy schlicht. »Wie gesagt, ich kannte ihn nicht sehr gut. Aber von dem, was *ich* sehen konnte, hat er dieser Welt einen Mehrwert gebracht. Und sie ist ohne ihn viel schlechter dran.«

Annie nickte und bemerkte die Emotion in Mindys Stimme. Das war alles, was sie brauchte. Diese eine Frage war der Grund, warum sie gehofft hatte, sich mit Mindy zu treffen. Und vielleicht noch eine weitere.

»Weißt du, warum Tony eine Pinguinkette trug?«

Mindy war gerade dabei, ihr Steak zu schneiden, als Annie die Frage stellte. Ihr Messer stoppte mitten in der Bewegung, das Innere des Steaks leuchtete pink gegen die Metallklinge. Ein roter Streifen sickerte aus dem Fleischstück und ergoss sich auf den Teller wie Blut aus einer Wunde. Mindy starrte Annie direkt in die Augen, ihre Stimme brüchig wie Knochen. »Ich habe absolut keine Ahnung.«

»Dann werden wir uns auf den Weg machen«, lächelte Annie, als hätte sie gerade mit einer alten Freundin zu Mittag gegessen. Sie stand auf, Ethan folgte ihr, und die beiden rutschten aus der Sitzecke, bereit zu gehen. Annie hielt inne und drehte sich ein letztes Mal um, um mit Mindy zu sprechen.

»Sie ist verschwunden, weißt du? Die Kette.«

Mindy blickte von ihrem Steak auf, und ihr Mund klappte auf. Wut blitzte über ihr Gesicht, ihre Wangen wurden rot. Ihre Augen wurden schwer, wölbten sich hervor, Tränen drohten über ihre Ränder zu quellen. Und doch kam nichts. Mindy hielt die Tiefe ihrer Wut zurück.

Schließlich würgte sie heraus: »Und warum sollte mich so etwas interessieren?«

»Das würde es nicht«, sagte Annie. »Nochmals vielen Dank für deine Zeit.«

Damit gingen sie hinaus und verschwanden durch die glatten, vorhanggesäumten Türen des Restaurants. Als sie sicher war, dass sie gegangen waren, atmete Mindy aus, legte Gabel und Messer beiseite und ließ ihren Kopf in ihre Hände fallen. Sie bedeckte für einen Moment ihr Gesicht und ließ dann die Tränen, die während des ganzen Mittagessens gedroht hatten zu fallen, endlich über ihre Wangen laufen. Sie wischte sie weg und griff nach dem Weinglas neben ihr. Sie trank den Rest des Glases in einem Zug aus und dachte darüber nach, wie unfair das Leben sein konnte, und fragte sich, wie sie in so eine Misere geraten war. Es war natürlich ihr Herz. Ihr Herz führte sie immer in die Irre, weil es so laut schlug, dass sie nicht umhin konnte, darauf zu hören, selbst wenn ihr Verstand wusste, dass der Weg, den sie ging, ein unmöglicher war.

Mindy blickte noch einmal aus dem Fenster, um sicherzugehen, dass die Detektive weg waren. Sie ließ ihren Blick durch das Restaurant schweifen, um sicherzustellen, dass niemand sie beobachtete. Dann griff sie unter ihr Shirt und zog eine goldene Kette hervor.

Sie hielt den Talisman am Ende der Kette in ihrer Hand, rieb ihn zur Beruhigung und umklammerte ihn wie ein schützendes Totem. Ihre Finger öffneten sich und enthüllten die Form darunter:

Ein massiver, goldener Pinguin. Seine kleinen Flügel waren in seine Seite geätzt, die tollpatschigen Füße von einem geschickten Handwerker geschnitzt, der den kleinen Anhänger lebensecht erscheinen ließ.

Mindy rieb ihn mit ihrem Daumen und steckte ihn dann zurück unter ihr Shirt, um sicherzugehen, dass er nah an ihrem Herzen war.

KAPITEL NEUNZEHN

ALEJANDRO

Im achten Stock führte Alejandro seine Besucher herum. Er zeigte den Detektiven eine Vitrine, die die Wand seines Wohnzimmers säumte. Durch die Glasscheiben konnte man *La Vida Liquor*-Flaschen sehen, die wie kleine Soldaten aufgereiht waren.

»Das hier«, er zeigte auf eine Flasche mit schwarzem Etikett und goldenen Akzenten, »ist unsere Sonderedition aus der letztjährigen Ernte. Das Besondere an unserem Gärungsprozess ist, dass er sich von allen anderen Marken unterscheidet-«

»Faszinierend«, stimmte Annie zu. »Zurück zu Tony. Würden Sie sagen, dass Sie beide eng befreundet waren?«

»Nein«, antwortete Alejandro. »Nicht eng.«

»Aber wir haben ein Dutzend Schnapsflaschen Ihrer Marke in seiner Wohnung gefunden«, fügte Annie hinzu. »Es scheint, als hätte es da eine Freundschaft gegeben.«

Alejandro holte tief Luft und sah sichtlich beleidigt aus. Er blickte über Annies Schulter zu Ethan, als wolle er fragen, ob sie sich immer so ungehobelt benehme. Als Ethan keine Reaktion zeigte, zupfte Alejandro am oberen Teil seines wallenden

Seidenhemdes und öffnete einen weiteren Knopf. Ein Nest aus Brusthaaren kam zum Vorschein.

»Ich stehe jedem nahe, der in der San Dieger Gesellschaft Rang und Namen hat. Ich teile mein Label mit meinen Nachbarn, wenn sie Glück haben. Meine wahren Freunde sind Menschen, die es wert sind, sie zu kennen. Ich nehme an, keiner von Ihnen beiden trinkt?«

Ethan trat vor und betrachtete die Schnapsflaschen in der Vitrine mit einem resignierten Ausdruck. »Ich trinke schon, aber ich stehe mehr auf den billigen Stoff. Würde Ihrer Marke wohl nicht gerecht werden, fürchte ich. Habe keinen ausreichend verfeinerten Gaumen.« Er klopfte Alejandro auf die Schulter, wodurch dieser ins Wanken geriet. Alejandro verzog das Gesicht und trat von der Vitrine weg, plötzlich mit Ethan einer Meinung. Der Detective hatte Recht. Sein Produkt war zu anspruchsvoll für diese Leute.

Alejandro ließ sich auf sein schneeweißes Sofa fallen, spreizte die Beine und warf die Arme über die Rückenlehne. »Also, Sie sind gekommen, um mit mir zu sprechen. Was wollen Sie?«

Annie stand an den bodentiefen Fenstern in Alejandros Wohnung und blickte auf den Ozean hinaus. »Stört es Sie?«, fragte sie und nickte in Richtung des hohen Wolkenkratzers, der auf der gegenüberliegenden Straßenseite gebaut wurde.

»Die Bauarbeiten? Nein. Höre ich kaum.«

»Aber Ihre Aussicht«, sagte Annie. »Sie ist fast völlig verdeckt. Andere Wohnungen können immer noch einen Teil des Hafens sehen, aber Ihre, fürchte ich-«

»Ich wohne nicht wegen der Aussicht in dem Gebäude«, unterbrach Alejandro sie. Er bemerkte die ausdruckslosen Gesichter von Annie und Ethan.

»Sie wohnen nicht wegen der Aussicht hier?«, fragte Ethan erstaunt. »Warum zum Teufel würden Sie diese Preise bezahlen, wenn nicht für die Aussicht?«

Alejandro lächelte. »Wegen der Menschen. Menschen sind

der Schlüssel zu allem. *Relaciones.* Der Schlüssel zum Aufbau von Unternehmen. Um Geld zu verdienen. Der Wert des Gebäudes liegt nicht in der Aussicht. Es sind die anderen Bewohner.«

Annie ging auf ihn zu und setzte sich auf das Sofa, während sie ihn von oben bis unten musterte. »Das ist eine schöne Jacke«, sagte sie und deutete auf die Motorrad-Lederjacke, die über Alejandros Seidenhemd lag. Sie war in einem dunklen Blauton gehalten, mit silbernen Nieten, die den Kragen zierten. »Handgefärbt?«

»J-ja«, stotterte Alejandro. »Importiert aus Italien.«

»Ich habe schon mal so eine gesehen«, antwortete Annie.

Einen Moment lang schwieg Alejandro. Dann sah er Annie direkt in die Augen und krallte seine Finger in die Kante des Sofas. »Es gibt jede Menge Lederjacken auf der Welt.«

»Nicht solche, die mit solcher Präzision gefärbt und designt wurden. Sie kleiden sich gut«, sagte sie mit einem Hauch von Anschuldigung in ihrer Stimme.

»Was wollen Sie damit andeuten?«

»Wissen Sie, die letzte Person, die ich in so einer feinen Lederjacke gesehen habe, endete zerschmettert auf der Motorhaube eines Autos.«

Die Luft wurde dick. Im Raum herrschte Stille. Ethan rutschte unruhig hin und her, überrascht von dieser Wendung. Er liebte es, Annie beim Entwirren eines Falles zuzusehen, wünschte sich aber, sie würde ihn ab und zu in ihre Pläne einweihen. Stattdessen balancierte er wieder einmal auf Messers Schneide, unsicher, in welche Richtung die Situation kippen würde.

»Also habe ich einem Nachbarn Modeberatung gegeben«, flüsterte Alejandro. »Das bedeutet gar nichts.«

»Können wir in Ihren Kleiderschrank schauen?«

Für einen Moment schien es, als würde Alejandro nein sagen. Doch dann überlegte er es sich anders. »Was wird mit mir passieren, wenn ich Ihnen nicht erlaube, nachzusehen?«

»Sie und ich wissen beide, dass Sie Tony nicht getötet haben«, antwortete Annie. »Aber es wurden hier andere Verbrechen begangen. Kleinere, sicher. Aber dennoch Verbrechen. Ich denke, vielleicht könnten wir darüber hinwegsehen, wenn Sie uns helfen würden. Stimmt's, Ethan?«

»Klar«, stimmte Ethan zu. »Ich denke, das könnten wir arrangieren.«

»Sie haben mir gesagt, dass Sie Freundschaft schätzen«, sagte Annie und berührte Alejandros Handrücken. »Ich habe Zugriff auf die Finanzunterlagen Ihres Schnapsgeschäfts-«

»Sie hatten kein Recht dazu! *Cómo te atreves*-«

»Das FBI kann auf alle Informationen zugreifen, die es für wichtig für eine Ermittlung hält«, sagte Ethan.

»Es scheint, als würde Ihr Geschäft unter Wasser stehen«, fuhr Annie fort. »Wenn Sie also nicht vom Schnapsverkauf leben, was hält Sie dann wirklich über Wasser?« Alejandro antwortete nicht. »Als jemand, der Freundschaft schätzt, verstehen Sie vielleicht - Sie brauchen jetzt einen Freund wie mich.«

Alejandro dachte über ihre Worte nach, dann sackte er zusammen und ließ sich von den Sofakissen verschlingen. »Sie können im Schrank nachsehen«, sagte er geschlagen. »Da lang«, er zeigte auf einen Flur, der zum Schlafzimmer führte.

Annie stand auf und ging den Flur entlang, Ethan folgte ihr.

»Ich habe ihn nicht getötet«, rief Alejandro aus dem Wohnzimmer, gerade als Annie das Schlafzimmer betrat. Es ähnelte dem Grundriss von Tonys Hauptschlafzimmer, war aber kleiner und weniger beeindruckend. Annie ging auf den begehbaren Kleiderschrank zu und schaltete das Licht ein. Dort hingen Dutzende ähnlicher Lederjacken im Hängebereich. Auf dem Boden standen vertraute Pappkartons, geöffnet und weggeworfen.

»Er hat es herausgefunden«, fügte Alejandro hinzu. Annie und Ethan zuckten bei der Stimme hinter ihnen zusammen. Alejandro stand in der Türöffnung, Schatten fielen über sein Gesicht. »Wir gingen manchmal zusammen ins Fitnessstudio. Deshalb wurde meine Karte zum elften Stock durchgelassen. Wir trainierten. Er investierte in mein Schnapsgeschäft, aber er wusste nicht, dass ich Geld zwischen den Klamotten und dem Schnaps hin und her schob. Und als er merkte, was ich tat, flehte ich ihn an, es seinem Vater nicht zu erzählen-«

»Die Etiketten sind also entfernt?«

»Manchmal nähen wir Designer-Etiketten wieder ein. Verkaufen sie als Originale«, gab Alejandro zu. »Das ist das Einzige, was mich am Laufen hält. Die Margen bei den Alkoholetiketten sind gering. Ich habe Geld aus dem Kleidungsgeschäft abgezogen, um die Flaschen zu unterstützen. Ich sagte Tony, wenn er zu seinem Vater ginge, würde er das ganze Unternehmen ruinieren und ich würde pleite gehen, was für uns beide schlecht gewesen wäre. Da er in den Alkohol investiert hatte, waren wir miteinander verbunden. Der Haken ist, der Typ ist reich. Er hätte sich erholt. Aber ich? Nicht so sehr. Er verstand meine Situation. Er behielt es für sich, einfach aus Freundlichkeit.«

»Also haben Sie ihm eine Jacke gegeben?«

»Als Dankeschön«, sagte Alejandro. »Als ich ihm die *maltido* Jacke gab, hätte ich nie gedacht, dass er sie ständig tragen würde. Ich weiß nicht, warum er es tat.«

»Weil er dich wirklich als Freund betrachtete«, sagte Annie. »Nicht so, wie du das Wort benutzt, sondern so, wie es eigentlich gemeint ist. Es erinnerte ihn an eine Zeit, in der er jemandem half, dem er glaubte vertrauen zu können.«

»*La mierda.* Wenn Sie es so sagen – ich fühle mich schrecklich –«

»Aber Sie brauchten keine Aussicht?«, fragte Annie, plötzlich enttäuscht. »Sie brauchten nie die Aussicht.«

»Welche Aussicht?«, fragte Alejandro, offensichtlich verwirrt.

»Warum haben Sie das Dach benutzt, um die Pakete zu lagern?«, präzisierte Annie, plötzlich beunruhigt. Sie war der falschen Spur gefolgt, und es hatte sie nur zu neuen Fragen geführt.

Alejandro deutete um den Raum. »Ich habe Ihnen gesagt, ich habe viele Freunde. Wenn jemand es herausgefunden hätte, hätten sie mich verpfeifen können. Es schien sicherer, die Lieferungen auf dem Dach zu lagern, bis Alfred involviert wurde.«

»Danke«, sagte Annie. »Das ist alles, was wir vorerst brauchen.«

Damit drehte sie sich auf dem Absatz um und Ethan folgte ihr. Sie ließen Alejandro am Eingang seines Kleiderschranks zurück, umgeben von Waren, die Wahrheit über sein Wesen lastete schwer auf seinen Schultern. Er blinzelte, ein wenig überrascht von sich selbst, dann lief er ihnen nach und hielt sie an der Haustür auf.

»Hey«, sagte er. »Falls es hilft, jemand anderes benutzte auch das Dach. Nicht um etwas zu lagern, aber es gab Zeiten, da fand ich dort oben abgebrannte Zigaretten. Es ist ein Nichtrauchergebäude, also dachte ich, jemand suchte nur einen Platz zum Rauchen. Aber vielleicht –«

»Vielleicht«, stimmte Annie zu und zog auch diese Möglichkeit in Betracht.

»Ich hoffe, Sie finden die Person, die Tony das angetan hat«, fügte Alejandro hinzu. »Er war wirklich das, was Sie sagten. *Un verdadero amigo.* Ein wahrer Freund.«

KAPITEL ZWANZIG

MONTANA

Montanas Wohnung war das am wenigsten beeindruckende Exemplar, das sie bisher gesehen hatten. Seine Einrichtungskünste – oder deren Mangel – waren teilweise dafür verantwortlich. Seine Möbel sahen gebraucht aus, als hätte er sie alle von Straßenecken und Garagenverkäufen zusammengesammelt. Ein braunes Sofa mit ausgefransten Fäden teilte das Wohnzimmer in zwei Hälften, sein abgenutzter Stoff flehte förmlich darum, neu bezogen zu werden. Ein ramponierter Sessel war in die Ecke gequetscht, sein Bein in ausgeklappter Position, Risse im waldgrünen Leder notdürftig mit Klebeband geflickt. Ein trostloser Teppich vervollständigte die Szene, die Staubschicht an seinen Rändern zeugte davon, dass er seit Montanas Kauf vor einem Jahr nicht mehr gesaugt worden war.

»Nette Bude«, nickte Ethan, ohne den Blick zu bemerken, den Annie ihm aus dem Augenwinkel zuwarf.

»Es geht so«, Montana hob eine Hand und ließ sich in den Sessel sinken, sein Körper passte sich perfekt einer Kuhle an. »Du musst nicht lügen. Wir wissen beide, dass es ein Drecksloch ist.«

Im Vergleich zu den anderen Einheiten im Gebäude fehlte es Montanas Wohnung tatsächlich an einem gewissen Glamour. Annies Augen schweiften durch den Raum und stellten fest, dass der Platz halb so groß war wie die anderen, die sie gesehen hatten, ohne jegliche luxuriöse Details wie Marmorböden oder maßgefertigte Schränke. Die Küche war eine Standard-Durchreiche. Die Böden waren billiges Vinyl. Und am schlimmsten war, dass dem Wohnzimmer die bodentiefen Fenster und der verschwenderische Blick auf den Hafen fehlten, die sie in anderen Wohnungen in *Rowling Heights* gesehen hatten.

Sie stand auf und ging zum einzigen flachen, quadratischen Fenster im Raum. Es war mit horizontalen Lamellenjalousien bedeckt, die Annie öffnete. Die Aussicht war schlicht. Links ein kleiner Blick auf das blaue Wasser im Hafen. Rechts erstreckten sich Wolkenkratzer und das Bauprojekt, das Annie vor Tagen bemerkt hatte.

»Nichts Besonderes«, sagte Montana, während er beobachtete, wie Annie die Aussicht in sich aufnahm.

»Nein«, stimmte Annie zu. »Schade. Es scheint, als hätte man Sie auf einer niedrigeren Etage um das Beste beraubt, was das Gebäude zu bieten hat.«

»Ach was«, Montana schüttelte den Kopf. »Ich habe bekommen, wofür ich hergekommen bin.«

»Und was ist das?«, fragte Annie.

»Ein Neuanfang«, sagte Montana. Der Ton in seiner Stimme deutete an, dass er es vorzog, nicht näher auf die genaue Art des Neuanfangs einzugehen, den er suchte.

»Sie arbeiten für das Ministerium für Innere Sicherheit?«

»Das stimmt«, bestätigte Montana. »Ich beaufsichtige eine Gruppe von Agenten, die für den Zoll verantwortlich sind. Kennen Sie diese Grenzkontrollen, durch die man muss?«

Annie und Ethan nickten.

»Nun, der Schmerz in Ihrem Hintern, das bin ich«, sagte

Montana. »Sie würden nicht glauben, was da alles durchkommt. Wir halten die Amerikaner größtenteils sicher.«

»Größtenteils?«

Montana senkte die Fußstütze seines Sessels und lehnte sich vor, die Arme verschränkt. »Es ist ein großer Job. Man kann ihn nicht immer perfekt machen. Es gibt Tage, da übersehen wir Dinge. Das nagt an einem. Ich bin sicher, Sie verstehen das.«

»Ja«, stimmte Annie zu. »Das tun wir.« Annie setzte sich auf das Sofa und berührte dabei so wenig wie möglich davon, ihr Hintern besetzte nur die äußerste Kante. Ethan biss sich auf die Lippe, um nicht zu lachen, als er bemerkte, wie Annie ihre Hände in ihrem Schoß verschränkte, um den staubigen Stoff nicht zu berühren. »Wie gut kannten Sie Tony?«

»Gar nicht«, sagte Montana. »Sah ihn manchmal im Fitnessstudio, aber nie geredet.«

»Und Sie waren am Tag von Tonys Mord im Fitnessstudio?«

»Es war Beintag«, sagte Montana unbekümmert. »Ich wäre dort gewesen, erinnere mich aber an nichts Besonderes. Wenn die Schlüsselkarte sagt, ich war im elften Stock, nun, das ist der einzige Grund, warum ich je nach oben gehe.«

»Gibt es jemanden, der bestätigen kann, dass Sie an diesem Tag dort waren?«

»Vielleicht nicht an dem Tag«, fügte Montana hinzu. »Aber Mario - Catalines Sohn - kann bestätigen, dass ich oft im Fitnessstudio bin.«

»Mario?«, sagte Annie überrascht.

»Ja«, antwortete Montana. »Der Junge und ich trainieren manchmal zusammen. Er ist ein Winzling. Ich helfe ihm, Muskeln aufzubauen.«

»Und Cataline ist damit einverstanden?«

»Natürlich ist sie das. Die Einzige, die damit ein Problem zu haben scheint, sind Sie«, Montana verdrehte die Augen.

Annie nahm das in sich auf, ihr Verstand versuchte, das für den Fall Relevante von dem zu trennen, was einfach nur Rauschen war. Sie ging ihre mentale Checkliste von Montanas Hintergrund durch. Er war ein DHS-Agent. Sein Persönlichkeitsprofil beschrieb eine Person, die nach außen hin hart, aber im Inneren weich war. Er war jemand, der Veränderungen nicht mochte und anscheinend Jobs und Wohnungen so lange wie möglich behielt. Er war in seiner letzten Wohnung ein Jahrzehnt geblieben, bevor er nach *Rowling Heights* zog, was einen exorbitanten finanziellen Sprung nach oben darstellte.

»Die Mieterunterlagen besagen, dass Sie vor elf Monaten eingezogen sind.«

»Klingt richtig.«

»Warum *Rowling Heights?*«

»Warum nicht *Rowling Heights?*«, konterte Montana.

»Sie haben keine Aussicht«, Annie deutete auf das Fenster. »Sie zahlen einen Aufpreis, um in diesem Gebäude zu wohnen, obwohl es Ihnen so wenig bietet. Und Sie wirken nicht wie jemand, dem Prestige wichtig ist.«

»Es ist nah am Büro«, bot Montana an. »Das DHS-Gebäude ist gleich auf der anderen Seite des Hafens. Nehmen Sie die Parallelstraße geradeaus und Sie sind da. Höchstens zwei Minuten Fahrt.«

»Ja«, Annie lächelte. »Das DHS-Gebäude. Ich kenne es. Wussten Sie, dass andere Wohnungen in diesem Gebäude einen Blick auf das DHS-Gebäude haben?«

»Das wusste ich nicht«, Montana zuckte mit den Schultern, aber die Art, wie sich seine Augenbrauen hoben, ließ Annie glauben, dass er es doch wusste und sich entschied, Unwissenheit vorzutäuschen.

»Aber nicht alle Wohnungen«, fuhr Annie fort. »Tatsächlich nur eine.«

Montana antwortete nicht. Annie ließ die Stille einen Moment wirken, dann entschied sie sich, weiterzumachen.

»Dieses Gebäude war finanziell ein ziemlicher Schritt nach oben für Sie. Sie zahlen fast doppelt so viel wie am letzten Ort.«

»Und?«, fragte Montana.

»Wie können Sie sich das leisten?«

»Nun«, sagte Montana in einem Ton, der deutlich machte, dass er dachte, dies sollte für jeden mit einem halben Gehirn offensichtlich sein. »Ich kann es mir leisten, weil ich am letzten Ort so toll gespart habe.« Er blickte zu Ethan. »Meint sie das ernst?«

»Vorsicht«, sagte Ethan. Annie berührte sein Knie, um zu signalisieren, dass sie unbeeindruckt war.

»Was ist Ihr Gesamteindruck von den Bewohnern in diesem Gebäude?«, fragte Annie fröhlich.

»Eingebildete Reiche, die am Ende mieten«, sagte Montana. »Wenn ich ihr Geld hätte, wäre ich schlau genug, einen Ort zu kaufen, aber hey, was weiß ich schon? Ich hatte gerade genug, um das hier zu stemmen, aber nicht genug für eine Anzahlung. Ich kam an den Punkt im Leben, an dem ich Erfahrungen zu schätzen begann, und ich habe den Sprung gewagt. Diese Leute allerdings-«

»Glauben Sie, dass sie im Leben die falschen Dinge wertschätzen?«

»Schätze schon, aber was kümmert's mich, solange ich meins kriege«, sagte Montana.

»Und was ist mit den Leuten, die hier arbeiten? Alfred... Cataline.«

Annie bemerkte, dass Montanas Hand zuckte, als sie Catalines Namen erwähnte. Er reagierte, als hätte sie ihn gestochen.

»Denen geht's gut«, sagte Montana. »Sie scheinen sich besonders anzustrengen, um diese Leute glücklich zu machen.«

»Glauben Sie, dass wir Cataline und dem, was sie uns erzählt, vertrauen können?«

Es folgte eine lange Pause, während Montana sich vorbeugte. »Lady«, sagte er kopfschüttelnd. »Wenn mich meine Branche eins gelehrt hat, dann das: Ich glaube, man kann niemandem vertrauen. Nicht mir. Nicht Cataline. Nicht dem DHS. Nicht Alfred. Nicht den eingebildeten Schnöseln, die hier leben.« Er lehnte sich in seinem Stuhl zurück. »Aber das wussten Sie schon. Also, warum zum Teufel fragen Sie mich?«

Annie lächelte. »Ihre Wohnung«, sagte sie. »Da ist ein bestimmter Geruch-«

»Ich putze nicht gut. Na und?«, Montana wurde abweisend.

»Nein, das ist es nicht. Ethan, riechst du es?«

Ethan nickte zustimmend. »Ja, ich rieche es.«

»Möchtest du unserem neuen Freund sagen, was es ist?«

»Zigarettenrauch«, sagte Ethan.

»Wussten Sie, dass das Gebäude rauchfrei ist?«, fragte Annie.

»Klar weiß ich das. Ist mir nur scheißegal«, antwortete Montana. »Was geht Sie das an?«

Annie dachte an den kleinen, angebrannten Zigarettenstummel, den sie auf dem Dach gefunden hatte und der sich jetzt in einem Beweismittelbeutel in Ethans Rucksack befand. Sie überlegte, ob sie ihre Karten jetzt aufdecken sollte, entschied sich aber dagegen. Es gab noch so viele unbeantwortete Fragen.

»Welche Marke rauchen Sie?«, fragte Annie.

»Nur Camel.«

Annie notierte sich die Information, ihre Enttäuschung huschte über ihr Gesicht. »Können wir sie sehen?«

Erschöpft und völlig frustriert bewegte sich Montana, griff in seine Tasche und zog eine Packung Camel heraus. Mit einem Unterhandwurf warf er sie Annie zu, die sie mit beiden Händen auffing. Sie öffnete die Schachtel, um sicher zu gehen. Die Zigaretten darin waren Camel, genau wie er behauptet hatte.

»Brauchen Sie sonst noch was?«, fragte Montana gereizt. »Eine Prostata-Untersuchung? Kindheitstraumata?«

»Nein«, sagte Annie. »Das genügt«, sie machte eine Pause. »Zumindest vorerst.«

———

Später schlenderten Annie und Ethan den Flur vor Montanas Wohnung entlang in Richtung Aufzug und gingen die Fakten des Falls durch.

»Glaubst du, er ist sauber?«, fragte Ethan.

»So sauber wie du und ich, also komplett schmutzig. Aber die Zigaretten-«

»Sie passen nicht«, beendete Ethan Annies Satz. »Die, die wir auf dem Dach gefunden haben, war eine Marlboro. Er raucht Camel.«

»Vielleicht raucht er nicht immer dieselbe Marke?«

»Könnte sein. Glaubst du, er führt uns absichtlich in die Irre?«, fragte Ethan.

»Das war nicht mein Eindruck«, sagte Annie. »Wenn er etwas ist, dann direkt. Und er wusste nicht, dass wir heute kommen würden. Er hatte sie schon dabei.«

Ein Klingeln ertönte aus Ethans Tasche. Er zog ein schwarzes FBI-Wegwerfhandy heraus.

»Ja?« Er wartete und hörte der Stimme am anderen Ende zu. »Wirklich? Und Sie sind sicher? Zu welchem Grad?« Wieder murmelte die Stimme am Telefon. »Verstanden. Danke.«

Ethan legte auf und schob das Telefon zurück in seine Tasche, gerade als der Aufzug ankam.

»Wir haben eine Identifizierung der Fingerabdrücke aus Tonys Schrank«, sagte er, als Annie gerade nach dem Knopf für die Lobby greifen wollte. »Du solltest uns lieber in den zehnten Stock schicken.«

»Hathaway?«, sie lächelte, froh darüber, dass sich endlich einer ihrer Verdachte in dieser Ermittlung als richtig erwies. »Ausgezeichnet.«

Annie drückte den Knopf für den zehnten Stock, und die Aufzugtüren schlossen sich sanft hinter ihnen.

KAPITEL EINUNDZWANZIG

Hathaways Wohnung im zehnten Stock hatte stark unter den Folgen des Scheidungsverfahrens gelitten. Sie war nur noch ein Schatten ihrer selbst – Kollateralschaden im Krieg zwischen ihren Eltern. Den maßgefertigten Küchenschränken fehlte ein gewisser Glanz, da sie nicht mehr poliert wurden. Mindy hatte den Reinigungsdienst immer daran erinnert, sie mit Holzreiniger zu behandeln, aber jetzt waren sie der direkten Sonneneinstrahlung durch die riesigen Fenster im Wohnzimmer schutzlos ausgeliefert. Der Ort war kaum aufgeräumt, Hathaways Papierkram war über jeden Tisch und jeden Stuhl verteilt. Mindy hätte ein solches Chaos niemals zugelassen.

»Hab ich mir geholt, sobald sie weg war«, lenkte Hathaway Annies und Ethans Aufmerksamkeit auf das 380-Liter-Aquarium, das auf der Anrichte im Wohnzimmer stand. »Mindy wollte keine Haustiere. Sagte, sie wüsste, dass ich keinen Hund ausführen oder eine Katze füttern würde. Aber an Fische hat sie nie gedacht.«

Er beobachtete die tropischen Wesen, die im Aquarium herumschwammen. Ihre Flossen wogten in mehrfarbigen

Wirbeln am Glas vorbei, seltsame Kanten erweckten den Eindruck von Kreaturen aus einer anderen Ära, prähistorisch oder jurassisch.

»Ihre Aussicht ist wunderschön«, sagte Annie und nahm die Szenerie vor dem Fenster in sich auf. Sie stand an der hinteren Wand des Wohnzimmers, während Ethan auf der Couch saß. Vor ihr glitzerte der Hafen, die Sonne verwandelte das Wasser in Gold. »Schade um die Baustelle«, fügte sie hinzu und deutete auf den Wolkenkratzer in der Ferne. »Verdeckt die Hälfte Ihrer Aussicht.«

»Ja, es ist eine Plage. Warum wollten Sie nochmal mit mir sprechen?«, fragte Hathaway.

Annie setzte sich zu Ethan auf die Couch und wurde plötzlich ernst. »Wir sind auf ein kleines Rätsel gestoßen, das niemand zu lösen scheint«, antwortete Annie.

»Ein größeres Rätsel als wer Tony getötet hat?«

Annie schob ein Foto über den Couchtisch. Hathaway beugte sich vor, um es zu betrachten: Da war Tony, die Arme triumphierend ausgebreitet auf dem Gipfel einer Bergwanderung.

»Das war auf seiner Instagram-Seite«, sagte Annie. »Es wurde ein paar Monate vor seiner Ermordung aufgenommen. Sehen Sie, was er trägt?«

»Die rote Lederjacke?«, antwortete Hathaway. »Die hat er überall getragen. Dumm, sie beim Wandern anzuziehen.«

»Nicht die Jacke. Die Halskette.«

Hathaway wurde bei der Erwähnung der Halskette blass, beugte sich aber trotzdem vor und schien das Foto genauer zu betrachten. »Die goldene? Hab ich nicht gesehen«, sagte Hathaway und beantwortete verdächtigerweise eine Frage, die Annie gar nicht gestellt hatte.

»Wissen Sie, warum er sie trug? Sie schien ihm etwas zu bedeuten. Sie ist auf jedem Foto der letzten Monate zu sehen.«

»Er hat nie etwas darüber gesagt«, zuckte Hathaway mit

den Schultern. »Mir ist nie in den Sinn gekommen, danach zu fragen. Kannte ihn nicht so gut.«

»Ich verstehe«, sagte Annie.

»Ich war ziemlich in meinem eigenen Schlamassel gefangen«, fügte Hathaway hinzu und deutete auf die Stapel von Papierkram, die den Raum füllten. »Hätte nie gedacht, dass der komplizierteste Fall, den ich je bearbeiten würde, meine eigene Scheidung sein würde. Wir hatten einen wasserdichten Ehevertrag, der bestimmte Auszahlungen unter Ausschluss bestimmter Klauseln vorsieht. Wenn 'x', dann 'y', so in der Art. Es geht alles darum, die Schlupflöcher zu finden.«

»Wie läuft es denn?«

»Übel«, sagte Hathaway. »Aber das war zu erwarten, wenn sich zwei Menschen für immer aneinander binden, ohne zu wissen, wie lange sich 'für immer' anfühlen kann.« Hathaway machte eine Pause und richtete seine Krawatte. »Man muss vorsichtig sein, an wen man sich bindet. Das habe ich jetzt gelernt.«

»Gibt es jemanden, an den Sie gebunden sind, jetzt, wo Mindy aus dem Bild ist?«

Hathaway nickte in Richtung des tropischen Aquariums. »Vorerst nur sie.«

»Danke«, Annie stand auf. »Wir entschuldigen uns, dass wir Ihre Zeit verschwendet haben. Es gibt einfach keine Möglichkeit, sicher zu sein, dass jemand keine hilfreichen Informationen hat, wenn wir nicht fragen-«

»Überhaupt kein Problem«, lächelte Hathaway. »Ich hoffe, Sie finden etwas über die Halskette heraus. Besonders wenn es mit, Sie wissen schon-« Hathaway fuhr mit dem Finger in einer schneidenden Bewegung über seinen Hals. »Und Sie denken, es ist, äh, damit verbunden?«

»Oh, ganz sicher«, nickte Annie. »Und wir werden herausfinden, was es bedeutet. Tonys Vater berichtete, dass er am Tag seiner Ermordung einen Anruf von Tony erhielt. Tony erzählte ihm, jemand sei in seine Wohnung eingebrochen. Habe seinen Schrank durchwühlt. Die Halskette gestohlen.«

»Oh je«, sagte Hathaway, und seine Wangen röteten sich. »Das klingt in der Tat belastend.«

»Wir haben den Durchsuchungsbefehl beantragt. Wir warten auf die Genehmigung, die morgen früh kommen soll. Wir werden Fingerabdrücke nehmen«, log Annie in beiläufigem Ton. Sie sah keinen Grund, Hathaway wissen zu lassen, dass sie die Abdrücke bereits überprüft und eine Übereinstimmung mit seinen eigenen Fingern gefunden hatten. »Das dürfte aufschlussreich sein.«

»Ich wünsche Ihnen viel Erfolg damit«, sagte Hathaway, dankbar, dass das Paar sich auf den Weg zur Haustür machte. »Lassen Sie es mich wissen, wenn ich sonst noch etwas tun kann.«

Er schloss die Tür hinter ihnen und sank dagegen, schwer atmend. Panik kribbelte unter seiner Haut, ein elektrischer Schock, der immer wieder dieselbe Botschaft wiederholte.

Sie wissen es. Sie wissen es. Sie wissen es.

Aber sie wussten es nicht. Zumindest noch nicht. Und wenn sie vermuteten, was er getan hatte, konnten sie es sicher nicht beweisen. Hathaway wurde klar, dass er hätte Handschuhe tragen sollen, als er Tonys Wohnung durchsuchte. Aber natürlich war die Entscheidung einzubrechen spontan gewesen. Er war wütend über eine weitere von Mindys Forderungen gewesen. Er wusste es besser. Er war schlauer als das. Oder vielleicht hatte Mindy Recht und er taugte zu nichts.

Hathaway sank zu Boden. Er musste das wieder in Ordnung bringen. Und es gab nur einen Weg, den Schaden, den er angerichtet hatte, rückgängig zu machen.

KAPITEL ZWEIUNDZWANZIG

In Catalines Augen war heute ein Tag, an dem nichts gut laufen konnte. Sie war mit Kopfschmerzen aufgewacht, nachdem sie eine schlaflose Nacht damit verbracht hatte, sich unter einer Bettdecke hin und her zu wälzen, die sie zu lange nicht gewaschen hatte. Sie versuchte, ihre Rastlosigkeit auf die Teller zu schieben, die sich im Spülbecken gestapelt hatten, oder auf die Sorgen um Marios plötzliche Schwierigkeiten im Matheunterricht, aber sie wusste, dass ihre Unfähigkeit, etwas Schlaf zu bekommen, auf etwas anderes zurückzuführen war:

Die Detektive.

Sie hatten jeden im Gebäude befragt. Sie hatten Mindy bei ihrem üblichen Montagsbrunch in die Enge getrieben, und Alfred hatte berichtet, dass sie Hathaway am Abend erwischt hatten. Montana hatte Cataline persönlich wissen lassen, dass er befragt worden war, ebenso wie Alejandro in einer farbenfrohen Textnachricht, die Worte verwendete, die Cataline in Gegenwart ihres Sohnes nicht wiederholen konnte.

Jetzt versuchte sie, Mario zur Schule zu bringen, aber jede Frage wurde mit einem Problem beantwortet.

»Hast du einen Pullover mitgenommen?«, fragte Cataline Mario und stopfte ein Erdnussbutter-Marmeladen-Sandwich in eine Tüte.

»Es ist nicht kalt genug«, sagte er.

»Was ist mit deinen Mathe-Hausaufgaben?«

»Die liegen auf meinem Schreibtisch.«

»Denkst du nicht, sie sollten in deinem Rucksack sein, *mijo*? Oder erwarten wir, dass deine Lehrerin heute Abend zum Essen vorbeischaut?«

Mario murmelte etwas, das sie nicht hören konnte, und lief dann in sein Zimmer, um seine Hausaufgaben zu holen. Er hatte ihr noch nicht verziehen, dass sie ihm das Paket weggenommen hatte, das er von Tonys Haustür entfernt hatte. Er hatte jeden Tag seitdem eine Frage darüber gestellt. Wenn Mario sich erst einmal eine Idee in den Kopf gesetzt hatte, ließ er nicht mehr davon ab.

Cataline beendete das Packen von Marios Mittagessen, gerade als er mit seinen Mathe-Hausaufgaben zurückkam, die er in einen Ordner stopfte.

»Kann ich jetzt gehen?«, fragte er und sah aus, als hätte Cataline ihm gesagt, er dürfe keinen Welpen bekommen.

Seine Bedrängnis weckte etwas in ihr. Cataline legte ihre Hände auf seine Schultern und zog ihn nahe zu sich. »Miho«, sagte sie, »es tut mir leid, dass du das Paket nicht haben kannst. Aber du musst mir glauben, dass es nur zu Ärger führen wird. Vertrau darauf, dass es einen Grund dafür gibt. Es ist, weil ich dich liebe. *El amor todo lo puede«*, wiederholte sie den Satz, den sie Mario seit seiner Geburt eingetrichtert hatte. *Liebe überwindet alles.*

Sie spürte, wie Mario nickte, aber er sagte nichts weiter. Er schnappte sich seine Tasche und machte sich auf den Weg, um den Bus zu erwischen, wobei er kaum über seine Schulter blickte.

»*Te amo mucho«*, rief Cataline ihm nach. Es kam keine Antwort. Die Tür schloss sich hinter ihrem Sohn, und zum ersten Mal an diesem Morgen war Cataline allein. Sie lehnte sich gegen die Küchentheke und sehnte sich nach einem Laster. Sie versuchte zu widerstehen, aber an einem Tag wie heute war es notwendig.

Cataline stieg auf eine kleine zweistufige Leiter und streckte sich nach oben, um den Schrank zu öffnen, in dem sie Dinge aufbewahrte, die Mario nicht haben sollte - den, der für ihn zu hoch war, um ihn zu erreichen. Zuerst nahm sie das Paket heraus, nach dem Mario nicht aufgehört hatte zu fragen. Das Versandetikett war an Tony Vasquez adressiert, mit der Einheitsnummer des Penthouses auf der Vorderseite. Sie öffnete den braunen Karton und zog den Inhalt heraus.

Es war ein kleines, rechteckiges Set, kaum größer als ihre Hand, in Laminatfolie eingewickelt. Das farbenfrohe Etikett auf dem Set trug die Aufschrift »GENEOLOGY TO YOU«. Ein Untertitel darunter warb: »Finden Sie Ihre Herkunft. 100% sicher.«

Ein DNA-Test. Cataline erschauderte bei dem Gedanken. Es erschreckte sie, dass Mario alt genug war, um diese Art von Chaos mit List in ihr Leben zu bringen. Sie schauderte bei der Vorstellung, dass der Tag kommen könnte, an dem sie ihren Sohn nicht mehr vollständig kennen würde.

Es war ein so beunruhigender Gedanke, dass Cataline nicht einmal die üblichen Schuldgefühle verspürte, die mit dem Frönen ihres größten Lasters einhergingen. Sie griff erneut in den Schrank und holte ein Feuerzeug und eine Packung Zigaretten heraus.

Es war eine schlechte Angewohnheit, die sie vor vielen Jahren angenommen hatte, und eine, bei der sie sorgfältig darauf achtete, dass ihr Sohn sie nie dabei sah. Cataline rauchte nur weit weg von Mario und nur, wenn sie einen besonders stressigen Tag gehabt hatte - etwas, das in den letzten sechs Monaten immer häufiger vorgekommen war.

Cataline klickte das Feuerzeug an und ließ das Ende einer einzelnen Zigarette orange glühen. Sie führte sie an ihre

Lippen, genoss den vertrauten Duft, inhalierte und exhalierte dann mit nervenkitzelnder Erleichterung. Sie legte die Packung auf die Theke, das Etikett nach oben.

Die rot-weiße Verpackung war ikonisch und nicht zu übersehen: Marlboro Red Label.

Cataline nahm einen weiteren Zug und ließ ihr Laster ihr in einem schwierigen Moment Trost spenden. Für Cataline fühlten sich die Zigaretten wie eine Atempause an - wenig ahnte sie, dass sie zu ihrem Verhängnis werden könnten. Cataline genoss jeden Zug, glückselig unwissend, dass gerade jetzt - in einem Beweismittelbeutel in Agent Ethan Becketts Rucksack - eine ähnliche Marlboro-Zigarette in Schwebe war und darauf wartete, dass ihr Besitzer entdeckt würde.

KAPITEL DREIUNDZWANZIG

HATHAWAY

Hathaway war sich nicht sicher, wie er an diesem Punkt in seinem Leben angekommen war. Natürlich war er sich der technischen Schritte bewusst, die er unternommen hatte, um vor Tony Vasquez' Tür zu stehen. Er hatte gewartet, bis das Reinigungspersonal an seinem Stockwerk vorbeigegangen war, und einer ahnungslosen Putzfrau eine Schlüsselkarte vom Wagen gestohlen. Er wollte nicht denselben Fehler zweimal machen und seine eigene Karte benutzen, um sich Zugang zur Penthouse-Etage zu verschaffen. Als die Nacht hereingebrochen war, hatte Hathaway sich mit dem Aufzug nach oben gebracht und sich vergewissert, dass der Flur leer war, bevor er zu Tonys Wohnung ging.

Hathaway war sich über die buchstäblichen Bewegungen im Klaren, die ihn zu diesem Moment geführt hatten - aber die emotionalen Entscheidungen hinter den Schritten verwirrten ihn. Warum hatte er zugelassen, dass seine Ex-Frau ihn so beeinflusste? Machte ihn die Scheidung verrückt? Vielleicht war er zu viel allein, seine einzige Gesellschaft waren die Fische in seinem Aquarium. Er hätte sich einen Hund als Gefährten zulegen sollen, aber Mindy hatte ihn glauben lassen, er sei unfähig, sich um irgendein Lebewesen zu kümmern. Er hatte zugelassen, dass die Meinung seiner Ex-Frau sein Selbstwertgefühl beeinflusste, und seine Wahrnehmung seiner selbst hatte sich so sehr verzerrt, dass »Verbrecher« kein schlechtes Etikett zu sein schien.

Nun stand er zum zweiten Mal innerhalb weniger Tage vor Tonys Tür. Er hatte geplant, das Schloss auf die gleiche Weise aufzubrechen wie an dem Abend, als Tony getötet wurde: mit roher Gewalt und einem dünnen Metallgerät, das er nach dem Ansehen eines YouTube-Tutorials über Schlösserknacken im Internet bestellt hatte. Diesmal war jedoch kein Dietrich nötig. Die Tür öffnete sich mühelos. Es sah so aus, als hätte sich niemand die Mühe gemacht, das Schloss zu reparieren, seit Hathaway es das erste Mal aufgebrochen hatte. Sie waren alle zu beschäftigt damit gewesen, Tonys Mord aufzuklären.

Hathaway betrat die Diele, eine schwarze Sporttasche in der Hand. Der Geruch in der Wohnung ließ seine Nase brennen. Es roch nach alten Sportklamotten und Mikrowellen-Fertiggerichten. Tony kam nicht viel raus. Aber das tat Hathaway auch nicht.

Hathaway atmete tief durch und versuchte sich zu erinnern, welche Schritte er in der Nacht unternommen hatte, als er die Pinguinkette aus Tonys Wohnung gestohlen hatte. Bei diesem ersten Einbruch keine Handschuhe zu tragen, war ein dummer Fehler gewesen. Als Anwalt hätte Hathaway es besser wissen müssen, als belastende Beweise wie Fingerabdrücke zu hinterlassen. Er hatte nie erwartet, dass Tony nur wenige Stunden später *ermordet* werden würde. Hathaway dachte, er begehe ein kleines, emotionales Vergehen. Nicht, dass er sich als Verdächtiger in einem Mordfall aufstellen würde.

Hathaway ließ seine Sporttasche fallen und nahm eine Flasche Windex-Spray sowie ein grobes Handtuch heraus. Er zog sich ein Paar Latexhandschuhe über und streifte sie mit einer Entschlossenheit über, die zeigte, dass er aus seinen Fehlern gelernt hatte. Er war während seiner Karriere ein schrecklicher Anwalt gewesen, aber er war entschlossen, ein besserer Verbrecher zu sein. Er begann an der Haustür und wischte den Griff ab. Dann bewegte er sich durch das Wohnzimmer. Er hatte mehrere Schubladen geöffnet, während er nach der Kette suchte, aber zum Glück nicht viel Zeit im Hauptwohnbereich verbracht. Ihm war früh klar geworden, dass Tony Schmuck neben seiner Kleidung aufbewahren würde.

Zufrieden mit seiner Arbeit machte sich Hathaway auf den Weg zum Hauptschlafzimmer und hielt an, als er den begehbaren Kleiderschrank erreichte. Er wischte den Griff ab. Den Spiegel. Und schließlich die eingebauten Schmuckschubladen, wo er letztendlich das kleine, goldene Schmuckstück in Form des tollpatschigsten Vogels der Welt gefunden hatte.

Er hatte nie verstanden, warum die beiden einen Pinguin gewählt hatten, um ihre Verbindung darzustellen. Jeder wahre Romantiker würde etwas Anmutiges wählen, wie einen Schwan oder einen Reiher. Pinguine waren unpraktische Vögel, die nicht in der Lage waren, das eine zu tun, wofür Vögel bestimmt waren – zu fliegen.

Hathaway beugte sich über die Schublade, in der er schließlich die Kette gefunden hatte. Sie war immer noch leer, eine Vertiefung im Polster zeigte an, dass einmal etwas Wertvolles auf dem weichen Stoffkissen gelegen hatte. Hathaway erinnerte sich, wie er sich gefühlt hatte, als er die Kette in jener Nacht gestohlen hatte. Zuerst hatte er sein Handy herausgenommen und ein Foto von ihrem Ruheplatz in Tonys Schrank gemacht, umgeben von Kleidung, die zweifellos dem Mann gehörte. Das war alles, was er geplant hatte zu tun – ein Foto als Beweis machen und gehen. Aber als er in jener Nacht mit dem Schmuckstück konfrontiert wurde, spürte Hathaway, wie eine unerwartete Wut in ihm aufstieg. Der Pinguin gehörte nicht Tony. Nicht wirklich. Der Pinguin hätte *ihm* gehören sollen, so dumm das Tier auch war. Der Whiskey, den er früher an diesem Tag getrunken hatte, blubberte in seinem Hals hoch. Hathaway erinnerte sich, wie er sich in diesem Moment gefühlt hatte. Er hatte das Gefühl gehabt, Tony etwas wegnehmen zu wollen. Hathaway hatte Rache gewollt.

Und deshalb hatte er die Kette genommen. Hathaway wollte, dass Tony wusste, wie es sich anfühlte, etwas Geschätztes zu verlieren. Etwas Wertvolles.

Es war der Whiskey gewesen, der ihn dazu gebracht hatte. Und jetzt war er Verdächtiger in einer Mordermittlung. Aber nicht, wenn sie seine Fingerabdrücke nicht finden konnten.

Hathaway sprühte zur Sicherheit noch einmal auf die Schatulle und wischte sie sauber. Sein Spiegelbild erschien im Spiegel hinter der Kommode, ein verschwommenes Abbild des Mannes, der er einst gewesen war.

Hathaway dachte an die Fische in seinem Aquarium und fragte sich, ob sie wohl auch oft ihre eigenen Spiegelbilder im Becken sahen. Hassten sie es genauso sehr, sich selbst anzusehen, wie er?

Das Leben, dachte Hathaway, wird dadurch bestimmt, an wen man sich bindet. Durch die Bündnisse, die man eingeht. Hathaway hatte sich vor langer Zeit an Mindy gebunden, und die jüngsten Bemühungen, das, was sie aufgebaut hatten, zu entwirren, hatten ihn verändert. Und doch würde ein Teil von ihm immer eine Verbindung zu ihr spüren, selbst wenn sie versuchten, einander zu zerstören.

Hathaway schlüpfte aus dem Schrank und schloss die Tür hinter sich mit einem letzten, lautlosen Klicken.

KAPITEL VIERUNDZWANZIG

CATALINE

Cataline wartete auf Alfred an einem kleinen Tisch in der Ecke des Cafés, das sich in der Lobby des *Rowling Heights* befand. Dies war ihre Tradition, und Cataline dachte liebevoll an die Stunden zurück, die sie damit verbracht hatten, Ideen zu entwickeln, um das Leben der Bewohner zu verbessern. Bevor der Rest der Welt überhaupt wach war, waren Alfred und Cataline schon bei der Arbeit, entschlossen, das Gebäude zu verbessern, dem sie sich verschrieben hatten. Cataline und Alfred hatten eine Freundschaft über ihre gegenseitige Loyalität zu *Rowling Heights* aufgebaut. Aber es gab eine Person, die für Cataline sogar noch vor dem Gebäude kam. Eine Person in der Welt, der ihre Loyalität über allen anderen galt:

Mario.

Cataline erinnerte sich daran, dass sie dies für ihn tat.

In diesem Moment nahm Alfred Platz. Er lächelte sie an, als sie ihm ein Croissant über den Tisch zuschob.

»Das Übliche«, sagte sie.

»Ich hätte nichts anderes erwartet«, antwortete Alfred. »Was steht heute auf dem Programm?« Er öffnete das Gebäck und nahm einen großzügigen Bissen, bevor er ihn mit einer Tasse Kaffee hinunterspülte, die Cataline bereits für ihn bestellt hatte.

»Nun, die Putzfrauen sind wieder verärgert. Sie sagen, es sei zu schwierig, mit den Fluren Schritt zu halten, und die Bewohner würfen einfach ihren Müll vor ihre Türen und warteten darauf, dass er weggeschafft wird-«

»Eine berechtigte Beschwerde.«

»Und dann gibt es noch das Problem mit der Klimaanlage. Die gesamte Anlage muss ersetzt werden, aber die letzte Anweisung von Ferdinand war, dass wir versuchen sollten, es so lange wie möglich hinauszuzögern-«

»Ich bezweifle, dass sich daran jetzt etwas geändert hat, angesichts dessen, was er durchmacht«, sagte Alfred mit schwerer Traurigkeit in seiner Stimme.

»Ja«, sagte Cataline und zupfte am Kragen ihres Hemdes. »Apropos... Ich hatte eine Idee. Eine Möglichkeit, wie wir den Bewohnern inmitten all der Traurigkeit vielleicht eine Aufmunterung bieten könnten.«

»Alles«, nickte Alfred.

»Also, die Vitrine in der Lobby? Ich dachte, wir könnten sie vielleicht in eine Bewohner-Würdigungs-Ausstellung umwandeln.«

»Aber ich habe sie gerade für den Muttertag eingerichtet«, antwortete Alfred überrascht. Es war nicht Catalines Art, die Dekoration in der Vitrine zu bestimmen. Sie wusste, dass dies sein Lieblingsprojekt war - das, worauf er am stolzesten war und seine persönliche Note im Gebäude darstellte.

»Und es ist *wunderschön*«, sagte Cataline schnell. »Die Teekannen sind wunderbar. Jeder bleibt stehen, um sie anzusehen. Ich weiß nicht, woher du sie hast, aber sie sind bezaubernd. Es ist nur - ich frage mich, ob das Gebäude jetzt nicht ein Gefühl der Einheit braucht.«

»Denkst du das?«, fragte Alfred.

»Ja. Die Ermittlungen waren so störend. Es ist spaltend.

Jeder denkt, dass einer von uns Tony getötet hat. Es macht die Luft schwer. Es liegt dieses Gefühl des Misstrauens in der Luft. Hast du das bemerkt?«

Alfred konnte nicht widersprechen. Seit Tonys Tod *herrschte* tatsächlich eine andere Energie im Gebäude. Die Menschen sprachen weniger miteinander auf den Fluren. Die Bewohner kamen mit weniger Beschwerden zu ihm. Es war die gleiche Art von Stille, die vor einem Sturm herrscht, wenn sich alle Tiere in ihren Höhlen verstecken. Es schien, als ob die Bewohner des Gebäudes sich bedeckt hielten. »Mir ist aufgefallen, dass es ruhig geworden ist«, sagte Alfred.

»Weil sie das Vertrauen verloren haben«, stimmte Cataline zu. »Sie glauben, dass jemand in diesem Gebäude Tony ermordet hat. Ich hatte allein diese Woche drei Anfragen, Mietverträge vorzeitig zu kündigen-«

»Nein!«, rief Alfred aus.

»Doch«, sagte Cataline und schüttelte den Kopf. »Und ich hatte genau null Anfragen zu freien Wohnungen. Zum Glück sind wir voll belegt, aber ich muss dir nicht sagen, was die Zahlen bedeuten. Tonys Tod war überall in der Presse. In jeder Zeitung. Wenn wir nicht aufpassen, könnte *Rowling Heights* als das Gebäude bekannt werden, in dem etwas Schlimmes passiert ist. *Una casa de Muerte.*«

»Aber du und ich wissen beide, dass es so viel mehr ist als das«, sagte Alfred und dachte an die Stunden, die er damit verbracht hatte, sicherzustellen, dass das Gebäude sein volles Potenzial ausschöpfte.

»Natürlich, aber das ist noch nicht das Schlimmste. Wenn die derzeitigen Bewohner ausziehen, wenn ihre Mietverträge enden, und niemand Neues einzieht, nun... ich muss dir nicht sagen, was passieren könnte.«

Alfred stellte sich sein geliebtes Gebäude leer vor, ohne freundliche Gestalten in den Fluren, die makellosen Geschäfte und Restaurants im Erdgeschoss eine Geisterstadt ohne Bewohner, die den Raum belebten.

»Ich denke, wir müssen die Bewohner, die Verdächtige in der Ermittlung sind, in der Vitrine präsentieren, um das Gefühl der Angst zu lindern. Wir müssen die Leute daran erinnern, dass wir hier eine Familie sind. Und es ist mir egal, was diese Detektive sagen. Niemand in *Rowling Heights* hätte Tony getötet.«

Alfred nickte. Auch er glaubte nicht, dass jemand im Gebäude zu einem Mord fähig wäre.

»Kannst du das für mich tun?«, fragte Cataline. Sie schob einen Umschlag über den Tisch. Alfred öffnete ihn. Darin waren Fotos von jedem Bewohner, der in der Ermittlung genannt worden war. Mindy. Hathaway. Alejandro. Montana. Und natürlich ein Bild von Cataline und eines von Alfred selbst. »Du könntest neben jedes Bild in der Vitrine eine Biografie stellen, die die Person vermenschlicht. Etwas, das alle daran erinnert, dass wir alle zusammen in dieser Sache stecken.«

Alfred dachte wehmütig an seine Teekannen. Er hatte hart an dieser Ausstellung gearbeitet. Aber wie Cataline betont hatte, gab es eine größere Sache, der er verpflichtet war. Die Zukunft von *Rowling Heights* war wichtiger als sein Stolz auf seine Teekannen-Ausstellung.

»Betrachte es als erledigt«, versicherte Alfred ihr.

———

Später schloss Cataline die Tür zu ihrer Wohnung und war dankbar, dass Mario in der Schule war und dass die Bedürfnisse des Gebäudes erledigt waren, was ihr eine dreißigminütige Pause gönnte, die ihr ganz allein gehörte. Sie ließ sich auf die Couch fallen, atmete tief ein und ließ das anschließende Ausatmen wie Luft aus einem Reifen aus ihren Lungen entweichen. Sie verspürte einen scharfen Stich des Schuldgefühls, weil sie ihren alten Freund manipuliert hatte, etwas zu tun, was er sonst nie in Betracht gezogen hätte. Aber sie musste ihre Familie schützen. Sie musste Marios Zukunft sichern.

Sie starrte eine Weile an die Decke, die Arme weit über die Kissen der Couch ausgebreitet. Dann griff sie in ihre Tasche und zog ihr Handy heraus.

KAPITEL FÜNFUNDZWANZIG

MONTANA

Montana genoss es nicht, schlechte Dinge zu tun. Aber irgendwie schienen schlechte Dinge ihn zu finden und zu erklären, dass sie erledigt werden mussten. Es war, als wäre er mit einer Verbindung zu einer kosmischen To-Do-Liste geboren worden, die nur die schlimmstmöglichen Taten enthielt, und er war die einzige Person, die dazu bestimmt war, sie auszuführen. Das Leben war so auf ihn zugekommen - eine üble Notwendigkeit nach der anderen. Und Montana war die Art von Mann, der tat, was getan werden musste.

Er dachte über diese Tatsache nach, als er vor der Tür von Hathaways Wohnung im zehnten Stock stand und das Schloss mit einem Hammer anschlug, den er über dem Metallende eines Schraubenziehers hielt, den er ins Schlüsselloch gesteckt hatte. Ein paar kräftige Schläge und - bumm - das Schloss brach auseinander. Er drehte den Knauf und die Tür schwang auf, gewährte ihm Zutritt zu Hathaways Zuhause.

Hathaways Wohnung war nichts, worüber man nach Hause schreiben würde. Tatsächlich, dachte Montana, sah sie seiner eigenen sehr ähnlich. Bar jeder Dekoration oder angenehmen Wirkung. Es war ein Zuhause, das auf utilitaristischem Design aufgebaut und dadurch schlechter dran war. Außer den Fischen. Die Fische waren eine nette Ergänzung.

Montana beugte sich vor dem Aquarium hinunter und beobachtete, wie die tropischen Fische hinter dem Glas ihre Kreise zogen. Sie zeichneten hypnotische Bahnen durchs Süßwasser, ihre Schwänze ein schimmerndes Netz aus Punkten und Streifen.

So geschmeidig wie diese Fische bewegte sich Montana weiter und schlängelte sich durch Hathaways Wohnung. Er öffnete jede Schublade im Wohnzimmer auf der Suche nach etwas Bestimmtem. Er schaltete das Licht im Schlafzimmer an, sah unter den Kissen und auf dem Nachttisch nach. Er achtete darauf, alles genau an den Platz zurückzulegen, wo er es gefunden hatte, ließ keinen Stein unumgedreht und vermied dabei Hinweise auf seine Anwesenheit. Montana konnte bei Bedarf ein Geist sein. Dies war nicht sein erstes Rodeo.

Er ging zurück in die Küche und überlegte, was er über das Gebäude wusste. Es war während der Prohibition erbaut worden - so viel hatte Cataline ihm erzählt. Sie hatte auch gesagt, dass die Wohnungen ursprünglich identisch waren, aber im Laufe der Zeit modernisiert wurden, um sich voneinander zu unterscheiden. Montana bemerkte, dass Hathaways Wohnung Ähnlichkeit mit seiner eigenen hatte. Beide Wohnungen hatten den gleichen Grundriss. Die gleichen Fenster. Die gleichen Küchenschränke. Hathaways Wohnung hatte eine bessere Aussicht, wofür er sicherlich einen Premiumpreis zahlte, aber ansonsten waren ihre Einheiten ähnlich.

Montana ging in Richtung Küche und fühlte unter den Fußleisten. Er hatte die Besonderheit in seinen eigenen Küchenschränken Wochen nach dem Einzug entdeckt. Es war eine lustige, versteckte Überraschung, die von der Geschichte des Gebäudes zeugte.

Montanas Finger ertasteten einen Ausschnitt in der Fußleistenverkleidung. Er drückte, und das geheime Fach klickte auf, genau wie in seiner eigenen Wohnung. Montana fühlte hinein, kaum zu glauben, dass jemand sich dafür entscheiden würde, etwas in einem solchen Fach zu verstecken. Es war töricht, wie ein Kind zu handeln und Gegenstände in geheimen Schubladen aufzubewahren. Echte Männer wussten, dass wichtige Dinge am besten offen sichtbar versteckt wurden. Aber andererseits, nach dem, was Montana über Hathaway wusste, war er nicht gerade die hellste Kerze auf der Torte.

Tatsächlich fühlte Montana etwas am hinteren Ende des Fachs. Er zog es heraus und zum Vorschein kam eine Kette mit einer goldenen Figur - ein Anhänger in Form eines Pinguins.

Montana lächelte und steckte die Halskette in seine Tasche. Er warf einen langen, traurigen Blick durch die Wohnung und dachte über die Gemeinsamkeiten nach, die er mit Hathaway hatte. Sie waren beide Single. Beide verlassen. Und beide Kriminelle. Es war eine Schande, dass Hathaway so untergehen musste, aber Montana wusste, was getan werden musste.

Um die Menschen zu schützen, die er liebte - um die Menschen zu schützen, mit denen er sich verbunden hatte - musste Montana eine unfaire Handlung gegen Hathaway begehen. Dies musste getan werden, weil Montana immer die Menschen priorisieren würde, die er am meisten liebte.

Montana mochte ein Krimineller sein, aber er war ein Krimineller, der wusste, wo seine Loyalitäten lagen.

KAPITEL SECHSUNDZWANZIG

DAS MOTELZIMMER, das sie gebucht hatten, war ein heruntergekommenes Ding in San Diegos Altstadt. Annie drehte sich im Bett um und nahm ihre Umgebung in sich auf, wie sie es oft spät in der Nacht tat, wenn der Rest der Welt schlief. Blumentapeten bedeckten jede Wand. Schwere Vorhänge verdeckten das Fenster, das - wenn es aufgedeckt war - einen enttäuschenden Blick auf den flachen, asphaltierten Parkplatz bot.

Annie starrte an die Raufasertapete an der Decke und dachte über die bisherigen Fakten des Falls nach.

»Was ist los?«, durchbrach Ethans Stimme die Stille. Sie hatten zwei Motelzimmer gebucht, um das FBI nicht auf die persönliche Natur ihrer Beziehung aufmerksam zu machen. Aber von Beginn der Reise an hatten sie nur ein Zimmer benutzt. Annie gab der Idee der Nähe eine Chance. Doch manchmal vergaß sie immer noch, dass jemand neben ihr schlief, und Ethans Anwesenheit überraschte sie.

»Nichts«, sagte Annie.

Ethan drehte sich um, rückte näher an sie heran und stützte seinen Kopf auf seine Hand. »Es ist nie nichts.«

»Ich denke immer wieder darüber nach, was Ferdinand uns gesagt hat.«

»Erinnere mich.«

»Er sagte, der Schlüssel zum Verständnis der Leute im Gebäude sei herauszufinden, an wen sie sich gebunden haben. Wo ihre Loyalitäten liegen.«

»Du denkst, das hat etwas mit dem Fall zu tun?«

»Ja«, sagte Annie.

»Wie nah bist du dran, ihn komplett aufzuklären?«

»Fast geschafft.«

»Aber da ist noch mehr?«, fragte Ethan.

Annie antwortete nicht.

»Nicht wegen des Falls«, sagte Ethan. »Da ist noch etwas, das dich beschäftigt, und es geht nicht darum, wer Tony getötet hat. Es ist etwas anderes.«

Annie starrte in seine Augen, bewegt davon, wie gut Ethan sie lesen konnte. Es ließ sie sich gleichzeitig verstanden und ängstlich fühlen. In Gegenwart der restlichen Welt konnte sich Annie hinter Fakten und Vorbehalten verstecken. Aber bei Ethan gab es kein Entkommen.

»Ich habe über uns nachgedacht«, sagte Annie.

Ethans Augenbrauen hoben sich überrascht. »*Du?*« Er lachte. »Nimm es nicht falsch auf, aber du bist nicht gerade eine 'Wir'-Frau.«

»Genau«, nickte Annie ernst. »Der Schlüssel zur Aufklärung dieses Falls ist herauszufinden, an wen sich jeder gebunden hat. Wo haben sie ihren Karren angehängt? Wem haben sie ihre Loyalität versprochen?«

»Und das hat mit uns zu tun, weil...?«

»Weil ich nicht verstehen kann, warum du dich an mich binden willst«, sagte Annie. Sie schüttelte den Kopf und schob ihr Kissen zwischen sie. »Ich habe dir nichts zu bieten. Alles, was ich sehe, sind Teile und wie sie das Ganze ergeben. Ich bin schrecklich darin, einfach zu *existieren*-«

»Du scheinst gerade einen guten Job dabei zu machen«, lachte Ethan.

»Ich bin nicht *offen*«, sagte Annie. »Ich bin traumatisiert von der Vergangenheit-«

»Du denkst, ich bin nicht traumatisiert?«, fragte Ethan plötzlich ernst. »Annie, meine Schwester wurde auch entführt. Du denkst, das hält mich nachts nicht wach?«

»Du bist besser damit umgegangen als ich. Du kannst funktionieren. Du wachst nicht mitten in der Nacht zitternd auf. Du bist nicht besessen davon, die Person zu fangen, die es getan hat. Du hast nicht zugelassen, dass es dich *definiert*.«

»Oder vielleicht verstecke ich einfach alles, was es mit mir gemacht hat, weil ich entschlossen bin, die bestmöglich funktionierende Version von mir selbst zu sein, aus einem sehr wichtigen Grund.«

»Welcher Grund?«

Ethan sah sie an, immer noch erstaunt über Annies Unfähigkeit, den Fall direkt vor ihrer Nase zu lösen. Er strich ihr eine Haarsträhne hinters Ohr.

»Der Grund«, flüsterte Ethan, »ist, dass ich mich vor langer Zeit an diese brillante Frau gebunden habe. Und dort liegt meine Loyalität.«

»Was, wenn ich eine schlechte Partnerin für dich bin?«, sagte Annie mit brennenden Augen. »Was, wenn ich dir nicht die Art von Beziehung geben kann, die du verdienst?«

»Dann beenden wir es«, zuckte Ethan mit den Schultern. »Wir werden nicht auf diese Weise zusammen sein. Und ich werde all die spaßigen Dinge verpassen, die ich wirklich genieße.« Er küsste ihren Hals, um seinen Punkt zu verdeutlichen. »Aber es wird nichts daran ändern, dass ich immer für dich da sein werde.«

Und in diesem Moment glaubte Annie, dass er es ernst meinte. Sie wusste nicht, wie sie darauf reagieren sollte. Sie fragte sich, ob sie Ethan jemals die Art von Liebe geben könnte, die er verdiente. Vielleicht wäre es das Richtige, ihn freizugeben, damit er jemanden finden konnte, der nicht kaputt war. Wenn dieser Fall sie eines gelehrt hatte, dann dass die Person, an die man sich bindet, das Leben für immer verändern konnte.

Es gab ein Summen vom Nachttisch neben Ethan. Er griff nach seinem Handy, zog es vom Ladegerät und las eine Nachricht.

»Interessant«, sagte er und fuhr sich mit der Hand durchs Haar. »Was?«

»Die Polizei hat einen anonymen Hinweis erhalten. Morgen um zwölf Uhr mittags im Lobbyrestaurant«, er reichte Annie sein Handy. »Sie wollen, dass wir beim Zugriff dabei sind.«

Annie las die Nachricht und prägte sich ihre Teile fast sofort ein.

»Stimmt das mit deinem Eindruck überein?«, fragte Ethan.

»Nein«, lächelte Annie. »Aber die Verdächtigen tappen definitiv in die Falle, die wir gestellt haben. Ich bin fast enttäuscht«, fuhr sie fort. »Ich dachte, sie wären kreativer.«

»Sie haben wahrscheinlich viel im Kopf, wenn du ihnen auf der Spur bist«, Ethan rollte sich auf sie, stützte sich ab. »Ich weiß, ich wäre abgelenkt.«

Er küsste sie, dann zog er sich zurück.

»Annie, wenn du das nicht willst - wenn du dich nicht an jemanden *binden* willst - musst du es mir nur sagen, und ich werde dich freigeben.«

Annie ruhte in der Ernsthaftigkeit seiner Zuneigung. Alles, was Ethan wollte, war das Rätsel in ihrem Kopf zu lösen, selbst wenn sie es selbst noch nicht gelöst hatte. Annie wollte ihm eine Antwort geben, aber stattdessen küsste sie ihn zurück und ließ sich für einen Moment vergessen.

KAPITEL SIEBENUNDZWANZIG

ANNIE UND ETHAN warteten außerhalb von *Rowling Heights*, zusammengekauert im hinteren Teil eines weißen Vans, der von außen aussah wie ein Foodtruck, der Tacos verkaufte.

»Ist das wirklich das Beste, was das FBI zustande bringen konnte?«, fragte Polizeichefin Sanchez und scheuchte eine verirrte Fliege weg, die im hinteren Teil des Wagens herumsurrte.

»Niemand hat gesagt, dass die Tarnung glamourös sein muss«, entgegnete Ethan.

Annie beugte sich vor und betrachtete eine Reihe von Videomonitoren, die am anderen Ende des Vans gestapelt waren. Jeder zeigte eine andere Ansicht des Restaurants in der Lobby von *Rowling Heights*. Auf den Bildschirmen sah man Gäste, die ihre Mahlzeiten genossen, und Kellner, die ins Bild kamen und wieder verschwanden.

»Das ist unser Typ da drüben«, sagte Polizeichefin Sanchez und zeigte auf einen der Bildschirme, wo ein Mann mit Baseballkappe eine Zeitung las. »Wir haben noch einen Undercover-Beamten in der Nähe der Tür.«

»Das ist zu viel Aufwand für einen falschen Hinweis«, sagte Annie und verdrehte die Augen.

»Wir müssen jeden anonymen Tipp ernst nehmen«, zuckte Sanchez mit den Schultern. »Ich wäre ja froh, wenn das unser Täter wäre. Dann könnte ich die Sache schön verpackt abschließen und Ferdinand sagen, dass sein Sohn gerächt wurde. Danach würde ich Tacos am Strand essen. Von einem *echten* Truck.«

»Während der Falsche im Gefängnis schmort?«, fragte Annie.

»Bring mir Beweise für den richtigen Täter, dann sehen wir weiter«, erwiderte Polizeichefin Sanchez schulterzuckend.

»Nein«, sagte Annie. »Wir müssen das trotzdem durchziehen. Damit ich sicher sein kann, dass ich Recht habe.«

»Der Tipp war ziemlich eindeutig«, wandte Polizeichefin Sanchez ein. »Er kam angeblich von einem Freund, dem er ein Geständnis anvertraut hatte. Sie sagten, es gäbe einen Beweis in seiner Jackentasche. Dass er ihn seit Tonys Ermordung bei sich trage, als eine Art Trophäe.«

»Ziemlich teuflisch. Passt nicht zu dem, was ich über ihn weiß. Ganz zu schweigen davon, dass er kein Motiv hat.«

»Das Motiv wird sich zeigen, wenn wir ihn verhören. So läuft das immer bei diesen Typen.«

»Er war es nicht«, fügte Annie schlicht hinzu. »Trotzdem sagten Sie, Sie wollten weitermachen-«

»Es gibt keine andere Wahl«, ergänzte Ethan. »Sie gehen Ihren Informationen nach, und wir unseren.«

»Es geht los«, sagte Polizeichefin Sanchez in ein Walkie-Talkie. Sie warteten atemlos und beobachteten die Bildschirme auf der Suche nach einem Zeichen des Verdächtigen. Dann erschien er:

Hathaway. Er trug seinen typischen grauen Blazer mit Krawatte und eine Computertasche über der Schulter. An seinem entspannten Gang konnte Annie erkennen, dass er keine Ahnung hatte, was gleich passieren würde. Er blieb am Empfang des Restaurants stehen, vermutlich um nach einem Tisch zu fragen. Bevor der Kellner ihn zu seinem Platz führen konnte, brach die Hölle los. Der Undercover-Beamte mit der Baseballkappe stürzte mit gezogener Waffe auf ihn zu. Hinter ihm drückte der Beamte an der Tür Hathaways Hände auf den Rücken und legte ihm Handschellen an.

»Wollt ihr bei der Festnahme dabei sein?«, fragte Polizeichefin Sanchez und scheuchte Annie und Ethan aus dem Van. Grelles Licht blendete Annie, als sie aus dem Wagen stolperte und über den Gehweg eilte. Ihre Sicht verdunkelte sich genauso schnell wieder, als sie das Gebäude betraten, während ihre Augen und ihr Verstand versuchten, sich an das Geschehene anzupassen. Sie bewegten sich schnell in Richtung des Restaurants, wo Hathaway in einer Ecknische überwältigt wurde. Schaulustige starrten, und weitere uniformierte Beamte drängten die Bürger von der Szene weg.

»Meine Anwälte!«, schrie Hathaway. »Die werden davon erfahren! Verhaftung ohne Grund-«

Polizeichefin Sanchez ging auf Hathaway zu und öffnete seine Jacke. Sie griff in die Innentasche und zog einen goldenen Anhänger heraus, den sie an seiner Kette baumeln ließ, damit Annie und Ethan ihn sehen konnten.

Es war ein kleiner, goldener Pinguin, der in der Luft zu schweben schien.

»Ich-«, stotterte Hathaway. »Das sollte nicht da sein. Das *war* heute Morgen nicht da-«

»Erkennen Sie es?«, fragte Polizeichefin Sanchez Annie.

»Es gehörte Tony«, bestätigte Annie. »Wir haben Fotos, auf denen er es trägt.«

»Perfekt«, sagte Polizeichefin Sanchez. Sie wandte sich an Hathaway. »Haben Sie ihm das abgenommen, als Sie ihn gestoßen haben? Mögen Sie Souvenirs, ja?«

»Das ist- nicht-«, Hathaways Atmung beschleunigte sich. Er dachte an seine tropischen Fische im Aquarium in seinem

Wohnzimmer und wie gern er jetzt in der Sicherheit seiner Wohnung wäre. »Ich habe ihn nicht getötet. Sie haben mir nicht einmal meine Rechte vorgelesen!«

»Danke für die Erinnerung. Kadett!«, rief Polizeichefin Sanchez über ihre Schulter. Ein Polizeikadett erschien wie aus dem Nichts.

»Hathaway«, Annie beugte sich näher zu ihm und senkte ihre Stimme. »Keine Sorge. Ich weiß, dass Sie es nicht waren. Das wird bald vorbei sein.«

Hathaway starrte sie fassungslos an, unfähig zu begreifen, wie er in eine so schreckliche Situation geraten war. Der Kadett packte Hathaway und führte ihn zur Tür, während er ihm seine Rechte vorlas.

»Sie haben das Recht zu schweigen-«

Die beiden verschwanden um die Ecke, genau als ein anderer Beamter ankam und Polizeichefin Sanchez etwas ins Ohr flüsterte.

»Wirklich?«, lächelte sie ihn an. Dann wandte sie sich an Annie und Ethan. »Das werdet ihr sehen wollen.«

Sie führte sie durch die Lobby des Gebäudes, über das Foyer zu der Vitrine, in der erst vor wenigen Tagen Teekannen in einer verspielten Muttertagsausstellung zu sehen waren. Annie beugte sich vor und betrachtete den neuen Inhalt der Vitrine. Es gab Fotos der Bewohner, die Annie als Verdächtige genannt hatte, und eine kurze Biografie neben jedem von ihnen. Die Ausstellung war mit Papierschnipseln in Form von Sternen und Blumen geschmückt, die offensichtlich mit Freude gebastelt worden waren.

Annie blieb bei einem Bild von Mindy stehen. Es war im Hauptcafé des Gebäudes aufgenommen worden, und sie winkte lächelnd mit einer Hand in die Luft. Aber es war das, was über ihrer Bluse hing, das Annies Aufmerksamkeit auf sich zog:

Eine Halskette mit einer goldenen Kette, an deren Ende

ein kleiner Pinguin hing. Er war kleiner als Tonys Kette, aber ansonsten eine exakte Kopie.

»Das ist Hathaways Ex-Frau, oder?«, fragte Polizeichefin Sanchez. Annie nickte. »Da haben wir unser Motiv«, zuckte Sanchez mit den Schultern. »Lass es mich wissen, wenn du ihn beim Verhör knacken willst. Sieht nach einem leichten Fall aus.«

Damit verschwand Polizeichefin Sanchez und ließ Annie und Ethan zurück, um über das angerichtete Chaos nachzudenken.

»Ich hoffe um seinetwillen, dass wir nah dran sind«, sagte Ethan und nickte zu einem Bild von Hathaway in der Vitrine. Annie hatte noch nie so sehr »Ja« sagen wollen, aber stattdessen starrte sie auf das Bild und dachte darüber nach, wie viel sie noch zu beweisen hatte.

KAPITEL ACHTUNDZWANZIG

HATHAWAY

Da war ein Kratzer in der Farbe. Hathaway konnte seinen Blick nicht davon abwenden, sein Verstand intensiv auf die Form des Kratzers fokussiert. Er befand sich an der Wand gegenüber von seinem Sitzplatz, eine Kerbe in einer ansonsten makellosen eierschalenfarbenen Oberfläche. Der Kratzer war ein paar Zentimeter unter einem reflektierenden Einwegspiegel, hinter dem - das wusste Hathaway - Polizisten und Detektive ihn beobachteten. Aber Hathaway wollte nicht darüber nachdenken, oder darüber, dass er an einen Metalltisch gekettet war und auf einem harten Stahlstuhl saß. Stattdessen konzentrierte er sich auf den Kratzer in der Farbe und fragte sich, wie er entstanden war, und entschied, dass er eher wie ein Stiefel aussah als wie das Land Italien.

»Es war in Ihrer Tasche«, sagte Chief Sanchez und schob ein Foto der Pinguinkette über den Tisch. Die Kette selbst war als Beweismittel sichergestellt worden und nicht mehr zu sehen. »Wollen Sie erklären, wie das passiert ist?«

»Ich warte auf meinen Anwalt«, sagte Hathaway. Er hatte diesen Satz in der letzten Stunde so oft wiederholt, dass er den Überblick verloren hatte. Er wusste, dass es die richtige Antwort war - die einzige Antwort - in einer Situation wie der, in der er sich befand.

Er richtete seinen Blick wieder auf den Kratzer in der Farbe und dachte sich eine Geschichte aus, wie er entstanden sein könnte. Er stellte sich vor, dass er gemacht wurde, als ein Mann - zu Unrecht beschuldigt - plötzlich übermenschliche Kräfte entdeckte, aus seinen Handschellen ausbrach und durch den Einwegspiegel in die Freiheit stürmte, wobei er die Wand beschädigte.

Nur für den Fall, dass es stimmte, zog Hathaway an seinen eigenen Handschellen. Sie bewegten sich nicht. Keine Chance.

Es gab ein quietschendes Geräusch, als sich die Tür hinter Hathaway öffnete. Er schaute so gut er konnte mit gefesselten Händen über seine Schulter und erkannte Annies schlanke Gestalt hinter sich. Ihre Arme waren verschränkt, ihr Mund zu einer dünnen Linie zusammengepresst.

»Die Stunde ist um«, sagte sie und bezog sich offenbar auf eine Art vorher getroffene Vereinbarung mit Chief Sanchez. Sanchez stand auf, unbeleidigt. Sie verließ den Raum ohne ein weiteres Wort und ließ Annie und Hathaway allein - abgesehen vom Einwegspiegel natürlich.

Annie ging zum Tisch und zog den Stuhl heraus, auf dem zuvor Chief Sanchez gesessen hatte. Hathaway wandte seinen Blick von dem Kratzer in der Wand ab und ließ seine Augen auf der Frau ruhen, die zu einem vertrauten Anblick in seinem Apartmentgebäude geworden war.

»Ich war es nicht«, sagte Hathaway.

Annie nickte zustimmend. »Natürlich waren Sie es nicht«, versicherte sie ihm. Hathaways Augenbrauen hoben sich überrascht. Ihre Unterstützung war das Letzte, was er erwartet hatte. Eine Welle der Erleichterung überkam ihn, gefolgt von einer kribbelnden Skepsis - warum sollte sie ihm glauben?

»Sie glauben das nicht?«, fragte er verblüfft.

»Sie haben Tony Vasquez nicht getötet«, sagte Annie in einem beiläufigen Ton, als würde sie an einem ganz normalen Tag mit Hathaway sprechen und nicht am schlimmsten Tag seines Lebens. »Aber jemand versucht, Ihnen das Verbrechen anzuhängen. Was Ihre Verhaftung zu einem entscheidenden Schritt macht, um Beweise gegen den wahren Täter zu sammeln.«

»*Anhängen?*«, sagte Hathaway mit offenem Mund. Der Gedanke war ihm nicht gekommen, wenn auch nur, weil es die schwächste aller Ausreden war. Obwohl er kein Spezialist für Strafrecht war, wusste Hathaway von seinen Kollegen, dass jeder Schuldige behauptete, ihm sei etwas angehängt worden. Er hatte nie in Betracht gezogen, dass eine so klischeehafte Ausrede zu seiner gelebten Wahrheit werden könnte, ihr Atem genauso schnell und beißend wie sein eigener. »Das ergibt Sinn«, flüsterte er und nickte. »Ja, jemand muss mir das angehängt haben. Die Kette war nicht in meiner Jacke. Ich hätte sie nie bewegt-«

Er erstarrte, als ihm klar wurde, was er getan hatte. Der Fehler, den er gemacht hatte, war nicht wieder gutzumachen. Auf der anderen Seite des Tisches wirkte Annie unbeweglich, ihr schmales Lächeln wurde weder größer noch kleiner. »Keine Sorge«, beruhigte sie Hathaway. »Ich weiß, dass Sie die Kette gestohlen haben. Sie sind zurückgegangen, um Ihre Fingerabdrücke zu verwischen. Aber das war eine Falle, die ich Ihnen gestellt habe. Als wir Ihnen sagten, dass wir planten, Tonys Wohnung nach Fingerabdrücken zu durchsuchen, hatten wir schon welche genommen. Sie stellten sich als Ihre heraus.«

Hathaways Wangen röteten sich vor Wut, dass er auf einen so einfachen Trick hereingefallen war. Natürlich würde ein Detektiv nie seine Karten offenlegen, indem er den nächsten Handlungsschritt verriet, es sei denn, es wäre zu seinem Vorteil. Er hatte Annie unterschätzt. Es lag an der

Leichtigkeit, mit der sie agierte, die ihn dazu gebracht hatte, einen so fatalen Fehler zu machen. Sie schien zu ruhig, zu jung und vielleicht zu weiblich, um zu strategischer Kriegsführung fähig zu sein.

»Sie können mich genauso gut gleich einsperren«, sagte Hathaway niedergeschlagen. Vielleicht hatte Mindy *doch* Recht und - ohne sie - war er nichts als ein Versager, unfähig selbst zu den einfachsten Aufgaben.

»Ich denke nicht, dass das nötig sein wird«, sagte Annie. »Als Anwalt kennen Sie sicher die Vorteile der Kooperation. Wenn Sie mit mir zusammenarbeiten, um den wahren Mörder zu fangen, und ich Beweise finde, die meine Schlussfolgerung unterstützen, bin ich sicher, dass wir einen Deal aushandeln können.«

»Ich hätte gerne die Bedingungen im Voraus«, konterte Hathaway, wobei ein kleines Feuer in ihm noch zum Leben erwachte. »Ich brauche es schriftlich. Nicht mehr als ein Vergehen. Keine Gefängnisstrafe.«

»Sie sind nicht wirklich in der Position zu verhandeln«, erinnerte sie ihn und deutete auf den Raum. »Ihre beste Chance ist nicht ein Stück Papier oder eine Vereinbarung. Es bin ich.«

Hathaway sackte zusammen, als ihm die Wahrheit ihrer Worte klar wurde. Er war kein großer Glücksspieler, aber es war offensichtlich, dass es nur eine Wette gab, die er eingehen konnte.

»Was wollen Sie wissen?«

»Warum haben Sie die Kette genommen?«

Hathaway seufzte. »Ich hatte erwähnt, dass ich mitten in einer Scheidung stecke-«

»Nur etwa hundert Mal, und ziemlich wütend, muss ich hinzufügen«, lächelte Annie.

»Nun, wenn Sie es nicht bemerkt haben, und ich bin sicher, Sie haben es... sie ist ziemlich erbittert. Es steht viel Geld auf dem Spiel. Geld, das ursprünglich *mir* gehörte.

Mindy behauptet, sie habe geholfen, es zu vermehren, aber das berechtigt sie kaum-«

»Die Kette«, sagte Annie ungeduldig. »Warum?«

Hathaway lehnte sich vor, seine Augen glitzerten ein wenig so, wie sie es taten, wenn er über obskure Rechtsbestimmungen sprach. Er war vielleicht nicht der weltbeste Anwalt, aber das hielt ihn nicht davon ab, den Sport daran zu lieben. »Es gibt eine Klausel in unserem Ehevertrag. Eine Ausnahmeregelung.«

»Die besagt?«

»Wenn sie fremdgeht... bekommt sie nichts.«

»Mindy hatte eine Affäre mit Tony?« Annie tippte mit den Fingern auf den Tisch, sichtlich zufrieden. Sie hatte so etwas vermutet, aber jetzt hatte sie eine Zeugenaussage, die ihre Behauptung unterstützte und die vorhandenen Beweise über bloße Indizien hinausgehen ließ. »Er ist halb so alt wie sie.«

»Widerlich, nicht wahr?«

»Eigentlich wollte ich ihr gratulieren«, lachte Annie. »Ich werde ihr wohl einen Obstkorb schicken müssen.«

»Sie haben es geheim gehalten, aus offensichtlichen Gründen. Einer davon war der Altersunterschied. Sie ist Ende fünfzig. Er ist in den Dreißigern. Die Mädels in ihrer Pilates-Klasse hätten das nicht gern gesehen. Aber dann gibt es noch den *größeren* Grund-«

»Den Ehevertrag. Gilt der noch, obwohl Sie getrennt sind?«

Hathaways Wangen hoben sich zu einem schiefen Grinsen, das Licht fiel hart auf eine Hälfte seines Gesichts und beleuchtete die Spuren, die die Zeit hinterlassen hatte. »Die Klausel definiert Betrug als außereheliche sexuelle Aktivität während der *Ehe*, nicht während der Trennung. Wir sind bis heute rechtlich verheiratet.«

»Interessant«, sagte Annie. »Und Sie haben die Pinguin-kette gestohlen, weil-«

»Weil sie beide eine bekommen haben! Geschmacklos,

aber ganz nach Mindys Geschmack. Zwei passende Vogelket-ten, um ihre *Liebe* zu zeigen. Sie dachte, ich hätte es nicht bemerkt, aber natürlich war das halbe Gebäude eingeweiht. Und dann sah ich sie eines Tages bei unseren Verhandlungen mit diesem dummen, plumpen Vogel um den Hals. Und einen Tag später sah ich Tony mit demselben Anhänger.«

»Aber warum die Kette mitnehmen?«, fragte sich Annie laut. »Sie hätten einfach Fotos von beiden als Beweis vorlegen können.«

»Das war mein Plan«, entgegnete Hathaway. »Ich wollte seinen Schrank fotografieren und sagen, dass er mich einge-laden hätte und ich zufällig darauf gestoßen wäre. Aber dann sah ich sie dort liegen und-«

»Sie waren wütend«, sagte Annie.

»Vielleicht auch ein bisschen betrunken«, gab Hathaway zu.

»Pech für Sie, dass ausgerechnet an diesem Tag Tony ermordet wurde.«

Hathaway hob seine Hände, die immer noch am Tisch gefesselt waren, und zeigte seine Handschellen, um den Punkt zu demonstrieren. »Erzählen Sie mir davon.«

»Nachdem Sie die Kette gestohlen hatten, was haben Sie damit gemacht?«

»Am nächsten Tag wurde mir klar, wie dumm ich gewesen war«, sagte Hathaway, während Bilder der Momente nach der Tat vor seinem geistigen Auge auftauch-ten. »Aber zu diesem Zeitpunkt hätte es die Sache vielleicht noch schlimmer gemacht, sie loszuwerden. Und dann wurde Tony tot aufgefunden, und der Einsatz wurde erhöht. Mir wurde klar, wie das alles aussah. Also versteckte ich sie in einem Fach in meiner Küche. Die Schränke stammen aus der Prohibitionszeit. Es gibt eine eingebaute Nische.«

»Wusste sonst noch jemand, dass Sie sie dort platziert hatten?«

»Niemand.«

»Wusste sonst noch jemand von der Existenz des Fachs?«

»Natürlich nicht«, schüttelte Hathaway den Kopf. Dann hielt er inne, als ihm ein Gedanke kam. »Andererseits-«

»Was?«, lehnte sich Annie vor.

»Die Apartments wurden alle zur gleichen Zeit gebaut. Die meisten wurden modernisiert, aber nicht alle. Es ist mir nie in den Sinn gekommen, aber jeder andere, der in dem Gebäude wohnt, könnte auch von dem Fach wissen, weil, nun ja-«

»Ihre Wohnung könnte ebenfalls ein Versteck haben. Danke«, sagte Annie. »Das ist hilfreich. Was ist mit dem Morgen, bevor Sie zum Mittagessen ins Restaurant gingen? Was haben Sie getan? Wen haben Sie gesehen?«

»Es war wie jeder andere Morgen«, zuckte Hathaway mit den Schultern. »Ich wachte auf, fütterte die Fische, und später am Nachmittag ging ich nach unten, um etwas zu essen. Mindy und ich haben beide festgelegte Tage, an denen wir dort ohne den anderen essen. Früher sind wir zusammen gegangen, aber jetzt wechseln wir uns ab, angesichts allem, was passiert ist. Dienstage sind *meine* Tage, und ich verpasse sie nie.«

»Sind Sie jemandem im Flur begegnet?«

»Ich bin Cataline im Aufzug begegnet«, bot Hathaway an. »Und ich sah Alejandro in der Lobby, wie er telefonierte. Ich winkte ihm zu, aber das war's. Das Nächste, was ich wusste, war, dass ich von Polizisten überfallen wurde, und jetzt bin ich hier. Und rede mit Ihnen.« Den letzten Satz sagte er mit resignierter Enttäuschung, als hätte er den schlechtesten Preis auf dem Jahrmarkt gewonnen.

»Danke«, sagte Annie. »Das war hilfreich.«

Sie stand auf und wandte sich zum Gehen. »Das war's?«, fragte Hathaway. Er wünschte, er hätte noch etwas anzubieten. Verzweiflung brodelte in seinem Magen. Er musste hier raus. Er konnte nicht hier bleiben. Nicht er. Der Sohn einer einflussreichen Familie. Das sollte nicht sein Schicksal sein. Es war, als wäre er in der falschen Zeitlinie aufgewacht, in der Geschichte eines anderen. »Gibt es sonst noch etwas, was ich tun kann?«

»Keine Sorge«, sagte Annie, ihre Augen weit vor Mitgefühl. »Wir melden uns. Es wird nicht mehr lange dauern. Nur noch ein paar lose Enden zu verknüpfen.« Sie hielt inne und blickte auf etwas auf der anderen Seite des Raumes in der Nähe des Einwegspiegels.

»Es sieht aus wie Italien, nicht wahr?«

Für einen Moment registrierte Hathaway den Kommentar nicht und hatte keine Ahnung, worauf sie sich bezog. Dann folgte er Annies Blick zu dem Farbsplitter, der immer noch wie eine Narbe in der ansonsten makellosen Wand steckte.

»Der Farbsplitter«, erklärte sie. »Sie haben ihn vorhin angesehen. Mich erinnert er an Italien.«

Die Tür schloss sich leise hinter ihr, und auf einmal war Hathaway allein.

KAPITEL
NEUNUNDZWANZIG

AUTOTÜREN KNALLTEN ZU, als Annie und Ethan in den Jeep Cherokee stiegen, den er für die Dauer ihres Aufenthalts an der Westküste gemietet hatte. Sie schnallten sich an, keiner von beiden wollte aussprechen, was sie dachten, oder die Schlussfolgerung des anderen erraten.

»Chief Sanchez sagt, sie hat eine Spur zu unserem Brief«, sagte Ethan sachlich.

»Hat sie gesagt, wer? Oder wo?« Annies Stimme hob sich um eine Oktave, hoffnungsvoll.

»Sie hat mir keine Details gegeben. Ich glaube, sie hält sich zurück, bis wir die Sache abschließen. So eine Freundin hast du da.«

»Definiere Freundin«, seufzte Annie.

»Sieht nicht gut aus für Hathaway«, Ethan pfiff leise.

»Wir können ihn retten«, antwortete Annie und kurbelte ihr Fenster herunter. Sie saß auf der Beifahrerseite, wie üblich, wenn Ethan fuhr. Er wusste, dass sie das Fahren leidenschaftlich hasste. Die Schilder. Die Geräusche. Weil ihr Geist sich auf kleine Details konzentrierte, fühlte sich das Fahren für Annie wie ein Technicolor-Wirbel von zu vielen Informationen an. Wann immer sie die Aufgabe vermeiden und stattdessen auf öffentliche Verkehrsmittel zurückgreifen konnte, wählte sie Letzteres.

Ethan ließ den Motor aufheulen und richtete den Rückspiegel. »Was ist der Plan?«

»Noch drei Interviews«, sagte Annie. »Ich bin drei Interviews davon entfernt, meine Ergebnisse präsentieren zu können. Vorausgesetzt, sie verlaufen alle so, wie ich es hoffe.«

»Dann auf nach *Rowling Heights*«, sagte Ethan und setzte ein wenig zu schnell zurück. Er liebte das Gefühl eines weiteren gelösten Falls. Wenn Annie kurz vor einer Schlussfolgerung stand, spürte Ethan den Adrenalinschub, ihr geholfen zu haben, die Welt ein bisschen fairer zu machen. Ein bisschen *gerechter*.

Sie fuhren die Straße entlang und bogen in den Verkehr ein. Ethan atmete ein und schielte zu Annie hinüber, als könne er nicht anders. Sie war am schönsten, wenn sie kurz davor war, einen Fall zu lösen. Irgendetwas an dem Rätsel in ihren Augen packte ihn – jedes Mal.

»Hast du noch mal nachgedacht«, fragte er, »über die Frage, die ich dir neulich Abend gestellt habe?«

Annie antwortete nicht. Sie kaute an ihren Fingernägeln und überlegte immer noch, wie ihre Ermittlung gelöst werden könnte. Sie sah ihn überrascht an.

»Ob du verbunden sein willst oder nicht?«, präzisierte Ethan. »Du hast mir kein klares Ja oder Nein gegeben.«

»Nach dem Fall?«, sagte Annie, entschlossen, ihr Privatleben nicht die Gedanken in ihrem Kopf trüben zu lassen, die bereits Flut hatten und mit all den Informationen randvoll waren, die sie fassen konnte.

»Kein Problem«, gab Ethan nach. »Ich nehme dich beim Wort. Aber, Annie?«

»Ja.«

»Auf die Gefahr hin, etwas anzusprechen, das du noch nicht bedacht hast, was das Verbundensein angeht – zwischen dem, was passiert ist, als wir Kinder waren, und unseren

Geschwistern und den Fällen, die wir lösen, und dem, was wir hier *zusammen tun*, und allem, was wir durchgemacht haben. Annie, siehst du es nicht?«

Sie tat es nicht.

»Scheiß auf die Frage, ob wir verbunden sein wollen oder nicht. Annie, was mich betrifft – sieh dich um. Wir sind es bereits.«

Annie konnte nicht anders. Sie lächelte ihn an und brach dann plötzlich in Lachen aus. Er stimmte mit ein, nahm ihre Hand in seine, während sie beide die Küstenstraße entlang fuhren, die Fenster weit geöffnet, als hätten sie keine Angst vor der Welt.

KAPITEL DREISSIG

MINDY

Mindys Wohnung war als Protest dekoriert. Alles in dem Raum war geplant, um einen direkten Kontrast zu der Wohnung zu bieten, die sie mit Hathaway geteilt hatte. Während Hathaways Zuhause dunkle Mahagoni-Vertäfelung aufwies, hatte Mindy die originale Holzvertäfelung in ihrer neuen Wohnung in einem schicken, hellen Weiß gestrichen. Die Möbel, die sie mit Hathaway geteilt hatte, waren aus maskulinem braunem Leder, aber Mindys neue Sofas waren aus Leinen in einem femininen, rosa Farbton. In Hathaways Wohnung waren die Wände frei von jeglicher Kunst, aber in Mindys neuem Zuhause hingen farbenfrohe Drucke - und sogar einige unverschämt teure Originale - an den Wänden. Eine Nachbildung von Andy Warhols Campbell's-Suppendose. Eine Yayoi-Kusama-Reproduktion, von einem Händler in der Innenstadt gekauft. All das sollte Mindys neu gefundene Freiheit symbolisieren - ihre Befreiung aus der einengenden Ehe, die ihr nur genommen und nie gegeben hatte.

Heute jedoch verlor die Freiheit, die sie genossen hatte, ihren Glanz.

»Wir hätten die Affäre nie beginnen sollen«, sagte sie und wischte sich die Nase. Sie saß auf einem ihrer maßgefertigten Sofas, gegenüber von Annie und Ethan, die sie mitfühlend anstarrten. »Hathaway und ich waren zu der Zeit getrennt«, sagte sie und tupfte ihr Gesicht mit einem Taschentuch ab. »Das solltet ihr wissen.«

»Warum hast du es verheimlicht?«, fragte Annie.

»Ich glaube, du weißt warum«, verdrehte Mindy die Augen.

»Aber ich würde gerne die Geschichte bestätigen.«

»Es gibt eine Klausel im Ehevertrag, dass Betrug bedeutet, dass ich nichts bekomme. Und täuscht euch nicht, ich habe dieses Geld *verdient*«, sie beugte sich vor, ihre Augen plötzlich funkelnd. »Hathaway ist ein Mann, der mit allem geboren wurde, aber er wusste nie, was er damit anfangen sollte. Ich habe ihm geholfen, den totalen Ruin zu vermeiden. Ich habe ihn zu dem gemacht, was er heute ist. Ohne mich kann der Mann sich kaum ein Mittagessen packen.« Sie hielt inne, holte zitternd Luft, ihre Augen wurden feucht, als sie an Tony dachte. »Tony war anders. Er war jung, aber er wollte etwas vom Leben. Er hatte nicht alles herausgefunden-«

»Die meisten Beschreibungen, die wir gesammelt haben, zeichnen Tony als ein wenig ziellos«, warf Annie ein.

»Ja«, stimmte Mindy zu. »Er war ein bisschen verloren, aber der Unterschied war, dass er *mich* zu schätzen wusste. Er ließ mich fühlen, als wäre ich die einzige Frau im Raum. Er war dankbar für das, was ich in sein Leben brachte. Mit Tony war ich nicht unsichtbar.«

»Also hast du eure Beziehung wegen des Ehevertrags geheim gehalten?«

»Es war nicht nur das«, sagte Mindy. »Unser Altersunterschied war, nun ja, ein wenig peinlich. Wenn ein Mann eine jüngere Frau datet, zuckt niemand mit der Wimper, aber ich wusste, was die Leute über mich sagen würden, wenn meine Beziehung zu Tony im Gebäude bekannt würde. Sie würden mich eine Cougar nennen. Hinter meinem Rücken tuscheln. Wetten darauf abschließen, wie lange es dauern würde, bis er mich betrügen würde. Ich hatte schon so viel durchgemacht, mit der Scheidung - ich dachte nicht, dass ich die Spekulationen ertragen könnte. Auch wenn meine Ehe mit Hathaway nicht alles war, was ich mir erhofft hatte, trauerte ich immer noch. Selbst wenn etwas schrecklich ist, trauern wir, wenn es vorbei ist. Wisst ihr, was ich meine?«

Annie nickte. »Ja, ich glaube schon.«

»Und jetzt - jetzt, wo Tony weg ist-«, ein Schluchzen entfuhr Mindys Kehle, »- trauere ich wieder. Aber still und für mich allein. Ich wollte mich an seinen Vater wenden, aber ich mache mir Sorgen, was er von einer älteren Frau denken würde, die seinen Sohn datet-«

»Wir haben Ferdinand kennengelernt«, bot Ethan an. »Ich bin sicher, er würde es gerne wissen.« Er warf einen Blick auf Annie, deren Ausdruck sagte, dass sie sich *nicht* so sicher war. Trotzdem fuhr Ethan fort. »Wir können dir seine Kontaktdaten geben, sobald die Ermittlungen abgeschlossen sind, wenn du möchtest.«

Mindy schnäuzte sich in ein Taschentuch. »Das würde mir alles bedeuten. Danke.« Sie hielt inne und bemerkte eine Leichtigkeit in ihrer Brust. »Es tut gut, das alles offen auszusprechen. Ich habe diesen Verlust ganz allein betrauert. Darüber zu reden - hilft.« Sie blickte zu Annie und Ethan, als ihr plötzlich bewusst wurde, dass sie allein dafür verantwortlich waren, den Mann zu rächen, den sie geliebt hatte. Ihr Mund klappte entsetzt auf. »Ich habe euch angelogen«, sagte sie. »Ich hätte euch viel früher die Wahrheit über Tony und mich sagen sollen. Aber ich habe es für mich behalten, weil es zur Gewohnheit geworden war, es zu verheimlichen. Ich hätte sagen sollen - ihr glaubt doch nicht - hat die Tatsache, dass ich das geheim gehalten habe, die Ermittlungen beeinflusst? Ich *möchte* ihn gerächt sehen. Ich dachte nur - ich dachte, unsere Beziehung wäre nicht relevant. Würde nichts *bedeuten-«*

»Es bedeutet etwas«, sagte Annie. »Aber du kannst es heute richtigstellen.«

Mindy nickte. Dann sagte sie resigniert:

»Hathaway hat Tony nicht getötet. Ich sage das aus Liebe zu Tony, nicht zur Verteidigung von Hathaway. Ich möchte, dass die richtige Person für Tonys Mord verhaftet wird, und ich kann euch sagen - Hathaway hat das nicht in sich. Er ist kein Mörder.«

»Ich stimme zu«, sagte Annie. »Aber jetzt brauche ich Beweise, um das zu belegen. Es sieht nicht gut aus für Hathaway. Er ist zurückgegangen, um die Kette zu holen-«

Mindy winkte ab. Sie griff unter ihre Bluse und zog einen Anhänger hervor, der sich unter der Seide versteckt hatte. Ein goldener Pinguin baumelte an der Kette. »Eine alberne Sache. Tony und ich haben sie in einem Schmuckladen im Gaslamp District gekauft. Er sagte, Pinguine wären ein bisschen wie unsere Liebe.« Ihre Unterlippe zitterte bei der Erinnerung. »Sie sind unbeholfene Vögel. Niemand versteht sie so richtig. Sie ergeben keinen Sinn, oder? Ein Vogel, der nicht fliegen kann. Aber sie bleiben ein Leben lang zusammen. Wusstet ihr das?« Sie wartete darauf, dass Ethan oder Annie antworteten, aber keiner von beiden bestätigte es. »Es stimmt. Pinguine bleiben ein Leben lang zusammen. Sie wählen einen Partner, den sie lieben, und paaren sich nie wieder.« Tränen strömten über ihre Wangen bei dem Gedanken. »Er war mein Pinguin.«

»Warum sollte Hathaway Tonys Kette wollen?«

»Hathaway ist erstaunlich gut darin, schlechte Ideen zu entwickeln«, seufzte Mindy. »Es ist eines seiner wenigen Talente. Er hatte wahrscheinlich einen zu viel getrunken und dachte, die Kette zu stehlen, wäre eine Art Rache. Oder er dachte, er könnte sie bei der Scheidung gegen mich verwenden als Beweis für meine Beziehung zu Tony. Dumm. Kindisch. Das ist Hathaway. Aber ein Mörder? Nein.«

»Wer, glaubst du, *könnte* Tony getötet haben«, fragte Annie. »Hatte er irgendwelche Feinde?«

»Nicht einen«, sagte Mindy. »Der Mann war ein Engel. Alle liebten ihn«, sie hielt inne und überlegte. »Aber – ein paar Wochen bevor es passierte, erwähnte Tony *doch*, dass sein Vater ein seltsames, anonymes Angebot für die Wohnung erhalten hatte. Jemand wollte unbedingt das Penthouse und war hartnäckig. Anrufe, E-Mails. Die Bereitschaft, für drei Jahre im Voraus bar zu mieten. An einem Punkt überlegte Tony, 'ja' zu sagen und mit dem Geld sein eigenes Geschäft zu gründen. Aber er hätte dann nirgendwo zum Wohnen gehabt. Ich hätte ihm anbieten sollen, bei mir einzuziehen – ich *hätte* es tun sollen –«, sagte Mindy mit zitternder Stimme. »Aber bis die verdammten Scheidungsverhandlungen abgeschlossen waren, konnte ich das nicht.«

»Wirkte Tony in den Tagen vor seinem Tod irgendwie ängstlich?«

»Nein«, sagte Mindy. »Wenn überhaupt, schien er hoffnungsvoll in die Zukunft zu blicken. Er war ein wenig gequält, ob er das Angebot dieser anonymen Quelle annehmen sollte, aber sobald er sich fest entschieden hatte, im Gebäude zu bleiben, schien er erleichtert. Er wollte in meiner Nähe bleiben«, fügte sie hinzu. »Er sagte mir, er hätte ein tolles Zuhause, eine tolle Freundin, und sein Leben würde sich endlich zusammenfügen. Wie gesagt – er ließ mich fühlen, dass er mich schätzte.«

»Eine letzte Frage«, sagte Annie. Sie nahm ihr Handy und scrollte durch die Foto-App, bis sie auf ein Bild der Vitrine in der Lobby stieß. Sie zoomte mit zwei Fingern hinein, bevor sie das Handy an Mindy weitergab. »Dieses Foto von dir, das in der Vitrine steht. Wer hat es aufgenommen?«

Mindy kniff die Augen zusammen und starrte auf das Foto von sich selbst. Sie stand in der Lobby, lächelnd, die Pinguinkette deutlich sichtbar über ihrem Shirt.

»Das ist einfach«, sagte sie. »Ich erinnere mich gut an

diesen Tag. Ich war unten und beschwerte mich über Hathaway und wurde daran erinnert, wie glücklich ich mich schätzen konnte, in einem Gebäude zu wohnen, wo sich die Leute kümmerten. Sie hielt mich an. Sie sagte mir, dass alles gut werden würde und dass sie für mich da wären.«

»Wer?«, fragte Annie.

Es folgte eine lange Pause, und dann sagte Mindy das Wort, auf das Annie gehofft hatte:

»*Cataline.*«

KAPITEL EINUNDDREISSIG

ALFRED

Alfred hatte das Gefühl, dass etwas sehr Schlimmes passierte.

Er hatte sich in seinem Büro verschanzt – wie er es um diese Tageszeit üblicherweise tat – umgeben von Reparaturanfragen, die beantwortet werden mussten, und Dingen, die erledigt werden mussten. Doch was diesen Moment anders machte, war die Anwesenheit der beiden Detektive – Annie und Ethan –, die in seinem Türrahmen standen und ihn ansahen, als wüssten sie ein Geheimnis, das er verborgen hatte.

Alfreds Herz hämmerte in seiner Brust, die Erschütterungen waren so laut, dass er nicht verstehen konnte, was Annie gerade gesagt hatte.

»Die Bänder«, wiederholte sie, ihre Stimme weit entfernt. »Alfred, haben Sie mich verstanden? Ich muss noch einmal mit Ihnen über die Bänder sprechen.«

Die Welt hörte auf sich zu drehen, ihre Teile traten scharf hervor. Farben schienen heller und Kanten schärfer. Alfred kehrte schlagartig in den Moment zurück. Er wusste, was er zu tun hatte.

»Kommen Sie rein«, sagte er. »Und schließen Sie die Tür hinter sich.«

Annie und Ethan taten wie ihnen geheißen, schlossen die Tür und machten es sich auf ein paar Klappstühlen bequem, die sie an der Rückwand lehnend fanden.

»Was hat Sie zurückgebracht?«, fragte Alfred geschlagen. Er warf einen Blick auf die Reihe von Monitoren auf seinem Schreibtisch, von denen jeder ein körniges Bild von den kaum funktionierenden Überwachungskameras übertrug, die er installiert hatte. Er bereute es, das ganze System eingerichtet zu haben. Es hatte ihm nichts als Ärger eingebracht, und jetzt war der Ärger nach Hause gekommen.

»Um ehrlich zu sein, Alfred, meine Gedanken haben Sie nie wirklich verlassen«, sagte Annie mit einem Lächeln im Gesicht. »Ein Mann wie Sie – so dem Gebäude verschrieben, dass es sein Lebenszweck ist – lässt irgendwie zu, dass die Kameras in der Nacht ausfallen, in der ein Bewohner ermordet wird. Schwer zu glauben, nicht wahr? Das passt kaum zu dem Mann, den ich kenne – oder zu dem Mann, der Sie meiner Meinung nach sind.«

»Ich bin kein geborener Lügner«, sagte Alfred kopfschüttelnd. »War ich nie.«

»Und dann musste ich mich fragen... Wenn Alfred die Aufnahmen gelöscht hat, warum? Wen hat er geschützt? Und etwas, das Ferdinand mir über das Gebäude erzählt hat, ist mir im Kopf geblieben. Es war etwas, das er sagte, als wir mit dieser Untersuchung begannen. Er meinte, man müsse sich ansehen, wo die Loyalitäten einer Person liegen. An wen haben sie sich gebunden? Wagen, triff Pferd-« Annie hob ihre linke Hand in die Luft, um den Wagen darzustellen, und ihre rechte Hand, um das Pferd zu repräsentieren. »Also, Alfred, ich frage mich, an wen Sie Ihren Wagen gehängt haben.«

Alfred atmete ein und dachte über seine Möglichkeiten nach. »Ich könnte es ablehnen, ein Wort zu sagen, und Sie könnten nichts beweisen. Die Aufnahmen sind weg. Es gibt nichts, was Sie dagegen tun können.«

»Das stimmt«, sagte Annie und lehnte sich in ihrem Stuhl zurück, als suche sie nach der Lösung für ein sehr großes Problem. »Und doch denke ich, Sie werden sich dafür entscheiden, es mir trotzdem zu erzählen.«

»Warum das?«

»Weil ich glaube, dass Ihr Wagen an das Gebäude gehängt ist.« Annie rutschte an den Rand ihres Stuhls und stützte ihre Ellbogen auf die Oberschenkel, um Alfred besser in die Augen sehen zu können. »Ich glaube, dass Sie sich, wie Ethan und ich, einer Sache verschrieben haben, die größer ist als Sie selbst. Und während Sie vielleicht eine einzelne Person lieben mögen, ist Ihre Liebe zu dieser Sache größer. Und diese Sache – ist *Rowling Heights*. Ich muss Ihnen nicht sagen, was ein ungelöster Fall wie dieser für das Gebäude bedeutet. In zwei Jahren wird dieser Ort eine Geisterstadt sein. Der Schauplatz eines Mordes. Mit Gräuel statt mit Glanz assoziiert. Sie haben gehört, was mit dem Smithinson-Gebäude in Los Angeles passiert ist?«

Alfred nickte. Es gab einen ähnlichen Komplex im Norden, der einst das Juwel der Nachbarschaft war. Aber nachdem in der Lobby ein grausames Verbrechen begangen worden war, wurde er zum Stoff für Folklore – ein leeres Apartmentgebäude, das gezwungen war, Kurzzeitvermietungen an YouTuber und Geisterjäger anzubieten.

»Sie möchten doch nicht, dass das mit *Rowling Heights* passiert, oder? Dieser Ort verdient Besseres. Dieses Gebäude und die Menschen darin sind etwas Besonderes.«

Alfred überlegte. Er wusste, dass das, was er getan hatte, falsch war. Vielleicht war es an der Zeit, es wieder gutzumachen.

»Und Sie geben mir Ihr Wort, dass Sie die Interessen des Gebäudes schützen werden?«

»Ich gebe Ihnen mein Wort, dass ich den Fall lösen werde,

was meiner Meinung nach den Interessen des Gebäudes dient.«

»Es war nicht relevant«, sagte Alfred kopfschüttelnd. »Ich habe die Aufnahmen gesehen und bin in Panik geraten, also habe ich sie gelöscht. Aber ich wusste, dass es für den Fall nicht relevant war. Denn keiner von beiden würde Tony jemals etwas antun.«

»Was haben Sie auf den Aufnahmen gesehen?«, fragte Annie.

Alfred stieß einen tiefen Seufzer aus, seine Schultern sackten unter dem Gewicht dessen, was er gleich offenbaren würde, herab. »Es stand ein Paket vor Tonys Tür in der Nacht, als er starb. Die Post wird so sortiert. Wir liefern Pakete persönlich aus, wann immer wir können, besonders seit, Sie wissen schon, dem Debakel im Postraum und der Situation mit dem Dach.«

»Es stand ein Paket vor seiner Tür«, ermutigte Annie.

»Und, nun, als ich die Überwachungsaufnahmen für diese Nacht durchsah, bemerkte ich zufällig etwas Seltsames. Jemand kam und nahm das Paket von Tonys Tür weg. Wenn ich diese Person nicht besser kennen würde, würde ich sagen, es war – *Diebstahl*.«

»Wer nahm das Paket?«

Es folgte eine lange Pause, und dann – zu weit auf dem Weg, um noch umzukehren – offenbarte Alfred schließlich die Wahrheit:

»Catalines Sohn. Mario.«

»Mario nahm das Paket«, bestätigte Annie. »Und dann?«

»Nichts«, zuckte Alfred mit den Schultern. »Er ging. Fuhr mit dem Aufzug nach unten. Er hat ihn nicht getötet. Ich kenne Mario gut, und der Junge ist ein guter Kerl.« Alfred sprach mit zunehmender Geschwindigkeit, seine Worte purzelten eines nach dem anderen heraus. »Ich machte mir Sorgen, dass er für die seltsamen Postaktivitäten verantwortlich gemacht würde. Es gibt so viele Möglichkeiten für den jungen Mann, in Schwierigkeiten zu geraten. Er hat nichts getan. Er war *befreundet* mit Tony. Sie spielten zusammen Videospiele. Aber ich befürchtete, es sähe verdächtig aus, und ich konnte es einfach nicht ertragen, ihn beschuldigt zu sehen-«

»Was war *danach*? Haben Sie gesehen, wie jemand kam oder ging?«

Alfred wurde blass. Die Farbe wich aus seinem Gesicht. Eine schreckliche Idee nistete sich in seinem Gehirn ein – eine, die er bis zu diesem Moment nicht in Betracht gezogen hatte. »Danach?«

»Sie haben natürlich weiter die Aufnahmen angesehen. Nachdem Mario das Paket genommen hatte, muss *jemand* den Aufzugschacht hochgekommen sein. Diese Person könnte sehr wohl diejenige sein, die Tony ermordet hat.«

Alfreds Mund klappte auf, sein Gesichtsausdruck war unlesbar. Dann stotterte er: »*Danach* – ich habe nicht – ich habe nicht weiter geschaut – ich habe nicht *gedacht*...«

Ethan schüttelte den Kopf und versuchte, seine Frustration zu verbergen. »Sie haben nicht daran gedacht, die Aufnahmen weiter anzusehen?«, rief Ethan entsetzt aus.

Alfred warf die Hände in die Luft. »Ich bin kein Detektiv! Das ist nicht- diese Kameras waren nur da, damit sich die Bewohner sicherer fühlen.« Er ließ die Hände sinken und wurde sich bewusst, was er getan hatte. »Sobald ich Mario auf diesem Band sah, konnte ich nur daran denken, die Aufnahmen zu löschen. Ich war so in Panik, so besorgt um ihn und Cataline, dass ich es ohne zu zögern gelöscht habe.« Der Raum drehte sich erneut. Alfred klammerte sich an die Kante seines Stuhls, als wolle er nicht fallen. »Wenn ich weiter geschaut hätte, wüssten wir, wer der Mörder ist. Es ist meine Schuld, ich habe alles für Tony ruiniert. Für Ferdinand-«

»Nicht ganz«, lächelte Annie und tätschelte seinen Arm. »Ich weiß, wer der Mörder ist. Und bald werden Sie es auch wissen.«

Sie stand auf und streckte die Arme zum Himmel, als hätte sie einen langen Tag gehabt und könnte ein Nickerchen gebrauchen, aber ansonsten nichts weiter zu befürchten. Ethan folgte ihr, und sie bewegten sich zur Tür, um hinauszugehen. Doch bevor sie gingen, wandte sich Annie noch einmal an Alfred.

»Wer hat Sie die Vitrine in der Lobby neu gestalten lassen? Ich fand die Teekannen reizend. War traurig, sie gehen zu sehen.«

Es folgte eine lange Pause, dann antwortete Alfred: »Cataline.«

Annie lächelte, erfreut zu sehen, dass ihre Vermutungen mit den Tatsachen übereinstimmten.

»Wenn es etwas wert ist, Alfred«, sagte sie. »Ich denke, Sie haben auf das richtige Pferd gesetzt. Man muss heutzutage vorsichtig sein, an wen man sich bindet.«

»Welches Pferd habe ich gewählt?«, fragte Alfred.

»Sie haben das Gebäude gewählt. *Rowling Heights.* Eine Sache, die viel größer ist als jede einzelne Person. Dafür haben Sie meinen Respekt«, sagte Annie zu ihm.

Sie ging, Ethan ihr auf den Fersen, und die Tür schloss sich leise hinter ihnen. Alfred hatte das Gefühl, als wäre alle Luft aus dem Raum gewichen, während er darüber nachdachte, welcher Wagen der seine war und ob das Pferd, das er gewählt hatte, das richtige war.

KAPITEL ZWEIUNDDREISSIG

MONTANA

Montana lehnte seinen Arm gegen die Rückenlehne seines Stuhls und nahm einen weiteren Zug von seiner Zigarette. Er saß vor seiner Lieblingskneipe, nur ein paar Blocks von *Rowling Heights* entfernt. Er hatte absichtlich einen Bereich der Bar gewählt, der sich außerhalb des Gebäudes unter einer Cabana befand. Sein Tisch blockierte den Bürgersteig, und hin und wieder wedelten vorbeigehende Fußgänger mit der Hand vor ihrer Nase, um die Rauchwolke zu vertreiben, die Montana erzeugte. Montana war das egal. Er hatte jedes Recht, sein Leben in vollen Zügen zu genießen. Wenn es jemand anderen störte, konnten sie um ihn herumgehen.

»Sagt mir nicht, dass es euch auch stört?«, fragte Montana seine Begleiter für den Abend und hielt zur Verdeutlichung seine Zigarette hoch. Auf der anderen Seite des Tisches erhoben Annie und Ethan keinen Einwand.

»Es ist dein Abend«, sagte Annie ernst. »Wir sind diejenigen, die ihn unterbrechen. Tu, was du musst.«

Montana nickte. Ihre Einstellung gefiel ihm. »Ich dachte, wir hätten das beim letzten Mal abgeschlossen. Klingt, als ob dieser Hathaway derjenige ist, auf den sie es abgesehen haben. Es war überall in den Nachrichten.« Er warf einen Blick auf einen Fernsehbildschirm im Inneren, der über der Bar montiert war. Hathaways Gesicht blitzte in einem Einschub über der Schulter des TV-Reporters auf. Die Festnahme eines Verdächtigen im Mordfall Vasquez war die größte Nachricht, die San Diego seit Monaten gesehen hatte.

»Vielleicht«, sagte Annie. »Aber wir müssen immer noch die richtigen Beweise sammeln. Um ihnen zu helfen, einen starken Fall gegen ihn aufzubauen.« Sie log, aber sie tat es so gut, dass Montana die Täuschung nicht bemerkte.

»Fragt nur. Ich helfe, wo ich kann.«

»Sicher«, stimmte Annie zu. »Aber bevor wir mit dem Fall beginnen, muss ich einfach fragen... Ich habe mir deine Akte als DHS-Agent angesehen. Unglaubliche Karriere.«

»Suchst du nach einer Veränderung?«, grimassierte Montana.

»Nicht ich«, lächelte Annie. »Aber Ethan hier. Er ist fertig mit dem FBI. Lange Arbeitszeiten. Wenig Bezahlung. Er will immer noch im Geschehen sein, aber, weißt du, er ist bereit auszusteigen.«

Ethan versuchte, sein Grinsen zu verbergen. Annie liebte es, ihm das anzutun. Sie benutzte ihn als Bauer auf dem Schachbrett ihrer Verhandlungen. Mittlerweile hatte er sich daran gewöhnt. Wie ein Improvisationsschauspieler, der darauf trainiert ist, »Ja, und« zu sagen, hatte Ethan gelernt, allem zuzustimmen, was Annie sagte, nur um den Ball am Rollen zu halten.

»Du hast also genug davon, hm?«, fragte Montana Ethan und suchte in seiner Reaktion.

»Ja«, sagte Ethan. »Das bin ich. So bereit für Veränderung. Ich bin ein großer Veränderungs-Typ.«

»Nicht viele Leute haben den Magen für unsere Art von Arbeit«, lehnte sich Montana in seinem Stuhl zurück und warf seine aufgerauchte Zigarette auf den Beton.

»Klar«, verdrehte Ethan die Augen. »Meine Beschäftigung

beim FBI könnte kaum als Vorbereitung für die Herausforderung des DHS betrachtet werden.«

Annie trat Ethan unter dem Tisch. Glücklicherweise schien Montana den Sarkasmus in Ethans Tonfall nicht zu bemerken.

»Die Leute denken, alle Behörden seien gleich, aber das DHS braucht eine besondere Sorte«, sagte Montana. »Weißt du, was das Schwierigste daran ist?« Er beugte sich vor und verschränkte die Arme. »Nachdem du lange genug dabei warst, beginnst du zu erkennen, dass es keine Guten oder Bösen gibt. Es gibt nur Macht. Die ganze Idee einer Grenze - was ist das überhaupt? Etwas, das von Leuten gemacht wurde, die sagen: 'Hey, das gehört uns.' Es ist Tribalismus. Organisierte Regierung ist nicht viel anders als ein Kartell. Es sind alles nur Menschen mit Stärke und Geld, die nach Wegen suchen, beides zu nutzen.«

»Du siehst nicht viel Unterschied zwischen einer Regierung und einem Kartell?«, fragte Annie, ihr Ton angenehm.

»Du etwa?«

»Das eine wird vom Volk gewählt, um in dienender Funktion für sie zu arbeiten«, bot Annie an. »Das andere zwingt sich dem Volk durch Gewalt auf.«

»Sicher«, zuckte Montana mit den Schultern. »Das Kartell benutzt physische Gewalt. Aber die Regierung - *unsere* Regierung - wenn du nicht denkst, dass sie auch Gewalt anwendet, passt du nicht auf.«

»Kannst du mir ein Beispiel geben?«, fragte Annie.

»Kinder in Käfigen. Keine Krankenversicherung. Es ist verdammt schwer, einen Groschen zu verdienen, einem Mann den Stolz zu geben, für seine Familie zu sorgen. Verdammt, wir haben Veteranen, die auf dem Bürgersteig schlafen. Nicht alle Gewalt ist physisch.«

Annie sog seine Worte auf, als suche sie nach einer tieferen Bedeutung, ihre Augen kräuselten sich bei jeder Veränderung in seiner Stimmlage. Sie lehnte sich zufrieden zurück, mit dem, was auch immer sie in dem dunklen Pool seiner Augen gefunden hatte.

»Ist das wichtig für dich? Die Fähigkeit, für eine Familie zu sorgen.«

»Hab keine«, antwortete Montana. »Aber die Vorstellung davon. Das zählt.«

Annie starrte zum Horizont. Von ihrem Sitzplatz aus war der Ozean voll sichtbar. Eine Linie bildete sich an der Stelle, wo das Meer den Himmel traf, zwei verschiedene Blautöne kämpften in der Ferne um die Vorherrschaft. »Du siehst das Kartell und die Regierung als verschiedene Seiten derselben Medaille.«

»Das ist nur meine Erfahrung«, zuckte Montana mit den Schultern. »Du siehst es vielleicht anders.«

»Ja«, sagte Annie. »So vieles von dem, was wir tun, hängt von der Wahrnehmung ab.« Sie blickte zurück zum Horizont und konzentrierte sich auf einen braunen Landstreifen, der in den Hafen ragte. Der Leuchtturm war deutlich sichtbar, seine Steinfassade ragte in den Himmel. Daneben ruhte das DHS-Gebäude auf einem felsigen Hang, seine Ziegelaußenfassade bot einen soliden, unnachgiebigen Kommentar darüber, wer hier willkommen war und wer nicht. Die DHS-Boote waren in der Nähe des Piers verankert, derzeit unbenutzt, aber wie Soldaten aufgereiht, die auf weitere Befehle warteten. Sie konnten jederzeit in Aktion treten. Sie waren immer bereit. Immer wartend.

»Lustig«, sagte Annie und zeigte auf das DHS-Gebäude. »Man kann das DHS-Gebäude von hier aus gerade noch erkennen, aber die Boote sind verdeckt. Es gibt nicht viele Orte, von denen aus man sie sehen kann, außer von *Rowling Heights* aus. Stört es dich, deinen Arbeitsplatz von zu Hause aus zu sehen?«

»Stört mich nicht«, sagte Montana. »Kann es von meiner Wohnung aus nicht sehen. Oder von anderen.«

Annie zuckte zusammen. Ein stilles, ruhiges Gefühl legte

sich über den Tisch, als sie Montana von oben bis unten musterte. »Außer von einer«, sagte sie. Wenn ihr Punkt Montana störte, ließ er es sich nicht anmerken. »Gibt es eine andere Station, von der aus die DHS-Boote starten?«

»Nein«, antwortete Montana. »Nicht innerhalb von zwanzig Meilen zumindest.«

»Also muss jedes DHS-markierte Boot seine Reise beginnen, indem es *diesen* Ort verlässt?«, Annie zeigte über den Hafen.

»Schätze schon«, sagte Montana.

»Und wann werden die Boote am häufigsten eingesetzt? In welchen Fällen werden sie losgeschickt?«

»Drogenschmuggel«, antwortete Montana. »Das würde dir jeder DHS-Agent sagen. Aber ich habe das Gefühl, du wusstest das bereits.«

»Ich frage nach vielen Dingen, die ich schon weiß«, konterte Annie. »Für den Fall, dass ich mich vielleicht irre.«

»Nun, in diesem Fall irrst du dich nicht«, sagte Montana. »Es sind immer Drogen, die auf diesem Weg über die Grenze kommen. Drogen oder Menschen. Sie packen sie auf die gleiche Weise. Stopfen sie in winzige Boote und versuchen, sich einzuschleichen, indem sie weit genug auf dem Meer bleiben. Dann, wenn sie nah genug dran sind, fahren sie ans Ufer, als wären sie schon immer hier gewesen. Drogen und Menschen. Dafür schicken sie die Boote los. Das kommt über die Grenze in unsere Richtung. In die andere Richtung, von den USA nach Mexiko, sind es Waffen.« Er griff in die Tasche seines Mantels und holte seine Zigaretten heraus. Camels. Er zog eine weitere Zigarette heraus und ließ sein Feuerzeug aufflackern, sodass das Ende rot glühte. »Lustig, nicht? Wir picken an unseren eigenen Problemen. Die Waffen gehen über die Grenze und die Kartelle bekommen sie, und sie benutzen sie, um ganze Städte zu übernehmen. Dann schicken sie uns Drogen und Menschen. Die ganze Sache ist ein Schlamassel.« Er stieß eine Rauchwolke aus.

»Du bist nicht der Einzige im Gebäude, der raucht«, sagte Annie.

»Wenn du nach jemandem Bestimmten fragen willst, kannst du es auch gleich tun. Rede nicht um den heißen Brei herum.«

»Cataline«, sagte Annie. »Raucht sie? Ich nehme an, du könntest sie selbst gesehen haben, als jemand, der nach draußen geht, um diesem Hobby nachzugehen.«

»Ich könnte sie rauchen gesehen haben«, sagte Montana. »Könnte aber auch jemand anders gewesen sein. Bin mir nicht sicher.«

»Weißt du, welche Marke?«

»Kann ich nicht sagen«, antwortete Montana, wobei sein Gesichtsausdruck verriet, dass er es wusste, aber nicht preisgeben wollte.

»Danke für deine Zeit«, sagte Annie und schüttelte ihm die Hand. »Du wirst von uns hören.«

Montana hielt ihre Hand ein wenig zu lang fest, und es schien ein stilles Einverständnis zwischen den beiden zu geben. »Wann?«, fragte er. Seine Stimme war leise, und es lag ein tiefer, resignierter Klang darin. Es war der Ton, der für Hochzeiten und Jahrestage reserviert war. Die Art von nachdenklicher, grenzenloser Tiefe, die aufkommt, wenn man nach dem Sinn des Lebens oder der Beständigkeit der Liebe fragt - nicht ein einfaches Lebewohl.

»Früher, als dir lieb wäre, vermute ich.«

Annie ging in die Ferne davon, Ethan auf ihren Fersen. Montana beobachtete sie und dachte darüber nach, wie richtig sie zusammen aussahen. Die beiden passten ihre Schritte dem gleichen Takt, dem gleichen Rhythmus an. Sie wiegten sich davon wie diese DHS-Boote am Horizont, eine geschlossene Front, die bereit war, jederzeit in Aktion zu treten. Sie vermittelten Montana den Eindruck, dass sie nur auf den Befehl warteten.

Er überlegte kurz und zog dann ein Handy aus seiner

Tasche. Er drückte eine Taste, um seine meistgenutzte Nummer per Kurzwahl anzurufen, und wartete, bis das Klingeln aufhörte und er am anderen Ende Atmen hörte.

»Es passiert«, sagte er in den Hörer. »Du musst mich hier rausholen.«

Es folgte eine lange Pause, während Montana wartete. Die Person am anderen Ende der Leitung bot keine Zusicherungen. Stille erfüllte die Luft.

»Du hast gesagt, du würdest dich um die Deinen kümmern«, drängte Montana. Seine Worte wurden nur mit Rauschen in der Leitung beantwortet. Montanas Herz raste. Es gab ein Rumpeln, und für einen Moment dachte er, er könnte die Worte hören, auf die er gehofft hatte, aber dann -

Die Leitung war tot.

Montana steckte das Telefon zurück in seine Tasche und fragte sich, was für ein Chaos er aus seinem eigenen Leben gemacht hatte. Er legte seine Arme auf den Metalltisch vor sich, die kalte Oberfläche ein Schock gegen seine Haut. Der Geruch der Zigarette, die er hielt, hing schwer in der Luft, und er fragte sich, ob es nicht seine letzte sein würde. Er atmete tief ein, Erinnerungen daran, wie er in seine jetzige Lage geraten war, spielten sich in Endlosschleife ab. Das Leben war eine Reihe von Entscheidungen - eine Abfolge von Auf- und Abfahrten, verbunden mit verschiedenen Menschen, von denen einige einen nach Hause führten und andere einen nur weiter von sich selbst wegbrachten. Das Ziel, an dem ein Mensch ankam, hing davon ab, wem er folgte - an wen er sich band.

Und Montana hatte ein Händchen dafür, die falschen Leute auszusuchen.

KAPITEL
DREIUNDDREISSIG

Cataline hatte den seltsamen Eindruck, sich selbst von außerhalb ihres Körpers zu beobachten. Sie saß auf dem Sofa im Wohnzimmer ihrer Wohnung, Annie und Ethan ihr gegenüber. Annie blätterte durch eine Akte und bezog sich auf etwas auf der Seite, aber Cataline konnte sie kaum hören. Sie bemerkte die vertrauten Gegenstände im Raum - die Vase, die sie vor zehn Jahren auf einem Flohmarkt gefunden hatte, den Hochflorteppich, den ihre beste Freundin ihr geschenkt hatte, als sie San Diego verließ - aber sie alle wirkten fremd, als gehörten sie jemand anderem. Cataline verspürte plötzlich den Drang, ihren Sohn zu umarmen, wie sie es oft tat, wenn sie sich unwohl fühlte, aber erinnerte sich daran, dass Mario in der Schule war und dass er in Sicherheit war. Das war alles, was zählte. Der Gedanke an ihr Kind brachte Cataline zurück in ihren Körper, und plötzlich war sie wacher und aufmerksamer als je zuvor. Ein Instinkt durchflutete ihre Gestalt - einer, der sowohl alt als auch neu war - und flüsterte immer wieder denselben Befehl. *Überleben.* Sie musste alles tun, um dieses Gespräch zu überstehen. Um Marios willen.

»Ein Paket?«, fragte Cataline und bemerkte, wie die Luft

ihre Lungen füllte. Sie führte einen Finger an ihren Mund und tippte auf ihre Unterlippe, wie ein alter Mann, der an seinem Bart zupft, um eine schlechte Erinnerung vorzutäuschen. »Mario hat in letzter Zeit keine Pakete bekommen.«

»Es wurde nicht an Mario geschickt«, fuhr Annie fort, ein freundliches Lächeln überzog ihr Gesicht. »Es wurde an Tony geschickt.«

»Das ergibt keinen Sinn -«

»Natürlich nicht«, zuckte Annie mit den Schultern. »Nicht für mich. Aber ich denke, du weißt *genau*, warum Mario Tonys Adresse benutzt hat, um ein Paket zu erhalten. Er hat es nicht zu sich nach Hause schicken lassen, weil es etwas war, was du nicht gutheißen würdest. Stimmt's?«

»Nun, ich -«

»Mario und Tony waren Freunde. Sie teilten die Liebe zu Videospielen. Er sagte Tony, er bräuchte einen Gefallen, und Tony stimmte zu.«

»Und welche Beweise haben Sie dafür?«, fragte Cataline, plötzlich geschäftsmäßig.

»Alfred hat uns erzählt, was auf dem Band zu sehen war«, sagte Annie. »Er sah, wie Mario das Paket vor Tonys Tür abholte. Er löschte die Aufnahmen, um ihn zu schützen, weil er Mario liebt. Und er liebt dich. Er vertraut euch beiden. Er war besorgt, Mario könnte in den Paketbetrug verwickelt werden, der im Gebäude kursierte. Er wollte nicht, dass du deinen Job verlierst. Ganz zu schweigen von dem Risiko, dass Mario in Tonys Mord verwickelt werden könnte -«

»Mario ist ein *Kind*«, flüsterte Cataline. »*Un niño*. Er würde niemandem etwas zuleide tun.«

»Da stimme ich zu. Deshalb muss ich wissen, was in diesem Paket war«, sagte Annie. »Ich glaube, es wird Mario entlasten.«

Cataline kaute auf ihrer Innenwange. Sie musste diesen Moment richtig spielen. Wenn sie einen falschen Schritt machte, könnte die Zukunft ihres Sohnes zerstört werden.

»Wir versuchen, Ihnen zu helfen«, fügte Ethan hinzu.

»Mir helfen?«, lachte Cataline. »Die Polizei hat einen durchaus geeigneten Verdächtigen in Gewahrsam.«

»Sie und ich wissen beide, dass Hathaway das nicht getan hat«, sagte Annie. »Und ich habe Beweise, die diese Tatsache unterstützen. Offen gesagt führen mich die Beweise woanders hin. Sie werden Hathaway nächste Woche freilassen, und wenn der ganze Presserummel vorbei ist, werden sie hungrig darauf sein, die richtige Person zu finden.« Annie machte eine Pause und ließ den Moment sacken. »Es gibt keinen Ausweg. Nicht wenn Ferdinand die Ermittlungen nicht sterben lässt. Sie wissen, dass er ewig drängen wird. Weil er seinen Sohn genauso sehr liebte, wie Sie Ihren lieben.«

Catalines Herz schmerzte bei dem Gedanken an Ferdinand. Sie dachte daran, wie nett er gewesen war, als er ihr den Job gab. Sie wollte für ihn weinen - und für Tony - aber sie hielt die Tränen zurück und versuchte stattdessen, sich auf ihren nächsten Zug zu konzentrieren. Sie war so viele Jahre lang gefangen gewesen, dass die heutige Lage sich nicht anders anfühlte. Unmögliche Entscheidungen. Das Gewicht der Welt. Das war alles, was Cataline je gekannt hatte.

Cataline überlegte, was sie sagen könnte. Aber jede mögliche Antwort führte zu einem negativen Ergebnis. Schließlich entschied sie sich für die am wenigsten anstößige Wahl.

»Ich kann es Ihnen zeigen«, sagte sie. Sie stand auf, ging in die Küche und holte die Schachtel aus dem oberen Schrank. Sie leerte den Inhalt und brachte das Objekt zu den Detektiven zurück, wobei sie es auf den Tisch fallen ließ. Annie und Ethan beugten sich vor, um den Gegenstand zu untersuchen.

»Ein DNA-Test?«, fragte Ethan.

»Ein Genealogie-Kit«, korrigierte ihn Annie. »Mario wollte nicht nur seine Abstammung sehen. Er wollte Verwandte finden.«

»Ja«, bestätigte Cataline. »Ich wusste nicht, dass er es bestellt hatte.«

»Warum hat er Ihnen das nicht erzählt?«, fragte Ethan.

»Weil ich nie antworte, wenn er mich nach seiner anderen Familie fragt. Manchmal werde ich sogar wütend«, sagte Cataline. Plötzlich kamen die Tränen, die sie bekämpft hatte, und liefen über ihre Wangen, jede einzelne schwer vor Reue. »Was Mario nicht weiß, ist, dass unsere Familie gefährlich ist.« Sie schluckte schwer. »Als ich aufwuchs, wusste ich nicht, dass meine Familie anders war. Bis ich die Waffen in der Garage sah. Und die Freunde meines Vaters mit ihren Muni-«

»Ihre Familie gehört zu einem Kartell?«

»Nicht zu irgendeinem Kartell«, antwortete Cataline. »Dem Sinaloa-Kartell. *Cártel de Sinaloa*, die Blutallianz.«

»Sie operieren anders als andere Kartelle«, sagte Ethan zu Annie. »Das FBI hat Leute drin, und wir wissen, dass sie auf die hierarchische Struktur setzen. Sie operieren als eine Reihe unabhängiger Cluster, die zusammenarbeiten. Viele verschiedene Anführer ganz oben.«

»Heirat und Familie sind wichtig«, fügte Cataline hinzu. »Sie nutzen Blutlinien, um Verbindungen zu schaffen. Deshalb wollte ich nicht, dass Mario den Genealogie-Test macht. Was, wenn er auf diese Website geht -« sie hob die Schachtel hoch und zeigte auf eine URL auf der Rückseite, »- und sich mit einem entfernten Verwandten verbindet, was das Kartell direkt zu uns führt?«

»Ihr Vater muss dann wohl weit oben gewesen sein, wenn Sie sich Sorgen um Vergeltung machen?«, fragte Ethan.

»Es hat einige Zeit gedauert, bis ich es verstanden habe«, nickte Cataline. Sie erinnerte sich an das Haus, in dem sie aufgewachsen war. Hohe Tore aus Eisen, die sich zum Himmel streckten, blühende Pflanzen, die sich durch ihre Ränge wanden. Ein Haus, das gegen jeden Feind gesichert war. Bewaffnete Wachen außerhalb des Anwesens, die ihre

Sicherheit gewährleisteten. Als Kind hatte es Cataline an nichts gemangelt. Aber als sie älter wurde, erkannte sie, dass ihr Leben einen Preis hatte. »Ich ging, weil sie wollten, dass ich ein Mitglied des Kartells heirate, um unsere beiden Familien zu verbinden. Ich erkannte, dass sich mein Leben nie ändern würde. Ich lernte den Preis meiner Position in der Welt kennen. Ich wollte es nicht mehr, wenn es Menschen verletzte. Ich hatte einen Cousin, der mir half, über die Grenze zu kommen.« Cataline griff nach dem Kruzifix, das sie um den Hals trug. »Mit Gottes Schutz habe ich es hierher geschafft.«

»Hat jemand vom Kartell nach Ihnen gesucht?«

»Ich habe meinen Namen geändert«, sagte Cataline. »Aber ich bin sicher, sie haben gesucht.«

»Und Mario?«, fragte Annie.

»Was ist mit ihm?«

»Wer ist sein Vater?«, Annie machte eine Pause. »Ich nehme an, wie jedes Kind interessiert er sich am meisten dafür, seinen Elternteil zu finden. Es geht nicht nur um die erweiterte Familie. Es geht darum, seinen Vater zu finden.«

Cataline klammerte sich an die Kante des Sofas. »Es gab einen Mann, der mir half, die Grenze zu überqueren. Ich traf ihn auf meinem Weg. Er war freundlich zu mir.« Cataline erinnerte sich an die Nacht, in der sie Marios Vater vor so vielen Jahren getroffen hatte. Die Luft war warm, und die Grillen zirpten. Er hatte sie gefunden – auf der Ladefläche dieses Pickups, ohne Sicherheitsgurt in Sicht – und in einem Augenblick prallten Welten aufeinander. »Ich glaube, ich liebte ihn, aber es... es spielte keine Rolle. Es hätte nie funktioniert.«

»Warum?«, fragte Annie.

»Aus demselben Grund, warum irgendetwas nicht funktioniert. Wir waren auf verschiedenen Wegen. Das Leben hat die Angewohnheit, dich zu dem zurückzubringen, was du zu vermeiden versuchtest, nicht wahr?«

Annie nickte und dachte daran, wie oft sie ein Fall, an dem sie gearbeitet hatte, an den Verlust ihres Bruders in ihrer Jugend erinnert hatte. Das Leben hatte wirklich die Angewohnheit, einen dazu zu zwingen, sich den Dingen zu stellen, vor denen man wegzulaufen versuchte.

»Warum zwingen Sie mich, das noch einmal zu durchleben?«, fragte Cataline plötzlich wütend. Sie stand auf, griff das DNA-Kit vom Tisch und warf es in den Mülleimer. »Haben Sie, was Sie brauchen? Sind mein Sohn und ich in Ihren Augen entlastet?«

»Ich weiß, es ist schwierig«, bot Annie an. »Aber wir müssen jeden Stein umdrehen-«

»Sie haben keine Ahnung«, sagte Cataline. »Sie wissen nicht, wozu ich alles ›Nein‹ sagen musste. Die Dinge, die sie von mir wollten. Es wäre einfach gewesen, bei ihnen zu bleiben. Mein Leben wäre mir auf dem Silbertablett serviert worden. Aber ich tat das Schwierige und floh, zu meinem eigenen Nachteil. Und jetzt zu dem meines Sohnes. Ich ging, weil ich ein gutes Leben führen wollte.« Tränen liefen über Catalines Gesicht. Sie ging zu den Fenstern im Wohnzimmer und blickte über den Hafen. Boote schaukelten in der Ferne, ihre Segel eine Einladung, irgendwo anders neu anzufangen. »Wenn man sich erst einmal an jemanden gebunden hat, ist es so schwer, diese Bindung zu brechen. Selbst wenn man weiß, dass man es sollte. Ich möchte einfach nur das Richtige tun«, sagte Cataline mit brechender Stimme. Sie drehte sich um und starrte Annie und Ethan an. »Warum ist es so schwer? Das Richtige zu tun?«

Annie bewegte sich zu den Fenstern und stand Schulter an Schulter mit Cataline. »Sie haben keine Aussicht auf das DHS-Gebäude«, sagte Annie, ihre Bemerkung abrupt distanziert angesichts von Catalines Emotion.

»Das was?«, fragte Cataline.

»Ich kläre nur noch offene Fragen«, sagte Annie. »Ich hätte überhaupt nichts sagen sollen. Es tut mir leid, was Sie durchgemacht haben.« Sie beugte sich vor und legte eine Hand auf Catalines Schulter. Die Geste wirkte aufrichtig, als ob sie bereute, was sie der Frau zugemutet hatte. »Niemand will Ihnen wehtun, und schon gar nicht Mario. Wir wollen nur Gerechtigkeit für Tony.«

Cataline nickte, zog sich zurück und trocknete ihre Augen am Ärmelrand.

»Ich muss fragen«, sagte Annie. »Das ist ein interessantes Parfüm, das Sie tragen. Es ist stark.«

»Ja«, antwortete Cataline. »Patschuliöl.«

»Überdeckt eine ganze Menge Sünden«, sagte Annie. »Sogar Zigarettenrauch.«

Es folgte eine lange Pause. Cataline bot keine Verneinung an, aber dann wurde die Stille zu groß, und der Raum schien gefüllt werden zu müssen.

»Wir haben alle unsere Laster«, sagte Cataline schließlich.

»Marlboros«, antwortete Annie. »Das ist es, was Sie rauchen?«

Catalines Augenbrauen hoben sich überrascht. Sie war sich nicht sicher, wie Annie so etwas wissen konnte. Annie entging die Bestätigung in ihren Augen nicht.

»Wir sind fertig«, sagte Annie und wandte sich Ethan zu. »Der Fall ist abgeschlossen.« Sie ging auf ihn zu und ließ Cataline allein an den Fenstern zurück, mit Blick auf den Hafen. Sie schien in der Zeit erstarrt zu sein, ihre Brust hob und senkte sich mit jedem Atemzug, ihre Wimpern schlossen sich mit jedem Blinzeln, aber ansonsten blieb ihre Gestalt still wie eine Statue.

Annie griff nach ihrer Tasche und verkündete dann dem Raum, als wäre es ein ganz gewöhnlicher Tag:

»Ich weiß, wer Tony Vasquez getötet hat.«

KAPITEL VIERUNDDREISSIG

ALFRED

Alfred saß an dem kleinen Schreibtisch in seinem Büro und hielt den Hörer eines Festnetztelefons in der Hand. Das Telefon war fast genauso lange in *Rowling Heights* wie Alfred selbst, und er hatte darauf bestanden, trotz der bequemeren technologischen Veränderungen einen Festnetzanschluss beizubehalten. Irgendetwas an einem Tischtelefon ließ Alfred sich sicher fühlen, als wüsste er, wo er hingehörte und zu wem er gehörte. Die Bewohner konnten ihn immer anrufen, wenn es Probleme gab. Sie konnten ihn immer erreichen.

»Ja«, sagte Alfred ins Telefon, seine Stimme von einem überraschten Tonfall durchdrungen. »Ich werde Ferdinand Bescheid geben. Und Sie sind sicher, dass Sie alle anwesend haben wollen?«

Eine Stimme am anderen Ende der Leitung bestätigte. Es war die Detektivin, Annie, die behauptete, den Fall gelöst zu haben. Sie hatte um ein Treffen mit allen Verdächtigen gebeten und vertraute darauf, dass Alfred sie zur gleichen Zeit zusammenbringen würde.

»Nein, ich werde ihnen nicht sagen, worum es geht«, versicherte Alfred ihr. »Ich kann verstehen, warum Sie es privat halten wollen, angesichts des Fluchtrisikos. Ja, natürlich. Nein, nein – ich bin mir sicher, dass ich mir einen Grund ausdenken kann, der ihre Anwesenheit garantiert. Eine Ausrede, wenn Sie so wollen. Es könnte erfordern, dass ich lüge, aber –«

Annies Stimme am anderen Ende der Leitung war ein beruhigender Fluss von Zusicherungen.

»Ich stimme zu. Es ist für einen guten Zweck. Ja... für Tony.«

Alfred nickte, dann legte er auf. Er holte tief Luft, überzeugt von dem, was er tun musste. Er kramte in einer Ablage unter dem Schreibtisch und hörte auf, als er gefunden hatte, wonach er suchte. Er nahm ein zerknittertes Blatt Papier heraus und glättete es auf seinem Schreibtisch.

Es war eine Liste mit den Namen aller Verdächtigen in dem Fall.

Er starrte eine Minute lang darauf, als würde er sie sich einprägen, dann griff er nach einem Rolodex am Rand des Schreibtischs. Er blätterte zur ersten Karte und begann zu wählen.

KAPITEL FÜNFUNDDREISSIG

ALEJANDRO

Alejandro stapelte gerade einen Haufen Kleidung in einen Metallmülleimer, als der Anruf kam. Er eilte zu seinem Handy, fast so, als hätte er jemand Wichtiges erwartet.

»Hallo?«, sagte er in den Hörer. Alfreds Stimme hallte vom anderen Ende der Leitung, ein gedämpfter, vertrauter Tonfall.

»Wegen meines Tequilas?« Alejandro hellte sich auf. Er wusste, wie wichtig es war, enge Freunde zu haben, selbst wenn diese Freunde zum Servicepersonal gehörten. Alejandro verspürte plötzlich einen Anflug von Dankbarkeit sich selbst gegenüber, dass er Alfred immer mit Würde und Sorgfalt behandelt hatte. Oder zumindest höflich gewesen war. Aber das war ja dasselbe. »Na klar, ich würde mich sehr gerne mit ihnen unterhalten. Wenn du 'Investor' sagst, wie tief könnten deren Taschen sein?«

Alfreds Stimme murmelte eine kurze Antwort am anderen Ende der Leitung. Alejandro pfiff leise durch die Zähne. »Ja«, sagte er, »ich denke, das wäre genau genug, um uns eine internationale Expansion zu ermöglichen.«

Er ging im Wohnzimmer auf und ab, seine Füße zeichneten ein Muster in den Teppich. »Morgen Abend um 17 Uhr? Im Konferenzraum. Ja, ja, ich werde da sein. Und Alfred? *Gracias por tu ayuda.*«

Alejandro legte auf und warf jubelnd die Faust in die Luft, unfähig, sein unglaubliches Glück zu fassen. Hier hatte er sich Sorgen gemacht, in den Paketskandal verwickelt zu werden, und tatsächlich bot ihm ausgerechnet der Mann, der ihn hätte verraten können, eine Verbindung zu einem Investor an. Alejandro wusste, dass er mit seiner Lebensstrategie richtig lag - es zahlte sich aus, Freunde zu haben.

Jetzt blieb nur noch übrig, die Beweise für sein vorheriges, etwas weniger legales Geschäftsunterfangen zu vernichten. Nur für den Fall, dass die Detektive nicht so freundlich waren, wie sie erschienen waren, warf er noch eine Lederjacke in den Mülleimer. Dann schleppte er den Eimer auf seinen Balkon. Er war etwas niedriger als die Brüstung, was Alejandro zuversichtlich stimmte, dass niemand ihn von der Straße aus sehen konnte. Er zog ein Feuerzeug aus einem Staufach an der Seite des Grills, den er draußen aufbewahrte, und klickte es an. Er zündete den Ärmel einer Jacke an, und innerhalb von Sekunden stand der ganze Eimer in Flammen.

Alejandro hatte das Gefühl, einer Kugel ausgewichen zu sein. Dies war seine Chance, neu anzufangen.

KAPITEL SECHSUNDDREISSIG

MINDY

Mindy schaute gerade ihre Lieblingsseifenoper, als sie bemerkte, dass ihr Handy auf dem Tisch vibrierte. Normalerweise würde sie mitten in einer Folge nicht rangehen, aber als sie Alfreds Namen auf dem Display sah, nahm sie sofort ab. Alfred war so ein Schatz und praktisch ihr persönlicher Assistent, wenn man bedachte, wie oft er ihr bei unzähligen Anliegen half.

»Alfred?«, fragte Mindy. »Ach nein, das ist schon in Ordnung. Natürlich kann ich reden. Ich mache gerade überhaupt nichts Wichtiges-«

Sie nickte zum Summen von Alfreds Stimme am anderen Ende der Leitung. »Wirklich? Normalerweise würde mein Anwalt mich direkt anrufen. Oh, er sagte, es sei nicht durchgekommen? Na ja, mein Empfang hier *ist* wirklich miserabel. Ja, ja, ich weiß, dass du nichts an den Satelliten ändern kannst, aber trotzdem, ich habe schon genug Beschwerden eingereicht.«

Von der anderen Seite der Leitung kam eine mitfühlende Zustimmung.

»Ja, ich weiß, du hast alles versucht, was du konntest. Was

hat er gesagt, was er wollte?« Mindy griff nach einer Flasche Weißwein, die bereits entkorkt und angebrochen auf dem Couchtisch stand. Sie kippte den Inhalt in ein nahes Glas und füllte es zum dritten Mal an diesem Tag nach. »Ein vertrauliches Treffen? Ja, natürlich. Du meinst ... eine Einigung? Von Hathaways Seite? Wir haben endlich ... einen Deal erreicht?«

Mindy hellte sich auf, als sie einen Schluck von ihrem Wein nahm und überlegte, was das bedeutete. Hathaways Anwälte hatten klein beigegeben und das jüngste Angebot von Mindys Team akzeptiert. Sie war von seiner Entscheidung überrascht, hätte es aber wahrscheinlich nicht sein sollen, wenn man bedachte, dass der arme Hathaway jetzt in ein völlig *neues* rechtliches Problem verwickelt sein würde, angesichts seiner Verhaftung. Aber trotzdem - ein Teil von Mindy fragte sich, ob sie den Kampf mit ihrem Ex-Mann *vermissen* würde. Etwas an dem Prozess war fast therapeutisch gewesen, als ob sie endlich jahrzehntelange Wut freisetzte, die sie hatte unterdrücken müssen. Mindy fragte sich, ob Hathaway sich einigen wollte, weil er zu schätzen wusste, was sie für ihn getan hatte, während er in Polizeigewahrsam war. Mindy hatte alles in ihrer Macht Stehende getan, um die Freilassung ihres Ex-Mannes zu gewährleisten, sie war sogar so weit gegangen, eine eidesstattliche Erklärung zu seinem Charakter zu unterzeichnen. Sie fragte sich, ob Hathaway das wusste und ob ihre Handlungen ihn irgendwie berührt hatten, was ihn dazu veranlasste, sich zu einigen. Vielleicht hatte Hathaway sich geändert.

»Du hast den Konferenzraum für uns vorbereitet? Oh, danke Alfred. Du bist immer so freundlich. Ja, natürlich werde ich da sein. Nein, nein - du musst nicht bestätigen. Ich werde ihn selbst anrufen.«

Es kam ein Gemurmel von der anderen Seite der Leitung.

»Oh, wenn es dir wirklich nichts ausmacht, überlasse ich dir die Bestätigung«, sagte Mindy. »Nochmals vielen Dank.

Du warst so unterstützend während dieses ganzen Dramas. Du bist wirklich der wunderbarste Mann.«

Mindy verabschiedete sich mit noch ein paar Dankesworten und Höflichkeitsfloskeln, dann legte sie auf und nahm einen weiteren entschlossenen Schluck von ihrem Wein. Sie drehte die Lautstärke ihrer Seifenoper wieder auf und dachte darüber nach, wie die Ereignisse der vergangenen Woche das Drama widerspiegelten, das sich auf dem Bildschirm abspielte. Sie vermisste Tony, aber es lag etwas Poetisches in der Tatsache, dass sein letztes Geschenk an sie vielleicht eine neue Sichtweise auf die Welt sein könnte. Eine, in der kleinliche Dramen beiseitegelegt wurden. Seit Tonys unerwarteter Ermordung verstand Mindy, dass es wichtigere Dinge im Leben gab als Streit. Vielleicht war ihr Streit mit Hathaway ein letzter Widerstand gewesen, um loszulassen, was sie hatten, wie schlecht es auch gewesen sein mochte. Mindy war bereit, sich zu einigen.

Sie wünschte, Tony könnte hier sein, um zu sehen, wie sie ihre Scheidung abschloss. Sie dachte an seine Arme, die sie umschlangen, und die Art, wie er jedes Mal lächelte, wenn er sie sah - dieses schiefe Grinsen, das nur ihm gehörte. Sie griff nach der Pinguinkette unter ihrem Hemd, wie sie es so oft tat, und - weil sie allein war und der Wein stark war und sie bei ihrem dritten Glas war - ließ sie die Tränen fallen.

Morgen würde ein neuer Tag sein.

KAPITEL SIEBENUNDDREISSIG

HATHAWAY

Hathaway wartete auf seine Kautionsanhörung und lag allein auf dem harten, metallgerahmten Bett in seiner Gefängniszelle. Er starrte an die Decke und versuchte, die Tatsache zu ignorieren, dass sie die gleiche graue Farbe hatte wie die Wände, der Boden und die Toilette in der Ecke. Hathaway hatte nie wirklich geschätzt, wie viel Farbe in seinem Leben präsent war, bis er sich eine Nacht in einer grauen Gefängniszelle wiederfand. Er nahm an, dass es jetzt Tag war, weil die Lichter an waren, aber das Fehlen eines Fensters ließ ihn seinem Zeitgefühl misstrauen. Die Wärter könnten ihn anlügen. Vielleicht schalteten sie mitten in der Nacht das Licht an, um mit ihren Gefangenen zu spielen. Hathaway hätte keine Möglichkeit, den Unterschied zu erkennen.

Hathaway drehte sich auf die Seite und richtete seinen Blick auf die Betonwand gegenüber seiner Zelle. Mehr Grau. Er dachte an sein tropisches Aquarium und schätzte es jetzt mehr als je zuvor. Er erinnerte sich an die Farben auf den wunderschönen Flossen der Fische. Er versuchte, sich an das genaue Muster der Flecken und Streifen jedes Fisches zu erinnern, aber das Bild entglitt ihm. Wenn er nach Hause zurückkehrte, würde er jeden einzelnen Fisch benennen müssen. Er versprach es sich selbst.

Hathaway war erst eine Nacht von zu Hause weg, aber er hoffte, Alfred würde die Fische füttern. Morgen würde Hathaway seinen einen Anruf nutzen, um seine Eltern zu erreichen, und sie bitten, Alfred um diesen Gefallen zu bitten. Alfred war die einzige Person im Gebäude, der Hathaway vertraute.

In diesem Moment ertönte ein Rasseln außerhalb von Hathaways Zelle. Ein Wärter mit Schlüsseln in der Hand entriegelte den Riegel. Hinter ihm – zwischen den Gitterstäben – konnte Hathaway gerade noch eine vertraute Gestalt erkennen.

Es war Alfred, in seinem typischen Anzug mit Krawatte.

Hathaway blinzelte, sicher, dass er sich die Gestalt des treuesten Angestellten von *Rowling Heights* nur einbildete. Die ganze Szene war eindeutig eine Halluzination. Aber als Hathaway seine Augen zwanghaft öffnete und schloss, stand Alfred immer noch da.

Der Wärter schob die Tür auf. »Ihre Kaution wurde hinterlegt.«

»Aber ich hatte noch nicht einmal die Anhörung-«, begann Hathaway zu sagen, sein logischer, juristischer Verstand übernahm die Kontrolle.

»Ich bin mir nicht sicher, ob wir diesen Punkt diskutieren wollen, oder?«, sagte Alfred mit einem hilfreichen Glitzern in der Stimme.

Hathaway stand auf, unfähig, sein Glück zu fassen. Er zog Alfred in eine Umarmung und überraschte den Mann damit. Da er in einer wohlhabenden Familie aufgewachsen war, hatte Hathaway immer Abstand zum Servicepersonal gehalten. Aber heute – als er jemanden am meisten brauchte – stellte Hathaway fest, dass es weder seine Eltern noch seine Ex-Frau oder gar seine Anwälte waren, die sich die Mühe gemacht hatten aufzutauchen.

Es war Alfred.

Hathaway ließ Alfred aus der Umarmung los und die beiden Männer trennten sich, aber Hathaway hielt seine Hände immer noch an Alfreds Oberarmen fest. »Danke«, sagte er und meinte es wirklich. »Ich weiß nicht, wie Sie das geschafft haben, aber-«

»Es waren ein paar Anrufe nötig«, lächelte Alfred.

»Bei wem?«

»Ihren Eltern. Den Detectives. Dem Polizeichef«, fügte Alfred hinzu. »Wir haben die Kaution hinterlegt und den Richter überzeugt, einen Betrag ohne Anhörung festzusetzen. Detective Annie Hudson war die treibende Kraft hinter allem. Sie sagt, Sie seien nicht schuldig und sie wird es beweisen. Sie kann sehr überzeugend sein, wenn sie will.«

»Erinnern Sie mich daran, ihr auch zu danken«, sagte Hathaway, als er aus der Gefängniszelle in den Flur trat, froh, der Freiheit näher zu sein. Sie folgten dem Wärter den Hauptfluchtweg entlang und waren erfreut, ein Paar Plexiglasschiebetüren zu sehen, die den Ausgang des Gefängnisses markierten.

Die Türen öffneten sich zu einem Verarbeitungsraum, und mit ein paar unterzeichneten Papieren war Hathaway nicht länger gefangen. Er folgte Alfred durch die Haupttüren in die frische Luft, das Sonnenlicht außerhalb des Gebäudes brannte in seinen Augen. Sie standen einen Moment lang auf dem Parkplatz und ließen alles auf sich wirken.

»Ich kann ehrlich zu Ihnen sein, nehme ich an«, sagte Alfred und klemmte seinen Hut unter den Arm. »Diese Freiheit hatte ihren Preis.«

»Was meinen Sie damit?«, fragte Hathaway angespannt.

»Annie wird Tonys wahren Mörder enthüllen. Aber sie möchte, dass die gesamte Liste der Verdächtigen anwesend ist. Sie sagt, es hätte sonst nicht die gleiche Wirkung. Ich werde Sie bei dem Treffen dabeihaben müssen.«

Hathaway dachte über dieses Detail nach. Zunächst ließ

ihn der Schrecken bei dieser Vorstellung erstarren. Er stellte sich vor, wie er in einem Raum mit allen stand, die ihn für schuldig hielten, und versuchte, das Gegenteil zu beweisen.

Als könnte er Hathaways Gedanken lesen, warf Alfred ein: »Niemand glaubt, dass Sie es getan haben. Nicht ich. Nicht Cataline. Sogar Mindy hat Sie verteidigt.«

»Hat sie das?«, fragte Hathaway überrascht. »Sie hätte allen Grund, mich weggesperrt sehen zu wollen, mit dem laufenden Scheidungsverfahren-«

»Sie hat ihnen gesagt, Sie seien kein Mörder«, zuckte Alfred mit den Schultern. »Sie hat sogar eine Charaktererklärung unterschrieben, die das bestätigt.«

»Waren das ihre genauen Worte?«

»Ich glaube, ihre genauen Worte waren: ›Er ist kein Mörder. Er ist nur ein Idiot.‹«

Hathaway grinste. »Nah genug dran«, sagte er.

»Sie kommen also zu dem Treffen?«

Hathaway stellte sich das Treffen erneut vor, aber diesmal sah er sich selbst als gerechtfertigt, als Held im Gebäude. Er stellte sich vor, wie der echte Mörder der Gerechtigkeit zugeführt wurde, Finger auf eine schattenhafte Person zeigten, die nicht *er* war. Es lag etwas Saftiges und Köstliches in diesem Gefühl. Plötzlich, anstatt das Grau im Inneren der Gefängniszelle nachzuahmen, fühlte Hathaway, wie sich sein Leben in voller Farbe entfaltete.

»Ich würde es um nichts in der Welt verpassen.«

KAPITEL ACHTUNDDREISSIG

MONTANA

Montana hob gerade Gewichte im Fitnessstudio von *Rowling Heights*, als der Anruf kam. Er war mitten in einem Bizeps-Curl, Schweiß tropfte von seiner Stirn, als er ein Klingeln aus seiner Sporttasche hörte. Sofort ließ er das Gewicht fallen, öffnete den Reißverschluss der Tasche, holte das Handy heraus und nahm den Anruf entgegen.

»Ja?«

Was wie eine höfliche Bestätigung klang, kam von der anderen Leitung, gefolgt von einer Frage.

»Sie wollen sich mit mir treffen? Und sie haben dir keinen Namen genannt?«

Montanas Atem beschleunigte sich. Das war der Moment, auf den er gewartet hatte. Endlich würden ihm die Leute helfen, auf die er schon lange setzte. Montana hatte einige schlechte Entscheidungen getroffen. Aber vielleicht würde sich *diese* nicht rächen. Vielleicht gab es wirklich noch Loyalität in dieser Welt.

»Nein, das ist schon in Ordnung, Alfred. Es ist nicht das erste Mal, dass jemand vorbeikommen und mit mir sprechen möchte, ohne einen Namen zu nennen. Das ist überhaupt nicht deine Schuld.«

Alfreds Stimme am anderen Ende der Leitung klang beruhigend.

»Ja, ich habe dir gesagt, du sollst alle namenlosen Anrufer zu mir durchstellen. Wenn sie sich treffen wollen, werde ich mich mit ihnen treffen.« Es folgte eine lange Pause. »Klar, mach es fest. Morgen im Konferenzraum. Ich werde da sein. Oh, und Alfred?« Montana wartete auf eine Antwort vom anderen Ende. »Es wäre vielleicht besser, wenn diese Sicherheitskameras im Flur nicht funktionieren würden. Offizielle DHS-Angelegenheit. Besser, das Gebäude nicht mit reinzuziehen.«

Montana sagte noch ein paar Mal »Danke«, dann legte er prompt auf, begierig darauf, zu seinem Training zurückzukehren. Er nahm das Gewichtheben wieder auf und machte einen Bizeps-Curl auf seiner schwächeren Seite. Sein Atem beschleunigte sich, und das lag nicht nur am Training. Montana wusste, dass dieser namenlose Wohltäter jemand sein könnte, der geschickt wurde, um ihm aus seiner jüngsten Misere zu helfen. Alles, was er tun musste, war, das Angebot anzunehmen.

Montanas Muskeln brannten, aber er machte weiter mit den Curls. Er wusste, er würde all seine Kraft für das brauchen, was als Nächstes kommen würde.

KAPITEL NEUNUNDDREISSIG

Cataline bereitete gerade das Abendessen zu, als der Anruf kam. Sie rührte mit einem Holzlöffel in einem Metalltopf und beobachtete, wie der Fertigkäse über den Nudeln schmolz. Hinter ihr spielte Mario ein Videospiel mit einem Fremden am anderen Ende der Welt. Er rief seinem Teamkollegen Befehle durch ein Headset zu, das seine Ohren bedeckte, und Cataline konnte gelegentlich Worte wie »Blast sie weg!« und »Komme von der Seite!« heraushören. Die Welt des Gamings lag weit außerhalb von Catalines Kompetenzbereich, aber sie ließ Mario dem nachgehen, was er liebte. Ihr war aufgefallen, dass Mario es seit Tonys Ermordung vermisst hatte, nach oben zu gehen, um mit seinem Freund Videospiele zu spielen. Sie war froh zu sehen, dass er wieder dieser Gewohnheit nachging, auch wenn es *mit* einem Fremden am anderen Ende der Welt war.

Cataline rührte die Makkaroni in der Schüssel um und dachte über ihr Gespräch mit den Detektiven am frühen Morgen nach. Sie wusste, dass das, was kommen würde, verheerend sein würde. Sie fragte sich, wie viel Zeit ihr noch blieb.

Dann vibrierte ihr Handy. Es lag auf der Arbeitsplatte, der Klingelton war ausgeschaltet, weil Cataline versuchte, während des Essens keine Anrufe anzunehmen. Sie sah auf die Anrufer-ID und erkannte Alfreds Namen. Sie nahm ab.

»Ja?«

Alfred sprach, seine Worte verschwammen. Cataline hatte das erwartet, aber es war trotzdem surreal, wie ein Moment aus einem Traum.

»Morgen. Ja, ich werde da sein. Sie weiß, wer es getan hat?« Das überraschte Cataline auch nicht. »Hat sie es dir gesagt?« Ein Murmeln kam über die Leitung. »Nein, nein, natürlich nicht. Sie möchte alles auf einmal enthüllen. Ich verstehe. Wissen die Bewohner, warum wir das Treffen abhalten?« Es folgte eine lange Pause. »Ja«, sagte Cataline, ihr Herz klopfte in ihrer Brust. »Ich denke auch, es ist besser, es ihnen nicht zu sagen. Verringert das Fluchtrisiko. Ferdinand wird auch da sein? Das freut mich«, sagte sie und meinte es auch so. Sie griff nach dem Kruzifix um ihren Hals und hielt es fest. »Das ist das Richtige. So viele richtige Dinge, die getan werden müssen.«

Cataline wünschte Alfred einen schönen Abend und legte dann auf. Sie überdachte ihre Möglichkeiten. Sie könnte wegrennen, aber sie hatte schon zu viele Jahre damit verbracht zu laufen. Cataline dachte darüber nach, was sie über die Welt wusste - dass nur Licht die Dunkelheit vertreiben kann. Auf dem Herd war ein Knistern zu hören. Die Nudeln brannten an. Brauner Rauch stieg in die Luft. Cataline nahm den Metalltopf vom Herd und betrachtete die verkohlten Überreste ihres Abendessens, die knusprigen, nutzlosen Reste von etwas, das großartig hätte sein können.

Auf einmal wusste Cataline, was sie tun musste.

»Mario?«, rief sie über ihre Schulter.

Mario starrte sie vom Sofa aus an. Er schaltete das Videospiel aus, ohne dass sie ihn darum gebeten hatte. Er konnte erkennen, wenn seine Mutter ihn um etwas Einfaches bitten würde, wie Hausarbeiten, oder wenn sie über etwas Ernstes reden wollte. Er spürte an dem ängstlichen Unterton in ihrer Stimme, dass es etwas Ernstes war.

Cataline ging ins Wohnzimmer und setzte sich neben ihn auf das Sofa, den Kopf in die Hände gestützt.

»Was ist los?«, fragte Mario, plötzlich beunruhigt.

Cataline sah zu ihm auf. Sie strich ihm mit einer Hand über die Wange und staunte darüber, wie sehr seine Augen dem Mann ähnelten, den sie zu vergessen versucht hatte. Demjenigen, in den sie sich vor so vielen Jahren sofort verliebt hatte.

»Ich möchte dir sagen, wer dein Vater ist.«

Mario starrte sie ungläubig an, und Cataline begann die Geschichte von Anfang an zu erzählen, entschlossen, keine Einzelheit auszulassen.

KAPITEL VIERZIG

DER SELTEN GENUTZTE Konferenzraum im *Rowling Heights* hatte noch nie einen so festlichen Tag erlebt. Polizisten in Uniform säumten die Rückwand. Sechs Stühle waren in einem Halbkreis angeordnet, um Sitzplätze für die Verdächtigen bereitzustellen. Im Interesse der Aufrechterhaltung des Luxusstandards, den das Gebäude versprach - selbst in schwierigen Zeiten - war auf einem nahegelegenen Tisch eine Auswahl an kalten Fleisch- und Käsesorten platziert. Davor standen Annie und Ethan neben Polizeichefin Sanchez, die Arme verschränkt.

»Ich sehe, Alfred hat dafür gesorgt, dass Häppchen verfügbar sind«, nickte Ethan in Richtung des Tisches.

»Nicht jeder ist schuldig, und diejenigen von uns, die keine Mörder sind, schätzen den Snack«, antwortete Annie und hielt einen Teller, auf dessen Rand noch die letzten Reste eines Croissants lagen. Annie griff nach dem letzten Stück und sagte mit vollem Mund: »Noch fünf Minuten.«

Polizeichefin Sanchez überblickte die Szene. »Wir haben Beamte als verdeckte Reinigungskräfte im Flur. Ein paar weitere in der Lobby, die so tun, als würden sie Zeitung lesen.« Sie wandte sich an Annie. »Sind Sie sicher, dass keiner der Verdächtigen einen Tipp bekommen hat?«

»Alfred hat mir versichert, dass er den wahren Zweck des Treffens verschleiern würde«, nickte Annie. »Ich vertraue darauf, dass er sich daran bei allen Verdächtigen hält, außer bei Hathaway und einer weiteren wichtigen Ausnahme.«

»Und wie gehen wir mit der Ausnahme um?«, fragte Chefin Sanchez.

»Die Ausnahme wird sich selbst darum kümmern, nehme ich an«, antwortete Annie fröhlich. Sie überprüfte die Uhr auf ihrem Handy. »Ah, genau pünktlich! Jeden Moment sollten wir sehen-«

Es gab ein rauschendes Geräusch, als sich die Tür öffnete und Mindy auf der anderen Seite erschien, gekleidet in einem weißen Hosenanzug, ein knackiger Blazer hing locker über ihren Schultern. Eine Designertasche baumelte an ihrem Ellbogen, und sie sah ziemlich überrascht aus, die Polizeibeamten an der Rückwand zu sehen. »Oh, es tut mir so leid«, Mindy trat einen Schritt zurück. »Ich muss im falschen Raum sein. Alfred sagte-«

»Sie sind am richtigen Ort«, deutete Annie auf einen Sitz im Halbkreis. »Alfred muss einen Fehler gemacht haben. Armer Mann. Aber Sie kommen gerade rechtzeitig. Wir werden enthüllen, wie und warum Tony Vasquez getötet wurde. Angesichts Ihrer Verbindung bezweifle ich, dass Sie so etwas verpassen möchten.«

Es gab eine lange Pause, während Mindy die Teile zusammensetzte. Sie ließ den Moment über sich hinwegwaschen, ertrank darin und erholte sich dann so schnell, wie sie versunken war. »Ich würde es nicht verpassen. Niemals«, sagte sie und griff nach der Halskette, die über ihrem Hemd baumelte. Sie blickte erneut zu den bewaffneten Beamten an der Rückwand. Dann glättete sie ihre Hose und schritt quer durch den Raum zum Tisch, um sich einen Teller zu richten.

Kurz nach Mindys Ankunft betrat Alejandro den Raum, enttäuscht festzustellen, dass kein Investor anwesend war. »Ich nehme an, *Sie* wären nicht an einer Tequila-bezogenen Geschäftsmöglichkeit interessiert?«, fragte er Chefin Sanchez, die sofort ablehnte. Als Alejandro erkannte, dass er hereingelegt worden war, versuchte er zunächst zu gehen, wurde aber von den bewaffneten Beamten an der Tür blockiert. Er folgte Mindy zum Essenstisch und nahm schließlich seinen Platz im Halbkreis ein. »Wenn ihr alle eine große Enthüllung wolltet, hättet ihr einfach ehrlich sein können«, murmelte er vor sich hin. »Kein Grund, einem Mann falsche Hoffnungen auf eine Geschäftsmöglichkeit zu machen.«

Montana traf kurz darauf ein, überrascht von der Polizeipräsenz im Raum. Er versuchte, schnell wieder zu gehen, wurde aber höflich zurück in den Konferenzbereich eskortiert. Er bot keine Worte des Protests an, sondern ging stattdessen zum Essenstisch, nahm sich einen Teller und legte einen Stapel gepökeltes Fleisch darauf. Schweigend nahm er seinen Platz neben Alejandro ein, seine wachsamen Augen scannten den Raum.

»Wie haben sie dich hierher bekommen?«, fragte Alejandro mit vollem Mund.

»Dachte, ich würde jemanden treffen, der mir bei einer Situation helfen könnte«, sagte Montana, seine Stimme resigniert. »Sieht so aus, als würde das jetzt nicht passieren.« In seinem Ton lag eine Traurigkeit, die eine tiefere Schwere vermittelte, als wäre seine letzte Chance auf eine große Hoffnung gerade zunichte gemacht worden. Er ließ sich in seinen Stuhl sinken, die Beine geöffnet, die Arme verschränkt, den Teller auf einem Knie balancierend. Wartend.

Es gab einen lauten Knall, als die Tür erneut aufschwang, und jedes Augenpaar im Raum weitete sich bei dem Anblick der Person auf der anderen Seite. Es war Hathaway, eine lose Krawatte hing um seinen Hals, ein zerknitterter Blazer baumelte von seinen Schultern. Die Gruppe starrte, jeder hatte das Gefühl, einen wandelnden Toten zu sehen.

»Meine wunderbaren Nachbarn«, sagte er, als er in den Raum glitt, die Arme weit ausgebreitet. »Ihr dachtet doch nicht, ich würde eine Gelegenheit verpassen, meinen guten Namen reinzuwaschen?«

»Guter Name?«, schnaubte Mindy. »Eher ein durchschnittlicher Name, der von mir persönlich verschont wurde.«

Hathaway fixierte sie mit seinem Blick und marschierte dann auf sie zu, mit einer Zielstrebigkeit in seinem Auftreten, die Mindy seit Jahrzehnten nicht mehr bei ihrem Mann gesehen hatte - oder, wenn sie darüber nachdachte, vielleicht hatte er *nie* solch ein Selbstvertrauen gezeigt. Ein Beamter an der Rückwand legte seine Hand auf seine Waffe, die an seiner Hüfte holsterte. Hathaway verringerte den Abstand zwischen sich und Mindy. Für einen Moment schien die Luft den Raum zu verlassen. Dann tat Hathaway das Schockierendste, was er unter diesen Umständen hätte tun können -

Er fiel auf ein Knie, nahm Mindys Hand in beide seine und küsste ihren Handrücken.

»Danke«, sagte er.

Mindy stotterte, unsicher, was sie von dieser neuen Entwicklung halten sollte. »Es war nur eine Charakteraussage«, zuckte sie mit den Schultern, aus Angst, ihre Deckung fallen zu lassen, falls dies alles ein schrecklicher Trick war. »Du hättest dasselbe für mich getan.«

»Nicht nur für die Aussage«, sagte Hathaway, sein Ausdruck aufrichtig. »Für alles.«

Mindy spürte eine warme, prickelnde Energie in ihrer Brust. Die beiden Ex-Liebhaber verweilten für einen Moment, und dann verging der Augenblick. Hathaway stand auf, streckte seine Arme über den Kopf, als wäre er gerade aus einem langen Nickerchen erwacht, und machte sich dann auf den Weg zum Essenstisch. Er griff nach einer Zange und stapelte einen Pappteller so voll mit Essen, dass es aussah, als könnte er zusammenbrechen.

»Ihr würdet nicht glauben, wie schrecklich das Essen im Knast ist«, seufzte Hathaway und nahm neben seinen Nachbarn Platz.

»Du warst nur *eine Nacht* dort drin«, knurrte Montana.

»Die längste Nacht meines Lebens«, schauderte Hathaway. Er nahm einen riesigen Bissen von dem Gebäck auf seinem Teller. »Nichts stört mich mehr«, sagte er mit vollem Mund. »Nicht einmal deine beschissene Einstellung«, er blickte zu Montana, »... oder meine Scheidung, oder die Erwartungen meiner Familie an mich. Freiheit ist das größte Geschenk. Ich habe ein neues Leben geschenkt bekommen. Vielleicht ziehe ich nach Thailand. Oder Indien. Sehe das Taj Mahal. Lebe eine Weile im Ausland.«

»Ich wollte schon immer Indien besuchen«, sagte Mindy, über sich selbst überrascht. »Oder die *Eat, Pray, Love*-Tour machen - alle Länder aus dem Buch sehen.«

»Perfekt«, Hathaway winkte zustimmend ab, obwohl er absolut keine Ahnung hatte, wovon sie sprach. »Wir machen alles, was in diesem Buch steht. Ich habe es nie gelesen, aber das werde ich. Es ist mir egal. Solange ich nicht von grauen Wänden umgeben bin, bin ich der glücklichste Bastard auf der Welt.«

Nahe der Tür war ein Hüsteln zu hören, als sich jemand räusperte, und alle drehten sich um und erblickten Alfred. Er war nicht allein - neben ihm stand Tonys Vater, Ferdinand, mit ernster Miene.

»Ferdinand«, sagte Annie und trat vor, um dem trauernden Vater die Hand zu schütteln. »Danke, dass Sie gekommen sind.«

»*Ihnen* sei gedankt«, antwortete er, »dass Sie das getan haben, was die Polizei nicht konnte.« Er warf einen vielsagenden Blick auf Polizeichefin Sanchez, die ihn zur Rückwand führte, wo er neben den Beamten stand und in der Armee von Blau fehl am Platz wirkte.

Annie nickte Alfred zu. »Sie haben hervorragende Arbeit geleistet, alle herzubringen«, sagte sie. »Ich hoffe, wir können einen Weg finden, uns bei Ihnen zu bedanken.«

»Kein Dank nötig«, sagte er. »Alles für das Gebäude.« Er nahm seinen Platz am Ende der Stuhlreihe ein.

Annie stellte sich vor die Verdächtigen:

Mindy saß auf dem ersten Stuhl am Rand des Kreises, ihre Beine übereinandergeschlagen, die Augen weit aufgerissen in dem Versuch, Tränen zurückzuhalten. Alejandro saß neben ihr auf dem zweiten Platz und sah in einer seiner Lederjacken fesselnd aus. Montana saß an dritter Stelle, die Ellbogen auf den Knien, sein Körper nach vorne gelehnt mit weit gespreizten Beinen. Auf dem vierten Stuhl saß Hathaway, immer noch von Ohr zu Ohr grinsend, als ob ihn das, was ihm zugestoßen war, überhaupt nicht störte. Auf dem fünften Stuhl saß Alfred, so gefasst und majestätisch, wie Annie es von ihm erwartet hatte. Neben ihm war der sechste und letzte Stuhl - leer.

»Ich sehe, wir warten immer noch auf Cataline«, Annie lächelte den leeren Stuhl an. »Wir werden ohne sie beginnen.« Sie räusperte sich. »Sie sind alle hier, weil Ihre Schlüsselkarte benutzt wurde, um in der Nacht, als Tony Vasquez getötet wurde, Zugang zum Penthouse-Stockwerk zu erhalten«, begann Annie, begierig darauf, ihre Erkenntnisse zu enthüllen. »Sechs Personen in diesem Gebäude - außer Tony selbst - haben am Tag seines Todes das Penthouse-Stockwerk besucht.«

»Eine davon fehlt«, wies Mindy hilfsbereit darauf hin.

»Cataline«, flüsterte Alfred, sein Gesichtsausdruck von Überraschung gezeichnet, gefolgt von Entsetzen. Er blickte zu Annie auf. »Ich habe ihr die Wahrheit gesagt - ich dachte -«

»Wie ich es von Ihnen erwartet habe«, nickte Annie. »Wir haben das berücksichtigt, Alfred. Keine Sorge. Nun zum

Geschäft des Mordes.« Annie begann auf und ab zu gehen, wie sie es immer tat, wenn sie im Begriff war, eine Schlussfolgerung zu teilen. Über ihre Schulter hinweg bewegte sich Ethan, um die Tür zu schließen, zwei Polizeibeamte unterstützten ihn dabei. Die drei Männer blieben am Ausgang positioniert, die Arme verschränkt, und blockierten den Zugang für den Fall, dass jemand zu fliehen versuchte.

»Einige Monate vor dem Mord begann *Rowling Heights* eine Flut seltsamer Pakete zu erhalten. Die Kisten waren nicht gekennzeichnet und nicht dazu bestimmt, an eine bestimmte Einheit geliefert zu werden. Daher lagerte Alfred sie im Postraum. Bis natürlich in den Postraum eingebrochen und die Pakete entfernt wurden. Dies geschah mehrmals, bis zur Installation eines - zugegebenermaßen fehlerhaften - Sicherheitskamerasystems, das in all seiner Nutzlosigkeit dennoch ein Video einer vermummten Gestalt aufnehmen konnte, die die Kisten zum Sortieren und Lagern auf das Dach brachte.« Sie blickte zu Alfred. »Stimmt das so?«

»Genau richtig«, bestätigte er.

»Der fragliche Einbrecher lagerte die Pakete auf dem Dach und nutzte es als De-facto-Verarbeitungsanlage für die betreffenden Lieferungen. Als Reaktion darauf beschloss Alfred, den Dachzugang für alle Bewohner zu sperren. Auch korrekt?«

»Ja«, nickte Alfred.

»Was Alfred nicht wusste«, fuhr Annie fort, »war, dass der Paketdieb nicht der einzige war, der das Dach für einen bestimmten Zweck nutzte. Es gab noch jemand *anderen*, der das Dach besuchte, um illegalen Aktivitäten nachzugehen. Eine Aktivität, die nur aus einer bestimmten Höhe durchgeführt werden konnte. Aber ich greife vor...« Sie hielt inne und stand für einen kurzen, flüchtigen Moment still. »Zuerst lasst uns die Angelegenheit mit dem Paketdieb klären. Alejandro«, sie wandte sich an Alejandro, der in seinem Sitz zusammensank. »Möchtest du es erklären?«

»Ich würde es vorziehen, wenn Sie es täten«, sagte Alejandro und betrachtete seine Nägel, als hätte er einen abgebrochen.

»Es wäre vielleicht besser, wenn es von dir käme«, drängte Annie.

»Es ist eine weitere Geschäftsmöglichkeit«, schnappte Alejandro. »Nichts als ein Nebenverdienst.« Er wandte sich erklärend an die Nachbarn. »Ich lasse die Kleidung aus Italien hierher schicken. Die Etiketten wurden entfernt. Dann nähen wir bessere an und verkaufen sie. Immer noch von feinster Qualität. Nur eine andere Form der Produktion.«

»Du kaufst und verkaufst *Fälschungen*«, tadelte Mindy, ihr Mund klappte vor Entsetzen auf. »Schändlich!«

»Nicht jeder kann sich das Original leisten«, sagte Alejandro. »Wen kümmert es, ob es ein gefälschtes Etikett ist? Das Produkt ist genauso gut. Die Leute merken kaum den Unterschied.« Er hielt inne und erinnerte sich daran, als ihm die Idee zum ersten Mal kam. »Ich bewarb das Schnapsgeschäft in so vielen Clubs, und mir fiel auf, dass alle dort Designer-Jacken trugen. Designer-Taschen. Ich fragte herum und begann zu erkennen, dass viele davon Fälschungen waren. Ich dachte mir, ich hätte bereits die Kontakte. Das einzige Problem ist…«

»Der Verkauf von Fälschungen ist illegal«, sagte Annie. »Es gibt eine ziemlich saftige Geldstrafe, wenn man erwischt wird.«

»Deshalb habe ich meine Adresse nicht auf die Pakete geschrieben«, zuckte Alejandro mit den Schultern. »Ich dachte, es gäbe keine Beweise, die mich mit dem Verbrechen in Verbindung bringen könnten, falls jemand es herausfinden würde. Und ich habe das Inventar auf dem Dach sortiert, um besonders vorsichtig zu sein. Sobald eine Kiste ausgepackt war, habe ich sie zerstört, denn um mich anzuklagen, bräuchten sie handfeste Beweise wie eine Kiste bei mir zu

Hause, um alles mit mir in Verbindung zu bringen. *Sin evidencia, sin crimen.*«

»Jenseits eines begründeten Zweifels«, bestätigte Hathaway.

»Ja«, nickte Alejandro. »Ich versuchte, Abstand zwischen mir und den Fälschungen zu schaffen.«

»Und du hast Tony die rote Lederjacke gegeben, die er in der Nacht trug, als er getötet wurde?«, fragte Annie.

»Er hat herausgefunden, was ich tat. Ich gab sie ihm, damit er den Mund hielt und es Ferdinand nicht erzählte«, warf Alejandro einen schuldigen Blick quer durch den Raum zu Ferdinand, der an der Rückwand zuhörte und jedes Wort aufnahm. »Ich sagte ihm, Freunde verpfeifen sich nicht. Wir waren wirklich-«, sagte Alejandro erneut direkt zu Ferdinand, »*Freunde.* Tony und ich. Und ich habe viele falsche Freunde, aber Tony? Ich hätte ihm nie wehgetan.«

»Also führte Alejandros Paketgeschäft dazu, dass das Dach abgeschlossen wurde«, sagte Annie und nahm ihr Auf- und Abgehen wieder auf. »Auf Alfreds Anweisung hin konnte niemand mehr aufs Dach. Dies stellte ein interessantes Problem für *die andere Person* dar, die das Dach für fragwürdige Zwecke nutzte. Genau«, lächelte sie über ihre Reaktionen. »Es gab *zwei* Personen, die das Dach für fragwürdige Zwecke nutzten. Alejandro machte, ohne es zu wissen, jemandem anderen das Leben viel schwerer.«

»Das habe ich?«, fragte Alejandro.

»Das hast du«, sagte Annie. »Tatsächlich wäre Tony nicht ermordet worden, wenn das Dach nie abgesperrt worden wäre.«

Überraschte Ausrufe erfüllten den Raum. Alfred schüttelte den Kopf, tiefer Schmerz zeichnete sich auf seinem Gesicht ab. Er blickte über seine Schulter zu Ferdinand.

»Es tut mir so leid«, sagte er. »Ich dachte, ich würde dem Gebäude helfen, indem ich es absperrte.«

»Du konntest es nicht wissen«, versicherte ihm Ferdinand. »Es ist in Ordnung. Du konntest es nicht ahnen.«

»Aber bevor wir dazu kommen«, fuhr Annie fort, »möchte ich zu jemandem zurückkehren, der als unser vielversprechendster Verdächtiger galt - Hathaway. Es muss sich gut anfühlen, ein freier Mann zu sein?«

Hathaway nickte. »Noch nie besser.«

»Möchtest du allen erzählen, was du in der Nacht, als Tony ermordet wurde, im elften Stock gemacht hast?«

»Ich habe eine Halskette gestohlen«, sagte Hathaway. »Eine Pinguinhalskette, die Tony trug.«

»Und warum wolltest du diese Halskette?«

»Weil Tony und meine Noch-Ehefrau Mindy eine Affäre hatten.«

Schockierte Blicke flogen durch den Raum, und Mindy schaute zur Decke, um mit niemandem Blickkontakt aufzunehmen. »Es zählt nicht als Affäre, wenn man getrennt ist-«, begann sie zu sagen, bevor Annie sie unterbrach.

»-ein Gericht würde das nicht so sehen. Stimmt's, Hathaway? Du glaubtest, ein Richter würde Mindys Verbindung zu Tony als Affäre ansehen, gemäß den Bedingungen des Ehevertrags zwischen euch beiden. Was bedeuten würde-«

»Dass ich standardmäßig alles behalten würde. Unser ganzes Geld«, sagte Hathaway. »Das stimmt.«

»Und Mindy«, Annie wandte sich ihr zu. »Wir können annehmen, dass wir wissen, warum *du* früher an diesem Tag im elften Stock warst?«

»Ich war dort, um Tony zu sehen«, gestand Mindy. »Wir haben am Nachmittag bei ihm zu Mittag gegessen. Wir aßen Essen zum Mitnehmen. Verbrachten ein paar Stunden zusammen. Dann ging ich nach Hause.«

Annie nickte. »Wonach Hathaway seinen Verstoß beging.« Sie wandte sich Hathaway zu. »Am Abend vor dem Mord bist du in Tonys Wohnung eingebrochen, um die Halskette zu nehmen?«

»Das ist richtig.«

»Und was hast du danach damit gemacht?«

»Nun, das ist das Seltsame daran«, sagte Hathaway und kratzte sich am Kinn. »Ich bewahrte sie in einem merkwürdigen Hohlraum in meiner Wohnung auf. Einem, der schon da war, als wir einzogen. Ein geheimes Fach. Niemand konnte davon wissen. Aber dann, als ich verhaftet wurde-«

»Fanden sie es in deiner Jackentasche. Hast *du* es dort hineingelegt?«

Hathaway schüttelte den Kopf. »Nein. Aber jemand muss es getan haben. Ich meine, soweit ich wusste, war die Halskette in dem privaten Fach in meiner Küche versteckt, und dann wurde ich verhaftet und sie war in meiner Tasche. Wie dumm müsste ich sein, um sie in meine eigene *Tasche* zu stecken und mit mir herumzutragen?«

»Das ist dumm, sogar für *dich*«, bot Mindy hilfsbereit an.

»Was mich an dem Tag deiner Verhaftung interessierte, war, dass alles so reibungslos zusammenzufallen schien«, sagte Annie und lief wieder im Kreis über den Boden. »Als ob auf Stichwort ein Motiv für Hathaway, den Mord zu begehen, angeboten wurde, als Chief Sanchez' Team eine Vitrine in der Lobby bemerkte. Genau dort war ein Bild von Mindy, die die Halskette trug. Es ergab alles so viel Sinn. Hathaway musste Tony getötet haben, weil er wütend über die Affäre war. Aber eine Sache kam mir seltsam vor.« Sie hielt inne und wandte sich an Alfred. »Sie hatten für den Monat eine Teekannenausstellung geplant, die ich Sie nur Tage zuvor hatte aufbauen sehen. Stimmt das?«

»Ja«, stimmte Alfred zu. »Ich war sehr traurig, sie zu ändern. Aber es wurde vorgeschlagen, dass eine Bewohnerausstellung besser für die Moral wäre.«

»Und wer hat diesen Vorschlag gemacht?«

Es gab eine lange Pause, als Alfred innerlich zu kämpfen schien. Dann gab er nach und flüsterte: »Cataline.«

»Die, wie es scheint, heute nicht hier sein konnte.«

Alle Augen fielen auf den leeren Stuhl. An der Rückwand trat Ferdinand einen Schritt vor. »Cataline konnte nicht«, sagte er plötzlich empört. »Sie *würde* meinem Sohn nicht wehtun. Sag mir, dass sie es nicht-«

Annie hob eine Hand. »Ich würde es lieber sie selbst erzählen lassen«, sie warf einen Blick auf ihr linkes Handgelenk und nahm die Zeit wahr. »Chief Sanchez?«, fragte Annie. »Machen Sie den Anruf.«

KAPITEL EINUNDVIERZIG

CATALINE

Cataline stand auf dem Bahnsteig, Marios Hand in ihrer. Der Zug um drei Uhr in Richtung Norden würde sie von San Diegos friedlicher Hafenkulisse wegbringen und die Küste Kaliforniens hinauf direkt nach San Francisco bringen. Sobald sie dort ankämen, hatte Cataline vor, neu anzufangen. Eine entfernte Verwandte hatte bereits zugestimmt, sie aufzunehmen, obwohl sie nicht sicher war, wie lange das Angebot gelten würde.

Cataline blickte auf die hinter ihnen gestapelten Koffer und wunderte sich, wie einfach es gewesen war, ihr Leben auf ein paar Taschen zu reduzieren. Das Leben war so zerbrechlich. So leicht in einem einzigen Moment auseinanderzunehmen. Die Vorstellung seiner Vergänglichkeit ängstigte sie.

Es ertönte ein Pfeifen, als der Zug einfuhr. Die Türen öffneten sich, und die Fahrgäste begannen einzusteigen. Cataline stand wie erstarrt da, ihre Füße weigerten sich, sich zu bewegen, selbst als sie ihnen befahl, vorwärts zu gehen.

»Tony war mein Freund«, sagte Mario, seine Stimme leise unter dem Hintergrundlärm des Bahnhofs. »Wenn wir helfen können, sollten wir es tun.«

Cataline beugte sich hinunter und nahm seine Arme in ihre Hände. »Verstehst du, was das bedeuten könnte, *mijo*? Was passieren könnte-«

»Es gibt keine andere Wahl, Mama«, antwortete Mario. »Wenn wir ihnen nicht die Wahrheit sagen, werden wir einfach für immer auf der Flucht sein.«

»Wenn wir ihnen die Wahrheit sagen, könnten schlimme Dinge passieren.«

»Das glaube ich nicht«, sagte Mario. »Ich denke, Ferdinand liebt dich. Ich denke, er wird es verstehen. Und selbst wenn nicht, weiß ich, dass du alles getan hast, weil du mich liebst, und das Universum wird uns beschützen. *El amor todo lo puede*«, sagte er und wiederholte Catalines Lieblingsspruch, als hätte er ihn schon immer besessen.

»Liebe überwindet alles«, sagte sie und blickte zurück zum Zug. Die Türen waren dabei, sich zu schließen. Es war jetzt oder nie.

Sie atmete tief durch, dann griff sie nach ihren Koffern. Mario folgte ihr, als sie vom Bahnhof weg in Richtung der Taxischlangen marschierte, bereit, sich dem zu stellen, was sie in *Rowling Heights* erwartete.

KAPITEL ZWEIUNDVIERZIG

ALLE IM RAUM hielten den Atem an, während Chief Sanchez ihr Telefon auflegte. Sie verkündete an niemanden im Besonderen:

»Der Schaffner hat es bestätigt. Cataline hat zwei Tickets gekauft – aber sie ist nicht im Zug.«

»Ausgezeichnet«, Annie klatschte in die Hände, als hätte sie das erwartet. »Es scheint, als würden wir jeden Moment ihre Ankunft erwarten. Also dann, zurück zum Ablauf des Tages. Wir haben festgestellt, dass Alejandro für die Pakete verantwortlich war, aufgrund seines illegalen Kleidungsgeschäfts -«

»- die Qualität ist sehr hoch, Sie wären überrascht«, warf Alejandro ein.

»Und er besuchte Tony an diesem Tag, weil?«

»Weil man jemandem oft Gefallen anbieten muss, um ihn freundlich zu stimmen. Ich brachte mehr Jacken vorbei. Er trug die rote so oft, ich dachte, ich könnte mir sein Schweigen weiterhin verdienen«, sagte Alejandro, ohne einen Hauch von Scham in seiner Stimme.

»Wir haben auch festgestellt, dass Mindy Tony am Nachmittag besuchte, weil sie Liebhaber waren«, sagte Annie.

Mindy nickte und griff nach der Pinguinkette, die sie immer noch trug.

»Und Hathaway besuchte den elften Stock, um Tonys Pinguinkette zu beschaffen, um zu beweisen, dass sein Ehevertrag mit Mindy durch eine Affäre ungültig war.«

»Es schien nach ein paar Whiskeys eine gute Idee zu sein«, erklärte Hathaway. »Jetzt nicht mehr so sehr.«

»Wir haben festgestellt, dass Alfreds Entscheidung, den Zugang zum Dach zu sperren, nicht nur Alejandro betraf. Es gab noch jemand anderen, der das Dach aus einem ganz bestimmten Grund nutzte. Aber zuerst lasst uns über das Gebäude selbst sprechen. Sie alle bezahlen für ein erstklassiges Erlebnis.«

»Deshalb haben wir das Gebäude gewählt«, sagte Hathaway. »Der Lebensstil. Die Annehmlichkeiten. Die Aussicht auf den Hafen.«

»Ah ja«, Annie lächelte. »Die Hafenaussicht. Die bis vor etwa sechs Monaten von jeder Wohnung aus in alle Richtungen verfügbar war. Aber in letzter Zeit wurde Ihre Aussicht auf eine Seite versperrt, nicht wahr?«

»Der Wolkenkratzer«, stimmte Alejandro zu. »Es ist ihnen egal, dass sie den Raum einengen. Diese Straße war einmal exklusiv -«

»Der Wolkenkratzer, der im Bau ist«, sagte Annie. »Der teilweise die Sicht auf den Hafen versperrt. Jede Ihrer Wohnungen hat den Zugang zur Aussicht auf eine bestimmte Seite verloren.«

»Der Leuchtturm ist dort drüben«, zuckte Mindy mit den Schultern. Sie hatte sich sowieso nie für diesen Teil ihrer Aussicht interessiert und bevorzugte die hellen Lichter im Süden. »Und das DHS-Gebäude. Aber wer will das schon sehen?«

»Das ist die Frage«, stimmte Annie zu. »Das Gebäude des Ministeriums für Heimatschutz befindet sich auf der Seite des Hafens mit der versperrten Aussicht – und wer würde das schon sehen wollen? Welche Art von Person würde einen Wert in der Aussicht auf die einzige Wasserroute für DHS-Missionen sehen? Welche Art von Person würde davon profitieren zu wissen, wann DHS-Boote in Bewegung sind oder stillstehen?« Sie machte eine Pause, als würde sie auf eine Antwort warten, aber niemand meldete sich. »Montana?«, fragte Annie und starrte ihn direkt an. »Als DHS-Agent können Sie uns vielleicht bei dieser Frage helfen?«

Es gab einen Moment, in dem Montana überlegte. Sein bisheriges Leben blitzte vor seinen Augen auf. Er erinnerte sich an den Tag, an dem er sich als Agent beworben hatte, wie er seinen Namen mit blauer Tinte auf das Formular schrieb, als wäre es nichts. Er erinnerte sich an die Monate des Trainings. Wie er alles gegeben hatte in der Hoffnung, etwas bewirken zu können. Irgendwann war der Funke erloschen. Jetzt wusste Montana - es gab kein »wir« oder »sie«. Alles, was im Leben zählte, war Macht und wozu ein Mann bereit war.

Mit unglaublicher Geschwindigkeit für seine Größe sprang Montana auf und zog eine Waffe aus einem versteckten Holster unter seinem Pullover. Er richtete sie auf seine Nachbarn und bewegte sich rückwärts zum Ausgang.

Ausrufe erfüllten den Raum. »Glauben Sie mir, Sie wollen nicht ins Gefängnis – das sind zehn Jahre bis lebenslänglich«, sagte Hathaway mit erhobenen Armen. »Und zu denken, dass wir Sie willkommen geheißen haben!«, schrie Mindy und bedeckte ihr Gesicht. Alejandro warf sich zu Boden, während Alfred die Hände hochhob.

Es gab einen Tumult, als die Beamten an der Rückwand ebenfalls ihre Waffen zogen, ein Dutzend Pistolen alle auf Montana gerichtet. In der Nähe der Zimmertür zogen Ethan und die beiden Beamten neben ihm ihre Waffen und blockierten den Ausgang mit ihren Körpern.

»Es gibt keinen Ausweg«, sagte Annie zu Montana in freundlichem Ton.

»Dann werde ich warten«, zuckte Montana mit den Schultern. »Ich kann jemanden mit mir nehmen. Aber ich werde nicht für nichts untergehen. Sie verstehen nicht, dass wir keine Wahl hatten -«

Eine Stimme hallte von der Eingangstür, die Ethan geöffnet hatte, als er eine Präsenz auf der anderen Seite spürte. »Doch, die hatten wir«, Cataline trat vor, ihre Gestalt umrahmt von einem Lichtkranz, der vom Flur hinter ihr ausging.

Alle Augen fielen auf ihre schlanke Gestalt. Ihre Arme zitterten. Sie wirkte in diesem Kontext kleiner als sonst und außerhalb ihrer Uniform. Wenn sie daran arbeitete, das Gebäude zu verbessern, erschien Cataline größer als das Leben. Aber außer Dienst und ängstlicher als je zuvor war Cataline einfach - sie selbst.

»Leg sie weg«, sagte sie zu Montana.

Er antwortete nicht. Sie ging auf ihn zu, unbeeindruckt von der Tatsache, dass er immer noch eine geladene Waffe hielt. Sie bewegte sich nahe an ihn heran und legte dann eine Hand auf seine Wange.

»Es ist vorbei, mi corazón«, sagte sie. »Leg sie weg.«

Es gab eine lange Pause, und dann steckte Montana die Waffe weg. Die Beamten stürzten sich wie Heuschrecken auf ihn, ihre Körper bedeckten seinen, als sie ihn entwaffneten und zu Boden warfen. Innerhalb von Momenten war er in Handschellen gelegt und von Polizisten umringt, die ihn wieder auf seinen Stuhl setzten.

»Cataline«, Annie lächelte. »Würden Sie bitte Platz nehmen?« Sie deutete auf den sechsten Stuhl am Ende des Halbkreises, der unbesetzt geblieben war. Cataline nahm Platz. Im hinteren Teil des Raumes beobachtete Ferdinand die Szene, unfähig zu glauben, was er da sah.

»Wir haben gerade darüber gesprochen, welche Art von Person sich für eine Aussicht auf das DHS-Gebäude interessieren könnte«, sagte Annie. »Haben Sie irgendwelche Ideen?«

»Eine Person wie ich«, antwortete Cataline. »In meiner Jugend war meine Familie Teil des Kartells. Deshalb bin ich hierher gekommen. Um wegzukommen, um neu anzufangen. Aber sie haben mich gefunden. Und sie werden alles - *alles* nutzen, um zu bekommen, was sie wollen.« Sie drehte sich zu Ferdinand um. »Sie haben Mario bedroht. Sonst, das musst du wissen, hätte ich es nie zugelassen.«

Ferdinand antwortete nicht. Er starrte Cataline nur an, als würde er sie kaum kennen.

»Und was wollten sie von Ihnen?«, fragte Annie.

»Anfangs war es einfach«, sagte Cataline. »Sie wollten, dass ich über die Bewegungen des DHS Bericht erstatte. Ich ließ sie wissen, wann die Schiffe ausliefen. Wenn sie versuchten, Drogen über das Meer einzuschmuggeln, gab ihnen das Zeit umzukehren. Aber dann begann der Bau und das Gebäude auf der anderen Straßenseite wurde errichtet, und ich verlor die Sicht aus meiner Wohnung. Ich musste das Dach versuchen, weil es der einzige Ort war, von dem aus man das Gebäude noch sehen konnte, aber dann blockierte Alfred den Zugang -«

»Und was haben Sie getan, als Sie den Zugang verloren?«

»Um ehrlich zu sein«, gab Cataline zu, »war ich erleichtert. Ich konnte Alfred nicht nach dem Schlüssel fragen, weil es ihn hätte misstrauisch machen können. Es gab mir einen Vorwand, das Kartell abzuweisen. Ich sagte ihnen, ich würde nicht mehr für sie arbeiten. Ich sagte, der Wolkenkratzer mache es unmöglich zu sehen und das Dach sei versiegelt. Es gab mir einen Ausweg.«

»Aber dann?«

»*Ich* zog in das Gebäude ein«, bot Montana an. »Das Kartell muss gewusst haben, wie es mich beeinflussen würde, ihr nahe zu sein -«

»Beeinflussen in welcher Weise?«, fragte Annie.

»Mario«, sagte Cataline. »Mario ist Montanas Sohn. Wir trafen uns, als ich hierher kam, die Grenze überquerte. Er arbeitete an diesem Tag und fand mich auf der Ladefläche eines Lastwagens, ließ mich aber gehen. Wir verliebten uns sofort. Aber ich wusste, ich konnte es nie zulassen, weil Montana...«

»Teil des Lebens war, dem Sie zu entkommen versuchten«, beendete Annie den Satz für sie. »Wie lange ist es her, dass das Kartell Sie umgedreht hat?«, fragte Annie Montana.

»Etwa zehn Jahre danach«, sagte Montana. »Man sieht so viele Dinge. So viele schreckliche Dinge. Man beginnt zu begreifen, dass es nur um Macht geht.«

»Das Kartell hat dafür bezahlt, dass Sie in das Gebäude einziehen.«

»Ja«, sagte Montana. »Aber es ging nicht nur darum, zusätzliche Augen auf die DHS-Boote zu haben. Cataline und ich stellten später fest, dass sie mich positionierten, um über sie zu berichten. Sie wussten, dass sie kalte Füße bekommen hatte. Ihr Vater wollte sie zurück im Spiel - es war alles ein Zug, um sie zur Rückkehr zu bewegen. Sie hofften, mich zu benutzen, um sie umzustimmen. Ich wusste nicht, als ich einzog, dass sie hier lebte. Wusste auch nichts von Mario. Aber ich begriff es, sobald ich ihn sah -« Montana blickte zu Cataline, dann auf den Boden. Er war kein Mann, der es gewohnt war, seine Gefühle privat zu teilen, geschweige denn vor einem Raum voller Menschen. »Wir erkannten, dass wir in einer Situation waren, aus der es kein Entkommen gab«, sagte Montana. »So ähnlich wie diese hier.«

»Cataline?«, fragte Annie. »Warum waren Sie an dem Tag im elften Stock?«

»Ich war es nicht«, zuckte Cataline mit den Schultern. »Es war Mario. Er benutzte meine Karte, um ein Paket abzuholen. Es war ein Geneologie-Kit. Er wollte wissen, wer sein Vater war. Ich glaube, er konnte es spüren, als er Montana traf. Irgendwo tief drinnen *wusste* er es -«

»Und Alfred löschte die Sicherheitskameraaufnahmen von diesem Tag, weil -«

»Ich war besorgt, Mario könnte des Diebstahls der Pakete beschuldigt werden«, sagte Alfred. »Und dann der Mord obendrein. Ich wusste nichts von all dem -«

»Haben Sie beide versucht, Tonys Wohnung zu mieten?«, fragte Annie.

Cataline nickte. »Das Kartell akzeptiert kein 'Nein' als Antwort. Zuerst versuchten wir, die Zusammenarbeit mit ihnen zu beenden, aber sie bedrohten alles. Sie schickten fremde Männer, um Mario nach der Schule zu treffen. Sie stellten sicher, dass er mir Bescheid gab.« Cataline zögerte und erinnerte sich an die spätnächtlichen Gespräche, die sie geführt hatten - wie sie und Montana ihre Optionen abgewogen hatten, um den besten Weg zu finden, alle Beteiligten zu schützen. »Wir dachten, wenn wir einen Weg finden könnten, weiter für sie zu berichten, würde uns das vielleicht Zeit verschaffen, um den besten Weg zu verschwinden herauszufinden. Wir warfen alles zusammen, was wir hatten. Das Kartell machte Ferdinand kein Angebot - wir waren es. Wir wussten, dass seine Wohnung einen Blick auf das DHS-Gebäude hatte. Wir dachten, wenn wir sie mieten könnten, könnte Montana einziehen und rund um die Uhr Wache halten. Immer auf Abruf sein. Aber Ferdinand lehnte ab. Wir dachten, es wäre der ehrlichste Weg, um etwas Zeit zu kaufen. Und dann -« Catalines Augen füllten sich mit Tränen und die Worte blieben ihr im Hals stecken.

»Und dann fand das Kartell heraus, was wir vorhatten«, beendete Montana für sie. »Sie erfuhren von unserem Angebot und stellten fest, dass es Tonys Wohnung war, die den Blick hatte. Sie sagten uns, sie würden ein paar Männer schicken, um ihn einzuschüchtern, wenn wir keine Fortschritte mit ihm machen könnten.«

»Ich wusste es nicht«, sagte Cataline und wandte sich an

Ferdinand, Tränen liefen über ihre Wangen. »Du musst mir glauben. Er hat es mir erst später erzählt -«

»Es stimmt«, fügte Montana hinzu. »Ich wusste, wenn ich Cataline erzählen würde, dass das Kartell plante, Tony einzuschüchtern, würde sie Mario nehmen und für immer verschwinden. Ich hatte sie schon einmal verloren. Beim ersten Anzeichen, dass jemand verletzt werden könnte, konnte ich damit rechnen, dass sie verschwinden würde. Wieder zu einem Geist werden würde. Höchstwahrscheinlich ohne mich.«

»Das hätte ich getan, weil es besser für Mario gewesen wäre«, sagte Cataline.

»Also nahm ich die Sache selbst in die Hand«, fuhr Montana fort. »Es war nicht meine Absicht, ihn zu töten. Ich wollte ihn nur genug einschüchtern, damit er die Wohnung aufgeben und seinem Vater sagen würde, er wolle das Angebot annehmen.«

»Also haben Sie ihn an den Balkon gebunden, um ihm Angst zu machen, damit er zustimmt«, sagte Annie.

»Ich trug eine Skimaske über dem Gesicht, damit er mich nicht erkennen würde. Ich wollte nur, dass er denkt, ich sei ein namenloser Kartellmitglied. Ich fesselte ihn und warf ihn über die Seite. Ich dachte, das Seil würde halten. Aber er brauchte so verdammt lange, um zuzustimmen. Ich war gerade dabei, ihn hochzuziehen, als es passierte. Das Seil riss. Und ich konnte nichts tun, um es rückgängig zu machen.«

»Wann haben Sie erfahren, was mit meinem Sohn passiert ist?«, sagte Ferdinand, nicht zu Montana, sondern zu Cataline, seine Stimme voller Stahl und Wut. Sie blickte ihn mit weit aufgerissenen Augen an.

»Nicht sofort«, sagte sie zu ihm. »Ich habe Montana an diesem Tag früher in der Lobby gesehen, bevor Tony starb, und er wirkte erschüttert. Er hat kaum mit mir gesprochen. Das war nicht seine Art. Ich versuchte, ihn zu erreichen, aber er blockte mich ab. Sagte mir, er hätte alles im Griff. Erst als ich Tonys Schrei hörte und der Autoalarm losging, begann ich zu denken, dass Montana vielleicht etwas damit zu tun hatte, aber ich wollte es nicht glauben. Zumindest nicht sofort. Am nächsten Tag gestand er es mir«, Cataline wischte sich die Augen. »Ich hätte es Ihnen sagen sollen, sobald ich alles zusammengesetzt hatte, Ferdinand. Ich wusste nicht, was ich tun sollte. Ich hatte Angst, Mario zu verlieren. Ich geriet in Panik-«

»Und ihr beide habt beschlossen, die Schuld jemand anderem in die Schuhe zu schieben«, nickte Annie. Sie sah Montana an: »Sie haben die Kette aus Hathaways Wohnung gestohlen und sie Cataline gegeben, die sie ihm dann im Flur untergejubelt hat.« Annie wandte sich zu Cataline. »Und Sie haben Alfred dazu gebracht, die Bilder in der Vitrine zu ändern, damit die Polizei von der Affäre zwischen Tony und Mindy erfährt und Hathaway ein Motiv hat.«

Wortlos nickte Cataline. Sie öffnete den Mund, um zu sprechen, wurde aber von einer vertrauten Stimme unterbrochen.

»Beantworten Sie das nicht«, sagte Hathaway plötzlich und schien selbst ein wenig überrascht von sich. Er hatte nicht gesprochen, während sich das Rätsel aufgelöst hatte, und war nun schockiert, einen Handlungsimpuls zu verspüren. »Als Ihr Anwalt, Cataline, muss ich Ihnen raten, nicht zu antworten.«

»Mein- was?« Sie blickte völlig überrascht auf.

»Ihr Anwalt«, sagte Hathaway und richtete seine Krawatte. »Sie stimmen zu, Detective, dass es keine Antwort von meiner Mandantin gab.«

»Das tue ich«, lächelte Annie. »Ich habe weder eine Bestätigung noch ein Dementi gehört.«

»Perfekt«, sagte Hathaway. Er stand auf, ging zu Cataline und stellte sich neben sie. »Ich möchte hinzufügen, dass der fragliche Zeuge - *ich* - seine Aussage darüber zurückzieht, wen er im Flur gesehen hat, als er zum Mittagessen ging.«

»Interessant«, nickte Annie. »Und wie lautet die neue Aussage des Zeugen?«

»Ich habe niemanden im Flur gesehen«, antwortete Hathaway. »Ich habe mich vorher geirrt, weil ich aufgrund der falschen Anschuldigung emotional aufgewühlt war. Ich habe die ganze Sache erfunden. Ich habe auf dem Weg zum Mittagessen keine einzige Person gesehen, als die Kette vermutlich in meine Jackentasche gesteckt wurde.«

»Oh je«, stimmte Annie zu. »Dann bleibt das Rätsel, wer Hathaway reingelegt hat, wohl ungelöst.«

»So scheint es«, sagte Hathaway.

»Ich-«, stammelte Cataline. »Hathaway, Sie müssen das nicht tun-«

»Doch, das muss ich«, sagte er und legte eine Hand auf ihre Schulter. »Sie haben seit der Scheidung jeden meiner kindischen Wünsche ernst genommen, ohne auch nur mit der Wimper zu zucken. Sie haben mir sogar *Fischflocken* bestellt...« Sein Herz wurde schwer, als er an die vier grauen Wände dachte, die er hinter sich gelassen hatte. Er erinnerte sich daran, wie es sich anfühlte, als ihm die Unterstützung des Gebäudepersonals entzogen wurde. Keine Cataline, die er um Hilfe bitten konnte. Kein Alfred, auf den er sich für ein freundliches ›Hallo‹ im Flur verlassen konnte. »Erst als ich alles verlor, erkannte ich meine Fehler.« Hathaway konnte nicht anders, als zu Mindy zu blicken, die ihn ansah, als hätte sie ihn noch nie zuvor gesehen.

»Ferdinand?«, fragte Annie, ihre Stimme verriet tiefe Sorge um den trauernden Vater. »Was möchten Sie tun?«

»Ich will Gerechtigkeit für meinen Sohn«, sagte Ferdinand. Dann wurde seine Stimme sanfter. »Aber keinen Schmerz für Mario.«

»Es war alles ich«, sagte Montana, seine Arme immer noch von einem Paar silberner Handschellen auf dem Rücken gefesselt. Er sprach direkt zu Ferdinand. »Wenn Sie Gerechtigkeit wollen, bin ich der Mann, der sie verdient. Cataline wusste nicht, was ich vorhatte, bis es zu spät war. Sie hatte Recht, als sie mich das erste Mal verließ. Und ich hatte nie vor, nach ihr zu suchen.« Seine Augen wurden trüb und abwesend. »Ich habe schon eine Weile auf diesen Moment gewartet. Dachte, vielleicht würde das Kartell mir einen Ausweg verschaffen, aber jetzt, wo der Moment da ist... bin ich erleichtert.« Er blickte zu den Beamten, die den Raum umgaben. »Ich habe getan, was für mich richtig war. Ihr müsst tun, was für euch richtig ist. Worauf wartet ihr?«

Es gab ein subtiles Nicken von Ferdinand, und - auf sein Drängen hin - winkte Police Chief Sanchez mit der Hand. Die Beamten stürzten sich auf Montana, zogen ihn vom Stuhl und verließen den Raum mit ihrem willigen Gefangenen im Schlepptau.

Annie beobachtete, wie der Mann abgeführt wurde und eine gebrochene Cataline zurückließ.

»Warum?«, fragte Cataline Ferdinand, wohl wissend, dass sie nie wieder gutmachen könnte, welche Rolle sie beim Mord an seinem Sohn gespielt hatte. »Sie sollten wollen, dass ich mit ihm ins Gefängnis gehe. Ich hätte es Ihnen sagen sollen, sobald ich alles zusammengesetzt hatte. Als das Kartell mich bat, für sie zu spionieren, hätte ich weglaufen und diese Schwierigkeiten nicht ins Gebäude bringen sollen. Es war nur schwer zu gehen, weil, nun ja, ich es so sehr liebe. Und Tony - Sie müssen mir glauben, Ferdinand, wenn ich gewusst hätte, was Montana vorhatte, hätte ich ihn aufgehalten-«

»Natürlich hätten Sie das«, sagte Ferdinand, seine Stimme kaum mehr als ein Flüstern.

»Warum schicken Sie mich nicht mit ihm fort?«

»Erinnern Sie sich daran, was Sie sagten, als ich Sie einstellte?«, fragte Ferdinand. »Ich fragte Sie, warum Sie dachten, dass Sie eine gute Wahl für den Job wären, und Sie sagten mir, es sei, weil Sie das Gebäude lieben würden, als wäre es Ihr eigenes. *El amor todo lo puede*«, sagte er. »Liebe überwindet alles. Mario liebt Sie am meisten. Ich kann Sie nicht wegschicken, weil es den Jungen ruinieren würde.«

»Sie ist zurückgekommen«, warf Annie hilfsbereit ein. »Cataline hatte heute am Bahnhof die Gelegenheit zu fliehen, aber sie kam zurück. Um Ihnen die Wahrheit zu sagen.« Annie deutete im Raum umher und wandte sich dann wieder den verbliebenen Verdächtigen zu. »Jeder von Ihnen war ein Verdächtiger in diesem Fall, wegen der Person, an die Sie sich gebunden haben. Mindy war an Tony durch Liebe gebunden«, Annie zeigte auf Mindy, die wieder ihre Kette umklammerte. »Und an Hathaway durch Hass«, sie nickte Hathaway zu, der - wenn man seinem Gesichtsausdruck glauben konnte - ihr zustimmte. »Hathaway hat sich an einen Groll gebunden. An Rache. Alejandro war an das Bild gebunden, das er anderen von sich vermittelt - das eines erfolgreichen Geschäftsmannes-«

Alejandro verschränkte die Arme auf seinem Sitz. »Ich stimme nicht zu, aber fahren Sie fort.«

»-Alfred war an seine Liebe zum Gebäude gebunden, aber auch an seine Fürsorge für Mario und Cataline«, fuhr Annie fort. »Montana war an seinen Sohn gebunden und an die Frau, die er nie aufgehört hat zu lieben. Und Cataline-«

»... an der Vergangenheit hing«, antwortete Cataline. »Es ist eine Verbindung, die ich gerne durchtrennen würde. Ich habe es mit ganzem Herzen versucht. Sie müssen mir glauben, ich habe es versucht...«

Annie lächelte Ethan an, von dem sie wusste, dass er die volle Macht des FBI zu seiner Verfügung hatte.

»Ethan, wie ist das Zeugenschutzprogramm heutzutage so?«

Ethan erwiderte das Grinsen. »Ziemlich gut«, sagte er und wandte sich Cataline zu. »Besonders für Hauptzeugen wie Cataline, die gegen das Kartell aussagen wird, um bei der Aufklärung eines Mordfalls zu helfen.«

»Werde ich das?« Cataline erschauderte bei dem Gedanken, was sie ihr antun könnten. Sie fing Ferdinands Blick auf der anderen Seite des Raumes auf – sah den Schmerz darin und das tiefe Bedürfnis, Gerechtigkeit walten zu lassen. Sie straffte ihre Schultern und stand aufrecht. »Natürlich werde ich das«, nickte sie.

»Dann haben Sie Anspruch auf Zeugenschutz. Und Mario auch«, sagte Ethan. »Cataline, wären Sie lieber blond oder brünett?«

Cataline nahm seine Worte auf und war zunächst von der Idee einer Veränderung alarmiert. Aber als der Gedanke an ein neues Leben einsank, fühlte sie plötzlich, wie eine Last von ihren Schultern fiel. Sie stellte sich vor, wie es wäre, *wirklich* noch einmal von vorne anzufangen. Sie überlegte, wie es sich anfühlen würde, morgens auf der Terrasse eines Hauses in einer Kleinstadt ihren Kaffee zu trinken und zu wissen, dass ihr Sohn sicher in der Schule war. Sie stellte sich einen neuen Namen vor, der frei von der Last der Geschichte war und für diejenigen unauffindbar, die der einzigen Person, die ihr wichtig war, schaden wollten. Sie sah Ferdinand erneut an.

»Nur mit Ihrem Segen«, sagte sie.

Ferdinand nickte nur, aber es war genug, eine kleine Geste, die Jahre des Austauschs zwischen den beiden abdeckte, ein Tanz des Gebens und Nehmens, bei dem keiner jemals aus der Schuld des anderen herauskam. Mit dieser Bewegung endete das Lied, und der Tanz war vorbei. Ferdinand setzte sie beide frei.

Cataline wandte sich wieder Annie und Ethan zu. »Wann können Mario und ich gehen?«, fragte sie.

Und genau so war der Fall – gelöst.

KAPITEL
DREIUNDVIERZIG

STUNDEN später standen Annie und Ethan unter der Außenfassade von *Rowling Heights*, eine seltsame Stille lag in der Luft. Es gab keine Fernsehkameras - keine Reporter, die über die Szene berichteten. Polizeichefin Sanchez plante, die Bekanntmachung erst in ein paar Tagen auf der Wache zu machen, um Ferdinand Zeit zu geben, sich auf den unvermeidlichen Ansturm von Fragen der Medien vorzubereiten, angesichts seiner prominenten Position in der San Dieger Gesellschaft.

»Glaubst du, Alfred wird dort oben glücklich sein?«, fragte Annie und blickte elf Stockwerke nach oben, wo - vor dem orangefarbenen Streifen der untergehenden Sonne - der Balkon des Penthouses im elften Stock kaum zu erkennen war. Nach Abschluss des Falls hatte Ferdinand seinem treuesten Mitarbeiter, Alfred, die beste Wohnung im Gebäude überlassen.

»Hoffentlich glücklicher, als Tony am Ende war«, sagte Ethan. »Alfred war am Ende der Einzige, der das Beste für das Gebäude im Sinn hatte, oder?«

»Da ist eine Loyalität«, stimmte Annie zu. »Eine, die man nicht kaufen kann. Eine, die mehr wert ist als Geld.« Sie streckte die Hand aus und zog Ethan an den Rändern seiner Jacke näher zu sich. »Aber seine Liebe zu Mario und Cataline hat seinen Blick getrübt.«

»Und?«

»Denkst du, deine Gefühle für mich könnten der Arbeit im Weg stehen?«, fragte Annie. »Deine erste Priorität muss das FBI sein.«

»Ich mag den Job sowieso nicht so sehr«, zuckte Ethan mit den Schultern. »Viele späte Nächte. Schreckliche Krankenversicherung. Dir beim Essen von verarbeitetem Fleisch in jeder Mittagspause zuzusehen, ist der Höhepunkt meines Tages.«

Ethan wickelte seine Jacke um Annie und hielt sie warm gegen die raue Kälte der Meeresluft, die über die Bucht wehte. Sie lehnte sich an ihn und dachte darüber nach, was der Fall sie gelehrt hatte: Das Schicksal eines Menschen wurde von den Personen bestimmt, mit denen er sich verband.

»Wir sind zusammen ein gutes Gespann«, sagte sie zu ihm.

»Moment mal«, überlegte Ethan. »Bin ich das Pferd oder bist du das Pferd? Sag mir nicht, dass ich der Karren bin...«

In diesem Moment verließ Polizeichefin Sanchez das Gebäude, was Annie und Ethan dazu brachte, sich zu trennen. Wenn sie ihre Nähe bemerkte, sagte sie nichts - vielleicht aus Respekt vor dem Akt des Durchhaltens. Sie hatte selbst einige späte Nächte mit Kollegen im Einsatz verbracht und verstand, wie das Bedürfnis nach Nähe manchmal das gute Urteilsvermögen überlagerte. Sie hielt einen Briefumschlag aus Manila hoch, mit einem stolzen Blick im Gesicht.

»Ich habe dir gesagt, ich würde es dir recht machen«, sagte Polizeichefin Sanchez und reichte Annie den Umschlag. »Ein gelöster Fall und im Gegenzug eine interne Untersuchung deines Briefes.«

Annies Herz schlug schneller, als sie den Umschlag öffnete und die darin enthaltenen Unterlagen herauszog. Dies war die Antwort, auf die sie gewartet hatten. Der nächste Schritt in der Untersuchung des Verschwindens ihres Bruders.

»Der Anruf über den Mord in der Aspen Lane wurde nur an Polizeiserver in einem Umkreis von vier Bundesstaaten weitergeleitet. Deine Vermutung war richtig - dein Typ ist ein Insider. Wir haben jeden Computer zurückverfolgt, der auf den Bericht zugegriffen hat. Die Person, die dir den Brief in der Aspen Lane geschickt hat, muss von einer dieser IP-Adressen aus auf die offene Akte zugegriffen haben.«

Annie und Ethan überflogen die Seiten, ihre hungrigen Augen erkannten, dass die Liste vor ihnen die potenziellen Möglichkeiten von einer unendlichen Skala auf etwas Handhabbares reduzierte. Etwas Machbares, mit ein wenig Ellbogenschmalz.

»Danke«, sagte Annie. »Sie haben keine Ahnung, was das bedeutet.«

Polizeichefin Sanchez wollte schon weggehen, hielt dann aber inne. Sie drehte sich um, als ob etwas in ihr sie daran hinderte, ihre alte Freundin zu verlassen, ohne einen letzten Gedanken zu teilen:

»Da ist etwas, das mich beschäftigt«, sagte Polizeichefin Sanchez. »Nicht, dass du meine Hilfe mit deinem brillanten Verstand brauchst, aber-«

»Bitte«, sagte Annie. »Sag es mir.«

»Nun, du löst seit einem Jahrzehnt Immobilienverbrechen«, sagte Polizeichefin Sanchez. »Dieser Insider - wer auch immer er ist - hat den Fall Aspen Lane benutzt, um dich zu verspotten. Aber es muss schon Jahre zuvor andere Fälle gegeben haben, die zu dir gepasst hätten. Also ist meine Frage, denke ich...« Polizeichefin Sanchez kaute auf ihrer Innenwange, »... *warum jetzt?*«

»Ich habe mich das auch gefragt«, sagte Annie zustimmend. »Du liegst nicht falsch. Tatsächlich denke ich, dass die Antwort auf *warum jetzt* sehr wichtig sein könnte. Danke.«

»Passt auf euch auf«, antwortete Polizeichefin Sanchez, bevor sie sich auf dem Absatz umdrehte und auf einen wartenden Streifenwagen zumarschierte, der am Bordstein stand, die Lichter blinkend. Eine Tür schlug zu, als sie auf der Beifahrerseite einstieg, und das Auto fuhr davon, Annie und Ethan allein im Schatten von *Rowling Heights* zurücklassend.

»Der Bericht wurde beim FBI eingereicht«, sagte Ethan, die Hände in den Taschen. »Sie sind erfreut, zwei neue Kartellinformanten zu haben. Cataline singt bereits wie ein Kanarienvogel, und sie denken, mit etwas Zeit können sie sogar noch mehr aus Montana herausholen, wenn er noch etwas Verstand übrig hat.«

»Er wird reden«, sagte Annie. »Er wird eine kürzere Strafe wollen. Für Mario.«

»Wie auch immer, das Bureau ist im Moment ziemlich zufrieden mit mir«, sagte Ethan. »Ich denke, ich kann darum bitten, einer Spur so ziemlich überall hin zu folgen. Hast du irgendwelche Ideen, Chef?«

»Mmm«, grinste Annie, nahm seine Hand und führte ihn den Bürgersteig entlang. »Ich werde die Stadt langsam satt, du nicht auch?«

»Du denkst an etwas Ländlicheres?«

»Ich habe einen Freund im Süden«, sagte Annie. »Er könnte uns vielleicht helfen, diese Liste einzugrenzen.« Sie wedelte mit dem Manila-Umschlag in der Luft. Dann:

»Wie stehst du zum Landleben?«, fragte sie.

Annie musste Ethan nicht einmal ansehen, um das Entsetzen in seinem Gesicht zu spüren. Sie wusste, dass er ein Stadtmensch war, der verschmutzte Luft und ein Meer aus grauen Bürgersteigen weiten, offenen Landschaften vorzog, die gefüllt werden mussten. Ethan mochte es, dass die Stadt ihm endlose Möglichkeiten für Input bot und es ihm erlaubte, die Erinnerungen zu ertränken, die ihn nachts wach hielten. Die Stadt war ein Biest, aber eines, gegen das er schon gekämpft hatte. Die offenen, leeren Weiten des Landes in den meisten Teilen seines Landes ließen ihn sich klein fühlen, zu sehr bewusst seiner eigenen Stimme, die in seinem Kopf hallte.

»Eine Farm? Ich bleibe lieber immer in einem Umkreis von zehn Blocks um einen Dunkin' Donuts«, sagte Ethan und verzog das Gesicht.

»Keine Sorge. Du wirst schon klarkommen.«

»Vermutungen sind keine Fakten«, sagte Ethan und bot Annies Lieblingssatz als Antwort an. »Ich werde die Beweise für diese Schlussfolgerung sehen müssen.«

»Der Beweis ist einfach«, sagte Annie. »Du bist bei mir.«

»Richtiger Karren. Richtiges Pferd«, stimmte Ethan zu.

ENDE

Magst du Annie Hudson und möchtest am Fall dranbleiben?

Oder lies weiter für eine spezielle Vorschau auf »Mord auf der Farm«, dem dritten Buch der Annie Hudson Immobilien-Krimi-Reihe.

Melde dich für den Mailing-Liste des Autors an unter:

um über neue Veröffentlichungen informiert zu werden und die Chance zu haben, kostenlose Bücher zu gewinnen!

MORD AUF DEM BAUERNHOF

KAPITEL eins

Sophia Barnaks Tante-Emma-Laden war ein ganz ange-
nehmer Ort – bis auf die Leiche, die auf dem Boden lag.

Privatdetektivin Annie Hudson stand über der reglosen
Gestalt eines Mannes und betrachtete die Platzwunde an
seinem Hinterkopf. Die Verletzung hatte zu einer Blutlache
geführt, die sich über den ursprünglichen Holzboden des
Ladens ausgebreitet und den ansonsten makellosen Raum
verunstaltet hatte.

»Charmant, nicht wahr?«, sagte Annie leichthin zu ihrem
Partner, FBI-Agent Ethan Beckett. Sein Gesichtsausdruck
verriet Annie, dass eine Klarstellung nötig war. »Der Laden,
nicht der Mann«, fügte sie hinzu und deutete weg von dem
Opfer am Boden, das sich nicht an ihrer mangelnden
Aufmerksamkeit zu stören schien.

»Es ist niedlich«, stimmte Ethan zu und nickte in Richtung
der originalen Coca-Cola-Plakate, die noch immer die Wände
zierten, angebracht über einer Jukebox in der Ecke. »Auf eine
amerikanische Art und Weise.«

Annie drehte sich um und nahm ihre Umgebung in
Augenschein. Sie blickte aus einem offenen Fenster auf die

Landschaft in der Ferne. Der Laden befand sich auf einem mehrhektargroßen Bauernhof, der an den Dismal Swamp in der Sunray-Gemeinde in Virginia grenzte, einer polnischen Enklave, die vor vielen Jahren von Einwanderern gegründet worden war. Sie hatten den Raum von Hand geschaffen, und was einst unberührtes Land gewesen war, war nun eine angenehme Stadt mit gepflegten Straßen und ertragreichen Bauernhöfen. Sophia Barnak war eine der Gründungseinwohnerinnen der Stadt, und ihr Laden durfte viele Jahre lang unverändert bleiben, als Erinnerung an die Ursprünge von Sunray. Am Rande einer großen Sojabohnenfarm gelegen, war der Tante-Emma-Laden stolz auf seine lokalen Produkte. Blumige, gelbe Tapeten bedeckten den Raum. Im hinteren Teil des Gebäudes servierte eine lange Theke Milchshakes und Limonaden, eine manuelle Registrierkasse stand bereit, um Zahlungen entgegenzunehmen. Hölzerne Auslagen boten Obst, Gemüse und Blumen an, alles von umliegenden Bauernhöfen geerntet.

»Es ist ein gemütlicher Ort«, fügte Annie fröhlich hinzu. »Abgesehen von dem, was ihm passiert ist«, sie blickte wieder auf ihr Opfer hinunter und widmete sich endlich dem vorliegenden Problem.

»Sieht so aus, als wärt ihr echt«, ertönte eine raue Stimme vom Eingang des Ladens. In der Doppeltür stand Sheriff Chomski, die einzige Gesetzeshüter in der Stadt. Ein eindrucksvoller Schnurrbart umrahmte seine Gesichtszüge, und eine Sanftheit in seinen Augen ließ Annie ihn sofort mögen. »Ich habe ein paar Anrufe getätigt«, sagte er und steckte sein Funkgerät ein. »Das FBI hat bestätigt, dass ihr an dem Fall dran seid, also – wenn es irgendetwas gibt, was ich tun kann...« Er beendete den Satz nicht, sondern zuckte stattdessen mit den Schultern.

»Kannten Sie das Opfer?«, fragte Annie, begierig darauf, von einem Einheimischen zu hören.

»Sicher«, nickte Sheriff Chomski. »Jeder kannte ihn. Paul

Kaminski führte den Hof für die Familie. Sophia Barnaks Verwandte leben im Westen. Sie sind ihre Nachkommen in der Linie. Nachdem sie verstorben war, brauchten sie jemanden, der den Ort leitete, und sie setzten Paul ein. Er hat ihn jahrzehntelang geführt und würde es immer noch tun, wenn Sie wissen –«

»Ihm jemand nicht den Schädel eingeschlagen hätte?«, bot Ethan an.

»Genau«, stimmte Sheriff Chomski zu. »Ich frage mich, ob das ein Problem für den Verkauf sein wird...«

»Das Grundstück steht zum Verkauf?«, Annies Ohren spitzten sich, ihr Interesse an dem Fall wuchs.

»Es steht schon eine Weile zum Verkauf«, sagte der Sheriff. »Nach dem, was ich zuletzt gehört habe, gibt es endlich Interesse. Ich hoffe, das verkompliziert die Dinge nicht für sie.«

»Hoffentlich nicht«, stimmte Annie zu.

»Nur aus Neugier«, fragte Sheriff Chomski. »Wir haben hier nicht viele Probleme, aber wenn wir welche haben, ruft normalerweise nicht das FBI an.« Der Sheriff machte eine Pause und musterte die beiden Außenseiter vor ihm. »Warum dieser Fall?«, fragte er.

Annie lächelte. »Wir haben einem Freund ein Versprechen gegeben«, sagte sie.

Sheriff Chomski nickte. »Dann seid ihr unsere Art von Leuten«, sagte er. »Hier ist jeder immer bereit, einem Freund zu helfen.«

Annie blickte auf das Opfer hinunter, dessen Körper mit dem Gesicht nach unten auf dem Holzboden lag. »Ich weiß nicht, ob er da zustimmen würde«, sagte sie. Sie ging auf der Stelle hin und her, dann ging sie zur Vordertür des Tante-Emma-Ladens und griff nach einem soliden Vorhängeschloss, das sich zwischen den Griffen schlängelte, eine Kette baumelte an einer Seite.

»Schließen sie den Laden jeden Abend ab?«, fragte sie.

»Das ist, was die Familie mir gesagt hat«, bestätigte Sheriff

Chomski. »Sie ließen Paul den Ort verwalten, und er war gewissenhaft darin, sicherzustellen, dass er gesichert war.«

»Und es gibt keine eingeschlagenen Fenster«, fügte Annie hinzu und betrachtete die wenigen Fenster, die das Gebäude zierten. »Hätte Paul jemanden hierher gebracht, der nicht dazugehörte?«

Sheriff Chomski pfiff leise. »Nein, Ma'am. Paul machte alles nach Vorschrift. Ich kann mir nicht vorstellen, dass er jemanden an einen Ort gebracht hätte, der ihm nicht gehörte. Das wäre untypisch für ihn gewesen.«

»Dann wusste derjenige, der das getan hat, entweder, dass er hier sein würde, oder hatte einen Schlüssel zum Gebäude.« Sie kaute an ihrer Unterlippe und überlegte. »Rufen Sie die Familie an«, sagte sie zu Sheriff Chomski. »Bitten Sie sie um eine Liste aller Personen, die einen Schlüssel zum Tante-Emma-Laden haben.«

Und damit begann ihre Ermittlung.

Um »Mord auf dem Bauernhof« weiterzulesen, klicken Sie hier!

MEHR VON VALERIE BRANDY

Weitere Bücher von Valerie Brandy, jetzt erhältlich:

Die Privatdetektiv-Krimiserie mit Annie Hudson

1. »Mord hinter den Toren« - Die Privatdetektiv-Krimiserie mit Annie Hudson, Buch Eins
2. »Mord in der Dachterrassenwohnung« - Die Privatdetektiv-Krimiserie mit Annie Hudson, Buch Zwei
3. »Mord auf dem Bauernhof« - Die Privatdetektiv-Krimiserie mit Annie Hudson, Buch Drei
4. »Mord in der Genossenschaft« - Die Privatdetektiv-Krimiserie mit Annie Hudson, Buch Vier

Die Predator Prey Thriller-Serie

1. »Die Spur der Besessenheit« - Die Predator Prey Thriller-Serie, Buch Eins
2. »Unsere Lügen sitzen tief« - Die Raubtier / Beute Thriller-Reihe, Buch Zwei

3. »Die Falle ist gestellt« - Die Raubtier / Beute Thriller-Reihe, Buch Drei
4. »Eine Frau im Wind« - Die Raubtier / Beute Thriller-Reihe, Buch Vier

BRIEF DER AUTORIN

Liebe Leserin, lieber Leser,

vielen Dank, dass Sie Ihre Zeit der Welt von Annie Hudson und der Real Estate Mystery-Reihe widmen! Ich bin Drehbuchautorin und Filmemacherin, die von Film und Fernsehen zu Büchern gekommen ist. Was ich an Büchern besonders liebe, ist der direkte Kontakt zu einer Lesergemeinschaft. Es ist etwas ganz Besonderes, mit Ihnen zu sprechen und zu erfahren, was Sie sich von den Charakteren in unseren Romanen wünschen.

Ich hoffe, Sie melden sich bei mir, indem Sie sich über den unten stehenden Link für meinen Newsletter anmelden! Ich informiere meine Leser gerne über Neuerscheinungen, biete Vorabexemplare, kostenlose Novellen, Vorschauen und vieles mehr an.

Wenn Ihnen Annie Hudson gefallen hat, hoffe ich, dass Sie den Rest der Serie weiterlesen, die ständig wächst!

Und wenn Sie generell mehr von mir lesen möchten, schauen Sie sich bitte die Liste meiner Bücher auf der vorherigen Seite an.

Herzlichst,

- Valerie Brandy

DANKSAGUNGEN

An Gott und die positive Energie des Universums und alle kreativen Musen.

An meine Mutter, Freunde, Familie und Haustiere.

An die Leser.

An die Schriftsteller- und Autorengemeinschaft, mit Liebe.